海外中国研究丛书

——到中国之外发现中国

卿本著者

明清女性的性别身份、能动主体和文学书写

Herself an Author

Gender, Agency, Writing in Late Imperial China

[加] 方秀洁 著

周 睿 陈昉昊 译

江苏人民出版社

图书在版编目（CIP）数据

卿本著者：明清女性的性别身份、能动主体和文学书写 / （加）方秀洁著；周睿，陈昉昊译. — 南京：江苏人民出版社，2024.2

（海外中国研究丛书 / 刘东主编）

书名原文：Herself an Author：Gender，Agency，and Writing in Late Imperial China

ISBN 978 - 7 - 214 - 28378 - 8

Ⅰ. ①卿… Ⅱ. ①方… ②周… ③陈… Ⅲ. ①中国文学-古典文学研究-明清时代 Ⅳ. ①I206.4

中国国家版本馆 CIP 数据核字（2023）第 176816 号

江苏省版权局著作权合同登记号：图字 10 - 2013 - 215 号

书　　　名	卿本著者:明清女性的性别身份、能动主体和文学书写
著　　　者	[加]方秀洁
译　　　者	周　睿　陈昉昊
责 任 编 辑	康海源
特 约 编 辑	周丽华
装 帧 设 计	陈　婕
责 任 监 制	王　娟
出 版 发 行	江苏人民出版社
地　　　址	南京市湖南路 1 号 A 楼,邮编:210009
照　　　排	江苏凤凰制版有限公司
印　　　刷	江苏凤凰扬州鑫华印刷有限公司
开　　　本	652 毫米×960 毫米　1/16
印　　　张	16.5
字　　　数	200 千字
版　　　次	2024 年 2 月第 1 版
印　　　次	2024 年 5 月第 2 次印刷
标 准 书 号	ISBN 978 - 7 - 214 - 28378 - 8
定　　　价	68.00 元

（江苏人民出版社图书凡印装错误可向承印厂调换）

谨以此书

　　敬献家母谢坤珍(1909—1996),我自幼在慈母指导下于家乡小村合安里(Hop An Lei,即今广东开平自力村)学习汉字书写,如今这里已被列入《世界遗产名录》。

　　敬献恩师叶嘉莹教授、施文林(Wayne Schlepp)教授,是他们引领我走进中国古典诗歌与诗学的圣殿。

序"海外中国研究丛书"

中国曾经遗忘过世界，但世界却并未因此而遗忘中国。令人嗟讶的是，20世纪60年代以后，就在中国越来越闭锁的同时，世界各国的中国研究却得到了越来越富于成果的发展。而到了中国门户重开的今天，这种发展就把国内学界逼到了如此的窘境：我们不仅必须放眼海外去认识世界，还必须放眼海外来重新认识中国；不仅必须向国内读者迻译海外的西学，还必须向他们系统地介绍海外的中学。

这个系列不可避免地会加深我们150年以来一直怀有的危机感和失落感，因为单是它的学术水准也足以提醒我们，中国文明在现时代所面对的绝不再是某个粗蛮不文的、很快就将被自己同化的、马背上的战胜者，而是一个高度发展了的、必将对自己的根本价值取向大大触动的文明。可正因为这样，借别人的眼光去获得自知之明，又正是摆在我们面前的紧迫历史使命，因为只要不跳出自家的文化圈子去透过强烈的反差反观自身,中华文明就找不到进入其现代形态的入口。

当然,既是本着这样的目的,我们就不能只从各家学说中筛选那些我们可以或者乐于接受的东西,否则我们的"筛子"本身就可能使读者失去选择、挑剔和批判的广阔天地。我们的译介毕竟还只是初步的尝试,而我们所努力去做的,毕竟也只是和读者一起去反复思索这些奉献给大家的东西。

刘　东

目　录

致谢　*1*　　　　　　　　　　　　　　　　　　　　　　ix

导论　*1*

第一章　诗中人生:甘立媃(1743—1819)之传/自传　*14*

　　诗镌吾生:甘立媃的自传实践　*19*

　　人生初阶:《绣余草》　*22*

　　人生二阶:《馈余草》　*32*

　　人生三阶:《未亡草》　*42*

　　人生末阶:《就养草》　*52*

　　结语　*64*

第二章　从边缘到中心:妾妇的文学使命　*67*

　　妾妇的社会与文化烙印　*68*

　　侧室:其名其意　*72*

　　文学能动性于侧室之中　*77*

构建创作空间:《撷芳集》中的妾妇　79

侧室渐变　84

沈彩:集女诗人、书法家、鉴赏师与抄誊者于一身的妾妇　87

书写与编排:自我创作的方式　91

文本中的女性主体　93

结语　103

第三章　著写行旅:舟车途陌中的女子　105

女性之行旅诗:与传统惯习的协商改造　108

扶柩还里:邢慈静的《追述黔途略》　113

铭刻行旅中的美学:王凤娴的《东归记事》　123

文学行旅记事　128

行旅妾妇李因的诗歌纪游　134

室家内外:《竹笑轩诗稿》的主体定位　140

归乡途旅:诗歌之记与夫妇之礼　144

结语　148

第四章　性别与阅读:女性诗歌批评中的范式、修辞和群体　150

文学批评阅读的个体形式:书信与诗歌　153

群读女性:评注诗集选辑　161

《伊人思》:共情同感之选集　162

《闺秀集》:一位闺秀诗论家的化育之选　165

《名媛诗纬》:包罗万象的王端淑之选集　173

《名媛诗话》:建构现实与想象中的共同体　179

结语　199

尾声　201

附录一：甘立媃《六十生日述怀》　203

附录二：邢慈静《追述黔途略》　206

附录三：王凤娴《东归记事》　208

参考文献　216

索　引　233

作者后记与致谢　241

译后记　242

致　谢

　　1992 年夏天,背负着于我而言不可或缺的胡文楷所著《历代妇女
著作考》(1956 年初版、1985 年再版)的影印副本,我只身前往北京,搜寻明清时期刊刻出版的女性诗文总集、别集。当时的我并不知道,这将是一项漫长持久、爬罗剔抉的"考古"工程,在接下来的十年甚至更长的时间里,我还要多次探访诸多中国图书馆中的古籍善本珍藏来让它们"浮出地表"(excavating)。我在对词体性别诗学的学术研究中逐渐敏锐地意识到,作为能指符号的"女性"(woman)与作为在传统中国史上文学文化的积极参与者的"女性"(women)——二者之间的意义与悖论,于是我的兴趣开始转向叩问并深思性别如何在诗中被铭刻与表现这一议题上来。继关注男性诗人如何在词中运用性别角色代言以求审美效果与观念正统的问题之后,我继续探索其另外一端:作为思想体系上居于卑从地位的群体,历史上的女性会如何在其诗作及文作中操控性别化的表征? 为了探究这一问题的答案,我首先要找到她们的文学文本,这是一项基础任务,因为其中很多珍本善本"养在深闺人未识",仅存见于中国各大图书馆的古籍部中。

　　在找寻明清诗媛才女的漫长过程中,我也见证了中国在过去十五年里翻天覆地的变化,这些变化对于文献考证检索来说多是积极正面的。比如说,图书馆与档案馆开始面向公众开放借阅与查询,大多数之前对学者索取相关研究文献而言难于上青天的重重关卡——例如

必不可少的单位介绍信以及其他行政化手续——已是过眼云烟;善本文献调阅复印的管理政策变得更为有章可循,但也常常所费不赀,像是上海图书馆的古籍善本,就在1997年从人民公园西侧的一栋旧楼,被搬至热闹时髦的淮海中路上具有国际水准的新址中,却在好几年时间里都被封存于古籍库中,暂不对外开放。

这一路走来,我能够亲自接触、阅读、思索的明清闺秀们,她们殊异的生命历程,迥别的诗文书写,感人至深,令我如痴似醉,为之沉迷。如果没有华夏神州内外诸多图书馆员们慷慨热情的帮助,给予我研究的不同阶段以全力无私的支持,我就没有机会得见这些明清女性文学的"庐山真面"。我要特别感谢哈佛燕京图书馆的郑炯文(James Cheng)先生与沈津(Shen Jin/Shum Chun)先生、芝加哥大学图书馆的周原(Zhou Yuan)先生、剑桥大学图书馆的艾超世(Charles Aylmer)先生、上海图书馆的陈先行先生、南京图书馆的沈燮元先生、南京大学图书馆的史梅女士、浙江图书馆的谷辉之博士、北京大学图书馆的张玉范女士与姚伯岳先生,以及中国国家图书馆古籍馆的馆员们。

如果没有在中国妇女史与女性文学史研究上筚路蓝缕的学者同事们的先导之力的话,我可能永远也不会接触到这些才华横溢的明清女文人们;而如果没有另外一些同事们以他们的情谊与友善、支持与鼓励来助我一臂之力的话,我可能永远也无法完成本书的研究计划。他们或给予我宝贵的意见批评,或与我分享来之不易的珍贵文献,或邀请我参加各种学术交流,发表我的阶段性成果,提供各种形式的帮助,凡此种种。这里要特别感谢的包括白露(Tani Barlow)、孙康宜(Kang-i Sun Chang)、伊维德(Wilt Idema)、高彦颐(Dorothy Ko)、林顺夫(Shuen-fu Lin)、曼素恩(Susan Mann)、雷麦伦(Maureen Robertson)、钱南秀(Nanxiu Qian, 1947—2022)、魏爱莲(Ellen

Widmer)、蔡九迪(Judith Zeitlin)和张宏生诸教授。所有参与本研究成书之旅的研究生们——包括我自己的弟子、参加明清妇女著作研讨会的后学，以及我的研究助理们，我特别感激你们的协助与参与：李小荣(Li Xiaorong)、徐素凤（Xu Sufeng）、黄巧乐（Huang Qiaole）、Kweon Young、林思果（Sara Neswald）、丁洁（Ding Jie）、王缘（Wang Yuan）、博哲铭（Jim Bonk）、王晚名（Wang Wanming）、Wei Tao。此外我还要特别鸣谢林凡（Lin Fan）、黄薇湘（Margaret Ng）令人难忘的想法、技术与勤力，她俩既为本书绘制插页地图，也为书封上的沈彩小像着色，我会怀念我们共度的周五晚间的"艺匠工作坊"（artisan workshops）。

　　此书能够刊印出版，我还要深挚感谢我的责编帕梅拉·凯莉(Pamela Kelley)。在我先后担任麦吉尔大学女性研究会主席、东亚研究系主任，深陷于烦碎政务中的这些年里，她始终关心信任我的研究，友善提醒推动其进展，在有一年的美国亚洲研究协会(Association for Asian Studies, AAS)年会还给我递了一杯酒，这些帮助都让我继续往前推进，现在，是时候该我回请她一杯了。主任编辑谢利·邓恩(Cheri Dunn)的工作效率令人惊叹，玛格丽特·布莱克(Margaret Black)细心耐心的文字编辑出彩出色，跟她轻松愉快的电子邮件互动让原本繁重枯燥的工作变得有了灵光。我还要特别感谢夏威夷大学出版社的两位匿名评审者审阅我的文稿，他们精辟中肯的意见对终稿的提升献力甚多。仍有任何文责问题的话，皆应归咎于我本人。

　　如果没有学术基金机构的大力支持，本书付梓是不可能完成的任务。本书研究能够持续多年，承蒙加拿大社会科学和人文科学研究理事会(Social Sciences and Humanities Research Council of Canada)、台湾蒋经国国际学术交流基金会、台湾汉学研究中心外籍学人来台研究汉学奖助、台湾"中央研究院"中国文哲研究所访问研究学人计划等项目资助关照。我还要额外感谢麦吉尔大学的"艺术视野"（Arts Insights）基金会对本书翻拍影印中国诗歌文本的慷慨资助。

xi
　　纵有千言万语，也无法充分表达对我先生叶山（Robin Yates）在整个研究过程中给予我不离不弃的陪伴与支持的感激之情；无论我的研究之旅神游到何处（字面义和象征义上的），他总会在我身边。他以始终不渝的兴趣、无与伦比的耐心、全情投入的支持"与"（*and*）建设性的批评意见，不厌其烦地阅读了我从落笔之初到最终排印的所有文稿本。他细致地精读了我的译文，给出了他的建议，这让成书时的译诗质量有了保障。我期待着未来我们继续携手同行，相伴一生。

导　论

在中国帝制时期，非寻常之态的女性写作从未获得官方认可。1女性本身也被摈绝于朝务政事之外；而男性则有权经由正规官学私学和科举考试制度的渠道参与朝廷统治的运作管理。男性写作是文化权力的构成要素，而女性则在女性主义批评家所谓的"拒之门外的基本社会结构"中生存。① 然而，在家族、地域的本土化语境中，在不同的际遇境况与特定的历史时刻中，女性的非正式教育与书写却在潜滋暗长而有迹可循。在中国上古及中古时期（公元前 2 世纪至公元 10 世纪），士人精英阶层的少数女性基于私人的、社会的，抑或是偶有一见的政治的各种目的，凭借其学识才华，握持彤管挥毫落纸；其中最出类拔萃者甚至能在经典传承的文学史中与大量正统男性作家相提并论，跻身典范之列。女史班昭（约 48—约 118）与女词人李清照（1084—约 1151）便是其中的佼佼者，此外，屈指可数但公认知名的女性文学人物也包括唐代（618—907）几位与士大夫阶层过从甚密的女妓、女冠。② 女性在中国古代文学早期文化中的存在相当有限；推而论之，即使在现代学术研究及文学史上，她们依然也是被边缘化的。

随着晚明（17 世纪）至清末（1911 年）的智识阶层中的闺秀文集在

---

① Peggy Kamuf，"Preface，"*Signature Pieces*，p. vii.
② 关于上述及其他早期女文人的生平经历与英译文本，参见 Wilt L. Idema（伊维德）与 Beata Grant（管佩达），*The Red Brush*，第一章、第四章。

过去近三十年里①逐渐重见天日并进入学术视野,这一"缺席"的图景正在开始重绘。这些闺秀作品卷帙颇丰,足以引起学者们的关注并达成研究共识,并在历史研究的趋向性和方法论别开生面。如高彦颐(Dorothy Ko)、曼素恩(Susan Mann)等文化历史学家的代表经典力作,即以明清女性诗文和其他文类为主要历史文献而深耕细作,重点研究这一时期女性文化的构成与特点,以及她们在家族与社会中的参与情况,而能独开蹊径,另辟天地。② 她们的研究质疑并修正了将传统中国女性刻画成驯从、失语的性别角色(如确有其事的话)的现代史学话语体系和制度史。若不是借助"重见天日""浮出地表"的女性书写文本,高彦颐与曼素恩无法凸显明清时期江南地区高度发展的文化孕育出的知识女性在文学创作与社会交往上繁荣的具体表征和重要意义。

尽管修正派史学观(revisionist)的妇女史已经构建出明清社会中女性生活与文化的基本样态与丰富细节,但鲜少有学者将这些以诗歌为主体的女性文学作品本身视为学术研究的关注重点,其中主要困难在于这些女性作品文本很难获取。作为一种"次要"(minor)文学,这些作品通常没有得到很好的流传和保存;而饱经历史沧桑沉浮幸存于世的文本,现又多深锁于中国和日本诸家图书馆的古籍善本特藏部中。本书研究中所涉的几种关键文本,就是笔者耗费数年的文献档案

---

① 译者注:英文原书出版距今已逾十五年。
② 除高彦颐与曼素恩以外,伊沛霞(Patricia Ebrey)的宋代妇女史研究、白馥兰(Francesca Bray)的广义技术史上的女性意义研究、费侠莉(Charlotte Furth,1934—2022)的中国妇科医学史研究,都对性别化主体的多样建构形式进行了深入分析。高彦颐与曼素恩研究的与众不同之处在于她们的修正派史学观(revisionist historiography),通过引入女性的书写文本来重构女性文化。

检索方才获得的珍贵资料。①

而更为严峻的挑战来自方法论与研究路径问题。随着相当数量的女性文学作品足资参见,文学研究应该以何种方式去评介、阅读、阐释和表现这些文本呢?伊索贝尔·阿姆斯特朗(Isobel Armstrong)在对浪漫主义时期(Romantic Period)女性诗人的研究中,曾指出对比研究男性诗人时的学术困境:"我们花了两百年时间去发现整理研究男性诗人的话语体系和阅读策略,他们总是被置于辩论与辩证关系中,马修·阿诺德(Mathew Arnold,1822—1888)和保罗·德曼(Paul De Man,1919—1983)都曾提及,我们了解要如何虑及政治、认知、权力、语言,以有效多样的联结方式来使得这些男诗人对我们产生'**意义**',并由此形成一种阐释学。对女性诗人而言则不然,我们正在不断探索她们是谁,但在讲述她们的方法(ways of talking about them)上却捉襟见肘。"②她的观点也适用于中国诗歌的文学批评与笺注传统的情况,不过后者的问题更为复杂,因为其对男性传统的阐释学可以追溯到两千多年以前,而对中国女诗人的"再发现"不过只是近几十年的事而已,在西方,在中国,皆是如此。

不过,对晚明(17 世纪)以来女性积极参与文学文化的认识,使得人们不断反思省察她们书写的意义所在,而一些开拓性的学术成果也把她们的文学创作实绩带进了西方世界,引起学者和读者们的关注。孙康宜(Kang-i Sun Chang)和苏源熙(Haun Saussy)首创其功,二人合作主编的《中国历代女文人选集》(*Women Writers of Traditional*

---

① 由于文献难见,这使得笔者不得不从本书研究中抽出时间和精力,转而与哈佛燕京图书馆(Harvard-Yenching Library)合作开发一个数字化项目,建成可供学术检索的数据资料库和检索系统,收录了哈佛燕京图书馆馆藏的九十多部明清女性诗集诗作及其他文学体裁选辑,参见 Grace S. Fong ed., *Ming Qing Women's Writings*(明清妇女著作), http://digital. library. mcgill. ca/mingqing。

② Isobel Armstrong, "The Gush of the Feminine," p. 15. 粗体强调系原文自注。

China,1999)收录英译自汉代至 20 世纪初女性文人的诗作及其诗评文论,这一颇具挑战性的任务具有里程碑式的意义。近年来,伊维德(Wilt Idema)和管佩达(Beata Grant)建构了另一部中国女性文学史《彤管》(*The Red Brush*,2004),书中不仅把诸多女性文学文本英译,置于不可或缺的个人生平与历史语境之中,而且也介绍了中国古代女性文学的历史"浪潮"。此外,还有研究侧重检视女性诗作的出版和选辑,深入探索其主旨题材,力图建构女性文学文本中的主体地位和声音。① 近年来,诸如张宏生、邓红梅、钟慧玲等中国大陆与台湾的学者们,凭借各自掌握的更多原始文献,也就女性诗作进行进一步的深入研究,丰富了文学史研究的面向。②

　　本书试图寻求"讲述她们的方法",探索走近这些新近"可见"的女诗人及其创作实践的方式。纵然文学议题是本书讨论的要务重心和文本分析的根本基础,但笔者并不打算对这些女性诗作进行专题研究或"重写"女性文学史,也无意建构本质性的"女性"传统、经典,或者与既有的"男性"传统对立或作为其补充的"反经典"。经典树立的逻辑是排他性与等级化的,而经典本身更多是让人以管窥天而非骋怀游目。就整个文学领域而言,试图对女性诗作加以检视与定位往往要面临文学价值和作品质量的质疑:她们的诗是好诗吗? 她们写过好诗吗? 她们能写出好诗吗? 这些疑问的背后,隐含着性别乃文学与审美价值的某种本质/本质主义的决定要素这一基本假定。女性诗作被先入为主地诽议、贬抑、轻视,似乎只有男性才配写好诗。现在我们对这些问题的评价,更应该根植于标准规范和价值体系时常有变的历史叙事中进行相对论的处理,在不断变化的诗学理论和审美趣味中将其历

---

① 魏爱莲(Ellen Widmer)的刊印研究、雷麦伦(Maureen Robertson)的文本分析最资相关参考,详见参考书目。
② 详见参考书目。

史化,在经济条件和社会情态中将其语境化。① 那么,如果我们有意于评判好与坏的相对价值,这种回归语境的阅读方式能够说明,一些女性确能如一些男性文人一样写出绝妙好诗,而绝大多数的诗作借助其他分析法也同样具有研究价值。然而,考虑到明清时期男女生活中诗歌的话语形式,一种不同于前的文学史概念模式或许值得一试。

本书将会探入探寻了解女性书写的其他途径,而不是简单机械地以精英论人文主义美学的眼光去重现她们。在致力于文本分析阐释与文献研读和保证文本的趣味性上,本书与文学研究学界可谓志同道合;但在反思作为文化实践形式的女性文学之时,笔者希冀在分析中阐明女性文学生产的互动系统和重要意义,且不局限于纯文学的框架中,这是因为这些文学文本的社会与文化动力逾出了上述框架的局限。从这层意义上来说,本书所秉承的方法论也反映出文学研究上的"文化转向"。②

本书首先关照这样的事实,那就是写诗的士绅阶层女子,要跟男子一样接受文学教育与训练,从而掌握当时的文学经典体式;不过她们的学习机会较之她们的兄弟们是不均等的。在生活环境殊异、才艺各有所长的情形下,女子们在不同程度上习得并应用诗学传统的语言、修辞、范例,以及其他诗体要求,扬长避短、避实就虚地将之付诸于诗。女性书写即是如此。但我们要问的是,何时? 何况? 何为? 诗歌"何意"于她们,以至于有些女文人终生笔耕不辍,甚至沉迷耽溺于诗? 显而易见,诗本身的魔力,恪守格律联章对句时的情感投入,以及为收录结集自己及其他女性的诗作而费时费神,这些都饱含并超越了单纯

---

① 在这一点上我赞同布尔迪厄(Pierre Bourdieu, 1930—2002)关于艺术社会学(sociology of art)的观点,参见 idem., *Distinctions: A Social Critique of the Judgement of Taste.*

② 参见 Frank Lentricchia and Thomas Laughlin eds., "Preface to the Second Edition," *Critical Terms for Literary Study*, p. ix.

的审美愉悦。笔者认为，对很多明清时期的女性（及男性）来说，诗歌写作与欲望及能动结构之间联系紧密。立"言"与立德、立功并行，是为三"不朽"之一途，接受过教育的女性深知这一传统思想观念。①

类似的，自宋代（960—1279）始，女性文人及其男性护法们善用关涉《诗经》的观点，即源出于"诗大序"中"诗言志"的经典概念和这部经学文典本身也收录了女性作品这两点，从而使得女子写诗变得合情合理。② 本书审慎地使用"著者"（author）这一负载词（loaded word）来指称明清时期进行诗词文赋创作的女文人，以凸显她们作为阐释主体而有待商榷或挪置的身份地位。③ 恰是因为她们站在文化思想话语构成的主体位置上言事发声，这些文学生产的性别化主体对"立言"的自我赋权之力表现出一种自觉意识，同时也对文多舛误、解读/误读之责以及对原意掌握或失控等情形流露出焦虑之感。因此，她们充分知晓文本流传中的危机重重［见本书第一、三章中甘立媄与邢慈静对己诗"授权"（authorize）之举］。文如其人，"文"（尤其是诗）最能体现一个"人"（person）或是诗中的"讲述者"（speaker）之个性志向，这一根深蒂固的观念也在解读的政治和情感中发挥作用。

陆威仪（Mark Edward Lewis）借鉴西方学术成果对早期中国的书写权威进行研究，指出书写在战国时期（约公元前 6—前 5 世纪）

---

① "三不朽"，意指立德、立功、立言，语出《左传·襄公二十四年》，参见《春秋左传正义》，卷35，收入阮元辑：《十三经注疏》，北京：中华书局，1980年，第 277 页。

② 参见 Sufeng Xu（徐素凤），"The Rhetoric of Legitimation：Prefaces to Women's Poetry Collection from the Song to Ming."

③ 唐·皮斯（Don Pease）的论文《著者》（"Author"）勾勒出西方史上关于"著者/作者/作家"（author）和"作者身份/著作权"（authorship）的意义流变的简明谱系，从柏拉图（Plato，前429—前347）谈到近年来罗兰·巴特（Roland Barthes，1915—1980）的"作者已死、读者涅槃"的说法（1968 年）、米歇尔·福柯（Michel Foucault，1926—1984）的"作者—功能"理论（1969 年）以及女性主义者对上述立场（尤以罗兰·巴特为主）和女性与语言的关系的辩驳等。参见 Lentricchia and Laughlin eds.，*Critical Terms for Literary Study*，p. ix.

作为权威生成的运作手段所拥有的六大功用：“（1）运用书写作为诸侯国权力运作的技术手段，主要以制诰章奏或法令文书等形式；（2）通过阅读文本材料的共享经验来塑造限定群体；（3）超时空性；（4）在文本中树立权威人物，通常是隐含作者，他们既面向读者说话，又提供社会角色典范；（5）使用书写符号来创造和保存‘人为’或‘技术’语言，对其掌握可用以区分社会中的各种因素；（6）将书写符号当作包含隐藏意义和权力的魔法或圣物来处理”。① 书写与著者的用武之处可从公共领域和国家职能方面转置于私人领域和个体职能之上，如在上述第二、三、四点中，女性也能把书写阅读适用于创设文学与社交社群（第四章详论）、超越个人主体性的时空和社会限制（见第二、三章），以及代表自己作为个体生命史的著者存在（见第一、二章）。

特定的书写实践也体现和例示了能动性（agency）。在最近的女性主义理论研究中，对能动性本体概念的起源和产生，各方抱持异议。② “能动性”意为具有目的性与自觉性行为活动的能力与意愿，常与“自我性”（selfhood）、“个体性”（individuality）、“主体性”（subjecthood）等概念重叠混用。虽然能动性不应被具化为个体的自身固有特性而脱离具体语境，正如女性主义史学家琼·斯科特（Joan Scott）所强调，③主体、身份、身体是由话语体系和意识形态所构建的这一社会建构主义（social constructivist）的立场，促使学界在一些学

---

① Mark Edward Lewis（陆威仪），"Introduction," *Writing and Authority in Early China*, pp. 1 - 4.

② 参见 Lois McNay, *Gender and Agency：Reconfiguring the Subject in Feminist and Social Theory*.

③ Joan W. Scott, "Experience," in Judith Butler and Joan W. Scott eds., *Feminists Theorize the Political*, p. 25. 而霍米·巴巴则简要概称能动性是“视情况而定的活动”（the activity of the contingent），参见 Homi Bhabba, *The Location of Culture*, p. 185.

科领域新近研究中对人类能动性在文化解读中的重要性和显著性重加斟酌校正。① 雷麦伦在研究明清女性的自我表征时,通过展现女性在诗学再现中如何从男性诗人建构的女性客体(feminine object)转向女性自己抒情诗作中的主动书写主体来"更变主体"(change the subject),从而间接地提出了"能动性"的问题。②

本书将借用能动主体的理论潜势来阐明服从性和主体性之间的裂隙,这是展现历史女性的(自我)定位的同源空间。因此,笔者对作为特殊化的性别从属形态(gendered subformations)而特定的女性书写兴味盎然,换言之,文学书写不被当成是单一化、同质化的士绅阶层闺秀群体的产物,而是依据在规范化的性别等级秩序中女性作为女、母、妻、妾、仆等不同身份来分条析理,亦参照女性作为主体身陷于矛盾冲突的"话语禁令"(discursive injunctions),③即本书标题 Herself an Author 中的"她"(herself)之情形。从这一点来说,我赞同白露(Tani Barlow)的看法,她认为古代中国并不存在一个统称的或基本的女性类别(woman/women),一家之中只有"女""妇""母"等由亲缘关系定义具

① 在文学史和艺术史的修正派女性主义研究中,有些学者认为能动性是适用概念,包括 Paula Backscheider, *Eighteenth-Century Women Poets and Their Poetry*:*Inventing Agency*,*Inventing Genre*;Norma Broude and Mary D. Garrard eds.,*Reclaiming Female Agency*:*Feminist Art History after Postmodernism* 等等。而在斯皮瓦克(Gayatri Chakravorty Spivak)和霍米·巴巴等文化与后殖民主义批评家等著作里则提出了能动性的战略性回归。在亚洲研究领域,威玛尔·迪萨纳亚克(Wimal Dissanayake)主编的 *Narratives of Agency* 指出,在面对所研究的文化时应聚焦于"促成能动性的话语生产之历史与文化条件",参见 idem.,"Introduction," in ibid.,p. ix. 迪萨纳亚克借鉴了保罗·史密斯(Paul Smith)的经典著作 *Discerning the Subject* 中对自我、主体、个体、能动者(agent)等概念的定义。

② Maureen Robertson,"Changing the Subject," esp. pp. 175 – 179. 雷麦伦借用的同样也是保罗·史密斯的相关概念。

③ "这种话语禁令的同处共融催生出错综复杂的重新排布和调置的可能,而在交融过程中的行为主体并非超验性的。……只有在有'工具'存在之处才能被使用,而这种'使用'恰是有工具可用而促成的",参见 Judith Butler(朱迪斯·巴勒特),*Gender Trouble*:*Feminism and the Subversion of Identity*,p. 145.

体指称。① 然而,我们在研究某些具体的时间空间情境的书写实例中会发现或注意到,身为超越了以家庭宗族或世系血统为中心体系之能动者(agent)的女性,在承担诸如金兰友、行旅客、文论人、艺术者、赏鉴家等非血缘亲属的角色上无论是临时性或象征性的,皆能以读写为"工具"(tool),创设出某种程度有别、变化多样,甚至挑战权威、彰显自主的独特空间(对比前文所引陆威仪关于书写的三大贴切功用)。通过文学写作,她们开创了跨越血亲身份的另样主体地位。比如,王凤娴(活跃于 17 世纪初)随夫赴任居于府衙,临别之际寄诗告别"庭花手植已三春",在诗中将自己构建成园丁角色(见第三章);②姜妇沈彩(1752 年生)在自己的诗集中交替扮演着女弟子、闺塾师、批评家、阅读者、书法家、艺术赏鉴人等一系列角色(见第二、四章)。借用西恩・布尔克(Seán Burke)关于作者与自我之间悬而未决的关系的论述来说,这些女性的"著述行为可表现为一种自我偏离,或确可表现为创造一种试图超越或否定纪传主体的审美身份"。③

这些女性作品,有的被不无讽刺地框定于家庭的日常时空之中(见第二章的沈彩),有的则被框定在特别情境和迢递行旅之中(见第三章);而很多时候,诸多作品都具有令人赞叹不已的叙事建构——无论是一部生命史、一段羁旅、一种主体地位或文学权威。这些文学文本展现出女性付诸行动与树立权威的潜在能力。总之,本书采用能动主体概念去探索文本实践和社会铭刻之间的主体性形式与主体地位彰显的问题,揭示在明清时期的语境与儒家正统思想体系的桎梏中

---

① Tani Barlow(白露),"Theorizing Woman: *Funü*, *Guojia*, *Jiating* (Chinese Women, Chinese State, Chinese Family)," in Angela Zito(司徒安) and Tani Barlow eds., *Body, Subject and Power in China*.

② 在这一特例中,建构的角色或折射出母爱的光辉。

③ Seán Burke, "Writing the Self," in idem. ed., *Authorship: From Plato to the Postmodern, A Reader*, p. 303.

"自我赋权"（self-empowerment）的例证与模式。① 不过必须指出的是，这一时期的女性付诸行动的能力并未形成线性演进，更多时候她们的学力才识为制度体系所用，以各种方式被加以收编。故而，能动性在此是一种不均衡的有限经验，因为在使得女性建立广泛互动联系、组织动员自己参与旨在实现跨区域与跨阶层的性别平等的可持续社会运动上，并不存在相关的社会扶助和政治支持。

雷麦伦早在 1997 年就曾犀利地指出说，"与文集中的选诗相比，久已失传的诗集复现可以更好地帮我们历史语境化同代人如何再现作为作家的明清女性"。② 事实上，正如本书已有前论，这一领域的研究一直受限于女性文学别集的匮缺，这会对我们客观中立地研究女性诗作的能力产生负面影响。因此，本书致力于将数量可观的明清女性别集纳入每一章节的讨论范围中。除了第一章的核心文本之外，③其余诸多文献均是笔者在中国各大图书馆古籍特藏部钩稽爬梳辑出的珍本。这些善本有两本目前已有现代排印版刊印，这足以说明学界对中国女性书写的关注度与日俱增（笔者本人也与这些文本"周旋久"）。④ 尽管我将文本作为考察女性文人通过个性差异的文学语言与惯例进行主体建构的中介场域（mediated site），但也会从历史背景维度去细读这些文学别集。

7　　本书四章的中心问题都在追问，性别化的能动性和主体性在规范化的角色和身份中是如何产生，而有些情形是在社会和/或地理面向

① 在女性主义分析中常与能动性唇齿相依的对抗性理念，在明清时期基本上可谓无史可据，参见 Paul Smith, *Discerning the Subject*.
② Robertson, "Changing the Subject," pp. 171 - 172.
③ 笔者在哈佛燕京图书馆为数字化联合项目整理明清女性书目时意外发现甘立媃的稀世文集，参见 *Ming Qing Women's Writings*. 据我所知，这一钞本是孤本，似乎并不见存于中国本土。
④ 即李因《竹笑轩吟草》与沈善宝《名媛诗话》。二书详论分见于第三、四章。

上相当边缘化的？为了寻求答案,本书重点通过特定文学文本与文集的阅读与分析,从文本生产的社会物质条件到自我表征的策略模式,处理女性日常书写实践中的系列议题。此外,本书也侧重于探讨在自主结集和刊印女性文集上,女性自我所扮演的作用;这些文集的构架体系、组织标准、题名由来以及编者身份,都别具编纂和叙述意义。

第一章探讨自传性冲动(autobiographical impulse)的意义和功用,其既是女性文学创作的内驱主动力,又与传记的表征互为关联,直指女性凭借写作在家庭、社会或文化记忆中为自己另辟桃花源的意愿与努力,而这一主题在后面几章还会接续出现。女子们熟谙并遵循立言不朽、文以铭世可为人认可或追忆之理。具体而言,本章透过甘立媜(1743—1819)极富自传典范色彩的诗文集《咏雪楼稿》来呈现女性自我书写的普遍模式。值得留意的是,甘氏并不出身于明清时期精英士绅女性文化繁荣一时的江南地区,而是几乎终身偏居于略显边缘的省份——江西的奉新地区。接受她所在文化与社会赋予自己的角色,并身处其间找寻其意义与成就的这位女性,在其诗作中所呈现的生活与身份信而有征,笔者遵循甘立媜诗作的排列时序,依次翻译和讨论她自幼及老的寻常生活,以求维系其自我叙述的完整性。此举勾勒出彰显诸多明清女子常终生致力于诗的个人"诗歌生涯"(poetic career)。

首章介绍的是从生到死都在恪守典范妇道的一位德配正室的自传性诗集,而次章则把目光聚焦于旁室姜妇的诗作。在一夫多妻制中国封建家庭的女性等级中,妾室属于社会地位与礼仪身份低人一等的类属。本章揭示这些地位较低的女性如何通过写诗来表达某种形式的主体性。鉴于姜妇身份的社会边缘性,她们自设为写作主体、成就为"卿本著者"(herself an author),其文学创作让我们能瞥见自我转型与克服从属身份的可能(the possibilities for transforming oneself and overcoming subalternity)。以沈彩手书诗文集《春雨楼集》刊本为经典个案,笔者着意于分析蕴含其中的文风挪用和主体建构。沈彩于芳龄十二嫁与藏书家陆烜为妾,并得亦有诗名的正室彭贞隐照顾与指导。沈彩诗带有明显女性化与感官化的文风,尤以其词作为甚;她的一些书写女性身体之作,从酥乳到金莲,流露出一种大胆情欲的风格,而这并非士绅女性作品的典型风格。

随着明清女性出行变得司空见惯、日渐频繁,由此产生的或诗或文为载体的纪游文学,正是第三章的研究对象。行旅情形各异,时长有差:一边是女儿、妻妾随父亲、丈夫任官赴职的景况,一如王凤娴的纪游集《东归记事》和姬妾李因(1616—1685)诗集《竹笑轩吟草》中的行旅诗所载;另一边是孀妇扶棺归葬其夫于故园的情状,她们或悲情(如邢慈静,生活于 17 世纪初)或冷峻(如张纨英,生活于 19 世纪)地记录自我游踪。所有行旅都是知识女性用以纪实的潜在时机。本章通过对这些文本中性别主体性差别细微的建构进行解读,探究行旅中性别化能动性的组成结构。

最后一章转而研究自明末清初到晚清女诗人与评论家所持所创诗学批评的形式与修辞,对象包括诗集文选的序跋、书信、论诗诗、诗话、评注本等话语实践。本章特别关注和比较创作于不同历史时段的三部备受推崇的文集中的评点所依之批评原则与修辞策略,即季娴(1614—1683)的《闺秀集》、王端淑(1621—约 1680)的《名媛诗纬》和沈善宝(1808—1862)的《名媛诗话》。这些女性由此进入文本权威之位,她们不仅仅是寻常的作者与读者,面对其他女性(有时也涉及男性)文学作品,她们还承担起了汇纂者、编辑者、评点者、笺注者的角色身份。在这一过程中,"共同体"(community)之感——无论是真实存在还是出于想象的——影响着关于女性诗作的批评话语的生成,也在这一话语空间中被建构成形。

如此一来,若论对数以千计明清女文人的文学写作实践管中窥豹,本书算是首次探索。笔者耗时多年去重现、翻译、反思她们的文学实绩之余,亦殷切寄望读者们在读到这些作家作品之时,能如我研究并让她们在21世纪"重见天日"一样,体验到意趣与愉悦。

第一章 诗中人生：甘立媗 (1743—1819) 之传/自传[1]

9 就将自传潜势深植暗嵌于诗歌的正统概念之中而言的话，没有任何文学传统能与中国的文学传统相提并论。诗歌的功能在于遣怀寄意（"诗言志"）——"志"可私可公，既可私情也可节义——其推动了诗歌媒介演变成智识阶层男性自我书写与自我记录的万能公器；而到了帝制晚期，愈来愈多的女性亦参与其间，用之不竭。诗歌的抒情表现性因口述传统中强烈的主观性而不断增固加强，尤以诗歌中多以第一人称口吻讲述的《诗经》为甚，其作为中国第一部诗歌总集，自汉代（前206—220）起即被奉为儒家经典。

正如宇文所安（Stephen Owen）在其颇具影响的研究论文中切中肯綮地指出，中国诗歌中的自传性特质在文学传统中先后被陶潜（365—427）和杜甫（712—770）推至精深神妙的境界。[2] 在宇文所安看来，这两位"自传诗人"（poet-autobiographers）开创了新的诗歌模式与次文类，以此使得人们在预期角色身份与社会政治现实之间，在朝隐公私生活之间，以及由此做出抉择所带来的升沉荣辱之间去表达内心所感之内在的、自然的、真实的自我。不过，在女性身上很少能见到这种抉择的焦虑（或奢念），学界对这种冲突关注不多，或只是泛泛

---

[1] 本章初稿由张志文译。

[2] Stephen Owen（宇文所安），"The Self's Perfect Mirror," pp. 71 - 102.

表述为个人信仰追求与家庭责任义务之间的对立矛盾。① 尽管在人生选择上不免性别差异的因素，但是仅有部分女性亦能书写诸如载录时事、辑著社交的场合诗（occasional poetry）的多面向，也能创作自述自呈、自我表征式诗作（poetry of self-representation）在文学圈内用以传达交流内在情思与寻求认同。②

人们读诗写诗（也包括后起的"词"）时所接受的培养训练，可被视为是在古代中国表达某种个人主体性的话语体系。即使中国诗体语言通常会略掉人称代词，但诗歌的作者与读者对"单一而统合的抒情主体"③（诗人角色与主体性）的表述立场普遍能达成共识、阐明诗意来确保诗中至关重要的个体性与主体性之发展与持续。虽然也存在有别的自我书写模式与文类，比如作者自选文集的自传性序跋，或是囊括游记随笔、自撰墓志、小说演义在内的系列散文笔记，但是对于大多数，尤其是明清时期的知识男性与女性而言，诗歌作为最广为接受的自我表征媒介之地位并未动摇。④ 身处文字铭记的当下，诗人通过与现实和文本中万事诸境的交互来表情达意（言志），构建和记录一个面向当代与未来读者群体的多面多维的生命史，在这其中多体现于著述自我新陈代谢的老成阶段，尤其是在刊印之时，他/她会对特定或部分诗作加以重读或修正。随着时间的推移，这种诗歌文字铭记的不断物质化沉积汇辑，就是个人诗选（别集）的形成过程，其可被文本编辑、按序编排，从而塑形成一种看似松散闲淡而实则严挑细选的自我叙述

① 管佩达在对陶善（1756—1780）的研究中展现了女性在精神信仰求索与传统家庭生活之间的紧张冲突关系，参见 Beata Grant, "Who Is This I? Who Is That Other?" 季娴在自传与归隐诗中对这一矛盾的阐述，参见 Grace S. Fong, "'Record of Past Karma' by Ji Xian (1614—1683)；" and "A Recluse of the Inner Quarters."

② 这两类诗的功能在概念上来说并不完全互斥，有时也能在同一文本中相容共存。

③ Maija Bell Samei（钟梅佳），*Gendered Persona and Poetic Voice*, p. 98.

④ 关于男性的自我书写，例见 Pei-yi Wu（吴百益，1927—2009），*The Confucian's Progress*. 吴百益的研究仅限于汉代到晚明的自传式散文。

形式。正如宇文所安所说,9世纪以来,越来越多的诗人编纂自己的诗歌别集,创造出其所谓的"一种内心史"(a species of interior history),"让生命故事在作者一连锁的(对万事万物与经历经验的)反应中次第铺展开来"。①

帝制中国晚期的男男女女,皆多以这一文本方式来建构一种将内心生活的抒情片刻内置或并置于外部世界的时政要事之间的自我记录形式。这些文字记录使用高度形式化和定型化的诗体语言之"语法"(grammar),②其为文化精英社群的成员主体接受训练的话语体系促生的产物。诗题以及文序乃至行间批注都标示出写作背景,这种诗性的自我文本化构成了一副伴随作者生平一世徐徐展开的日常画卷。在这样的书写实践中,写诗类同于记日记、载日志的功能。当这些诗作被收录汇纂、编年结集,由此形成的文本就揭示出个人的生命史。不管自我文本化的个人动机如何,这些诗歌文字都是在以语言、历史、文化、思想为媒介的既有表征系统中被构建的。无论在"自我铭记"还是"自我创造"时投入多大程度有意识、有意图的努力,③情况皆是如此。作为话语效应的文本生产总会带着人为干预的痕迹与程度而对阅读产生影响。

本书即将揭示诗集中根据自我叙述不同阶段而对章节分卷特赋有意之名的情形,这一情形强化了自传性的叙述结构。前述研究已有说明,从17至19世纪,男性与女性基于不同情形会采用差异化的自传模式来建构与宣示其自我意识、身份认同与能动主体。晚明文人叶绍袁(1589—1648)的自传性年谱与日记即可视为建构/重构主体地位

① Owen, "The Self's Perfect Mirror," p. 73.
② 唐宋时期,基本诗律诗体已告定型,"诗""词"两大体裁的语体特征与风格流派也已臻成熟。
③ 在自传书写中关于"创造"(create)或"发明"(invent)自我的刻意经营,参见 Pei-yi Wu, *The Confucian's Progress*, pp. 163 – 203.

的行为来加以解读，兼具当地社群的社会活跃人士以及明代遗民双重身份的叶绍袁，在明清易代之际经历了一系列的变故丧亡，既有家国之痛，又有文化之失。① 同样的，身为女诗人、女居士的季娴（1614—1683），通过自传性散文重述自我生命史，联系自己未竟的宗教追求和不幸的包办婚姻来寻求自己久病缠身的根源原因与化解手段。② 士大夫诗人洪亮吉（1746—1809）则在其自传回忆诗和被贬逐新疆伊犁时所撰回忆录中另辟文本空间来缅怀其萱堂一族，尤其是在他少年失怙时抚养和教育其成长的外祖母，这些作品同时也被视为他自我建构/重构的过程。③ 十二岁即丧父的女诗人兼评论家沈善宝（1808—1862）是逐年将自我日常生活写入诗歌的女性文人经典范例。在她的传世名作辑本《名媛诗话》中也创制出自传空间，融铸自己对收录其中的慈母、女性亲眷及友人诗作的追忆。在记录和纪念的话语空间中衍生出的社群意识以及对自我与他人的赋权能力，本书第四章将予详论。④

　　本章以江西奉新的乡绅妇女甘立媃（字如玉）卓绝不凡的自传性文本为研究对象。作为一种刻意经营、延续一生的自我再现，她的诗集《咏雪楼稿》是女性自传书写实践和以写作为能动性行为的多面缩影，而这也是本书后几章讨论各类文本与语境所着眼的面向。甘立媃诗集的独特之处在于其收录诗作卷帙浩繁（超逾千首之多），而且按照其女性身份各阶段（后详）而分卷列名，这有助于读者以意逆志去回溯把握著者的生命历程。相较之下，大多数的女性诗集相对单薄，通常收诗不过一两百或至多三百首而已。女性文集卷帙不丰的原因是多方面的——许多闺秀女子并不具备有助于其创作的环境，也没有能够维系其持久写作的耐

---

① Fong，"Reclaiming Subjectivity in a Time of Loss."
② Fong，"'Record of Past Karma' by Ji Xian(1614 – 1683)."
③ Fong，"Inscribing a Sense of Self in Mother's Family."
④ Fong，"Writing Self and Writing Lives."

性坚守,而且生活环境的更迭变迁也令她们无从长期投身文学写作。而甘立媃的诗作有着清晰可辨的编年次序,其以生命阶段为标示的编纂布局凸显出自传性维度,这也使得《咏雪楼稿》领异标新、独创一格。

12 　　收入甘立媃自传式文集的诗作写于 18 世纪下半叶至 19 世纪初,这为研究女性书写的历史能动性提供了一个关键性的参照系焦点。她的书写实绩既回顾承续了前代女作家们的传统创作,又展望预示了 20 世纪之交世界性与国族性语境中语言、政治、性别、文类等问题彼此交缠激撞的复调时刻。① 而在清代中晚期,较之其他女性(及男性)作品,其或行文较长,或篇幅极短,或全本存世,或残篇断章,或草创未就,甘立媃诗集既成反差对比又互为增益补阙,每首诗都力图言说和铭记某些主体性的在地意识。

　　本章对甘立媃自我表征的细读、选样、翻译和呈现,必然会将其"自传"转码成一种传记式再现,故而笔者将尽可能地努力尊重和保持其诗歌创作的完整性,让她通过诗中自设的角色和声音(即通过自己的诗笔)来呈现自我日常生活与情感生活的方方面面。此外,本章也借助有关甘立媃生平家世的其他文献材料来重建其自传体诗的纪传背景,这其中包括她的自撰散文、诗歌评注、文集附录的墓志铭、奉新县志(奉新是其夫妇二人的桑梓故里)、南陵县志[安徽南陵是其次子徐心田(约 1770—约 1850)时任知县兼江南乡试同考官参修当地方志所在之地]等。② 不过,甘立媃诗集有意识的编排结构以及遍布集中

---

① 笔者另文专论此问题,参见 Fong, "Alternative Modernities;" 亦参见《男女》专刊号上曼素恩(Susan Mann)的导论及该刊的其他论文, *Nan Nü: Men, Women and Gender in China* 6.1 (2004).

② 徐心田于 1803 年至 1809 年知南陵县,见《南陵县志》,卷 6,第 11a 页,收入《故宫珍本丛刊》,第 104 册,海南:海口出版社,2001 年,第 454 页。地志里的徐序系年于嘉庆十三年十二月,即 1809 年初,参见《序》,第 1a—4b 页,《南陵县志》,第 344—345 页。而他的籍贯所在地奉新县志称其于 1804、1808、1813 年任江南及南陵乡试同考官,参见《奉新县志》,卷 8,第 46b 页。

诸多浓厚自传性质的诗作,都是说服和引导我们,尝试以她所希望被聆听的方式去解读和理解其生命史的文本策略。

诗镌吾生:甘立媃的自传实践

1816 年,时年七十四岁①的甘立媃为交付其子徐心田将之梓刻的自选诗集写下自序一篇:

> 《易》曰:"在中馈。"②《诗》曰:"无非无仪。"③女子顾可以诗鸣乎?然予幼从父受书,闻先大夫训词,以为妇德首德,次即言。言非口舌出纳之,谓人各有心。在心为志,发言为诗,则诗即妇言之见端也。故《诗》无《关雎》,无以见姒妃之德;《诗》无《柏舟》,无以见共姜之义。④ 孔圣删《诗》,列于"风"首,诗顾可以女子废乎?忆予自髫而笄而于归,由女而妇而为母,习姆教,正内位,孳孳恐不及,奚暇工翰墨?⑤ 弟阅世久,其间送往事居,值骨肉变故、离别死丧;及身历险阻,困迍危难,不敢告人,而实有不能已于言者,一一寄诸讴吟,写我心已尔,言我志已尔,诗云乎哉。今老矣,且病目昏,次儿辞官归养,因乘暇葺予稿本,欲请付梓。予令于膝下

①13

---

① 这里采用中国传统对人寿的计算方式,即出生之时即为一岁。

② 语出《易经》第三十七卦"家人"二爻爻辞。英译参考 Richard John Lynn(林理彰),*The Classic of Changes*, p. 364.

③ 语出《诗经·小雅·斯干》(♯189),英译参考 Arthur Waley(魏理),*The Book of Songs*, p. 284. 该诗表达了儿女有别的传统经典观念并明确了女子的从属地位,诗文读曰"乃生女子,载寝之地。载衣之裼,载弄之瓦。无非无仪,唯酒食是议,无父母诒罹",英译参考魏理译本。

④ 《关雎》(♯1)是《诗经》的首篇之作,通常被解读为"后妃之德""风天下而正夫妇也"。《柏舟》(♯45)被释为"卫世子共伯早死,其妻守义",乃"共姜自誓"之意。引用此诗暗指甘立媃自己守寡一生。英译参见 James Legge(理雅各),trans., *The She King*, pp. 44, 73-74. 在此笔者要特别感谢司马安(Anne Behnke Kinney)为我指正《柏舟》一诗。

⑤ 译者注:原书译为 In my spare time, I worked on my writings,似乎漏译"奚"的"如何""怎样"的反问意味。

逐首诵一通,半从芟削,可存则存,不过留贻我后人开卷披读时,识吾志已尔、体吾心已尔。若以问世,使比诸咏絮颂椒,媲古才女之列,则非所愿也。

嘉庆丙子(1816)孟冬咏雪老人自序。①

甘立媃在自序中援引了将女性置于社会与家庭等级制度的低卑从属地位的儒家经典(《易经》),但也引用"诗即'妇言'之见端"之说(《诗经》)来声言女子有在诗中表达自我特权的女性言说的文本空间。于她而言,同样是这些经学经典授权女性能够在诗言志,诗不仅仅只是展现个人才艺的雕虫小技,而应当表现为人品化身。当她选择诗镌吾生的方式,她其实是希望她的子孙后代(也是其最预期的读者)以意逆志,以诗知其人("识吾志、体吾心"),这是其主体地位受到家族思想体系制约的必然产物。因此,甘立媃提出不要拿自己与诗才备受历代赞誉的东晋才女谢道韫、刘臻妻陈氏②相提并论,而有意识地将其与耽于诗才求索之举拉开距离,从而界定自己的创作意愿。③ 甘氏强调的是书写中的自我表征之目的。在这里别具意味的是,她的文学创作于袁枚(1716—1798)的"女教"观(授徒女弟子)与章学诚(1738—1801)的《妇学》说(历叱前者)就女子文才地位针锋相对的争论余波之中,④她对女子文学写作目的之自贬,暗示着"才女"在中国社会想象

---

① 甘立媃:《咏雪楼稿》,卷首自序,第 5a—5b 页。

② 译者注:原书二人分作四世纪、六世纪人。按刘臻妻陈氏颂椒诗事见《晋书》,而非隋人刘臻(527—598)之妻。

③ 谢道韫以其诗"未若柳絮因风起"喻雪的"咏絮之才"而成为古代才女的代表,参见刘义庆(403—444)著、余嘉锡注:《世说新语笺疏》,2.71,北京:中华书局,1983 年,第 131 页;英译参见 Richard Mather(马瑞志),*A New Account of Tales of the World*,p. 64;另见房玄龄:《晋书》,卷 66,北京:中华书局,1974 年,第 2516 页。刘臻妻陈氏尝于正旦献《椒花颂》,参见《晋书》,卷 66,第 2517 页。

④ 学界已有数文关注于此辩,尤见 Susan Mann(曼素恩),"'Fuxue'(Women's Learning)by Zhang Xuecheng(1738—1801)," and Kang-i Sun Chang(孙康宜),"Ming-Qing Women Poets and the Notions of 'Talent' and 'Morality.'"

(social imaginary)中处于一种模棱含混又争议较量的价值判断之中， *14*
这也预示着梁启超(1873—1929)在晚清号召"新女性"为国效力的倡
导中对才女的极力贬斥。①

甘立媃的诗集《咏雪楼稿》以一种令人信服的方式阐明女性自我
意识载录于诗是至关重要的自传之举。正如其自序所言:"实有不能
已于言者，一一寄诸讴吟，写我心已尔，言我志已尔。"这本诗集非同寻
常之处在于，其不仅展现了甘立媃终其一生持之以恒的自我书写行
为，而且以体系化的编排来讲述生活于中华帝国晚期妇女生命历程典
范图景中的个人生命史。甘氏对自己的身份变化了然于胸，载之于诗
并追述于序。二十多年后，其子徐心田在"欲请付梓"家慈诗集之际，
甘氏曾令其"逐首诵一通"且有自序在先，他遂在后跋中提到"厘辑编
次""兹遵原编分五卷"。②

甘立媃声称，从自己一生书写中拣选"留贻我后人开卷披读"的诗
作，她的把关可谓严苛。尽管她并未明言自己的甄筛标准，只说"半从
芟削，可存则存"，亦足见其笔耕不辍，创作颇丰；她不仅对其诗如何展
现自我身世人格的自传意义心知肚明，而且也对其诗才诗艺胸有成竹
(虽在序末故作谦词)。不难理解的是，没有任何一位诗人会把自己写
过的作品全数谋诸枣梨、付梓刊刻，甘立媃也不例外，这种自我汰选的
过程在男诗人或女诗人那里皆属司空见惯，是向世人展现自我文才、
形塑自我表征的行之有效之法，其既能揭示，亦可隐藏。

甘立媃依照自己人生阶段——待字闺阁父兄疼宠，嫁为人妇尽孝
舅姑，孀居寡母抚育幼子，垂暮之年天伦颐养——而将诗集排为四卷

---

① 近年来对梁启超的"才女"问题学界涌现出数次持续的修正式批判，例如参见 Hu Ying
（胡缨），*Tales of Translation*，pp. 6 - 8；and Nanxiu Qian（钱南秀，1947—2022），
"Revitalizing the Xianyuan (Worthy Ladies) Tradition."
② 徐心田:《后跋》，附于《归舟安侍图》之后，收入甘立媃:《咏雪楼稿》，卷5，第23a—23b 页。

且各赋其名。首卷曰《绣余草》,收入少女时代的 210 首诗作;次卷曰《馈余草》,辑录婚后生活的 248 首诗作;卷三曰《未亡草》,编选寡居守节的 187 首诗作;末卷曰《就养草》,涵括颐享天年的 263 首诗作,作于其次子徐心田蟾宫折桂、铨选授职知安徽南陵县的奉养之时。每卷之名无不联系映照着最为重要的"妇功"实绩,代表着她人生每一阶段在家族中的身份地位。此外,这本诗集附录一卷,收词(诗余)107 首,更进一步表明其诗词兼擅,创作颇丰。① 作为她日常生活和情感经历的自传性记录,这本收诗逾千的诗歌别集同时也见证着文学书写在女性生命终其一生的不同阶段上所起到的关键作用。②

人生初阶:《绣余草》

日常生活诗的性别化实践:豆蔻年华纪实

出生于江西奉新县士大夫家族的甘立媃,在父母宠爱与手足厚待中度过了天真烂漫的童年时光。她素以家族世系为傲,在她悼亡先父(溘逝于其婚后数年)的组诗中曾自注族系细节:其祖父甘汝来(1684—1739)康熙五十二年(1713)及进士第,官至吏部尚书;其父甘禾(1709—1771)十八岁中举人,是时雍正四年(1726),同榜中举的还有曾祖甘显祖、叔公甘汝逢;其昆季五人,三人亦得金榜题名,高中进士。③ 事实上,甘家士子都可谓出人头地,光耀门楣;除幼弟之外,甘立媃的这些男性亲属们皆为奉新地志列传所载,而其祖更是跻身

---

① 词作收入卷五,题名"诗余",词与诗在主旨题材、主题类别、场合书写上互为补益。
② "千首"包括词作数量以及同题多作的情况。"明清妇女著作"网站显示甘立媃名下诗目有 859 首。
③ 参见甘立媃:《哭父》三首自注,《咏雪楼稿》,卷 2,第 22a—23a 页。

于《清史稿》的列传之中;①甘氏诗注亦云:"先王父庄恪公官冢宰,国史有传。"②生活在如此位望通显的书香门第,可以料想甘家女子立媕与其姊月娥(1741—1760)③的成长环境殷实优渥。从甘立媕一些诗作中所能窥见一斑的是,一如当时的士绅阶层闺秀之女,甘氏姐妹也是由慈萱闺塾亲授读文写字;其豆蔻时代诗作还多有提及书法、绘画、诗歌、音乐等文人艺术,说明二女从小即开始接受良好教育;而不少诗题即表明父母子女于宅邸府第中常有诗文唱和。不必多言的是,甘氏姐妹也要修习很多当时社会要求年轻女子必修的"妇功",其中最为重要的当属针黹、刺绣以及持家之道。④

《绣余草》中开篇之作题曰《咏圆月》,题下自注"七岁作"。现存文本读起来浑然天成,当为后来修订重写过。该诗定是受父母兄长之嘱而作,或许还经过他们的订正,而她晚年辑录诗作预备付梓时或许也进行过雅正。

咏圆月七岁作

16

> 谁使吴刚斧,分明削正圆。
>
> 如何望未久,缺处又成弦。⑤

月亮是中国古诗中经常出现的传统喻象,在甘立媕诗集中亦反复出现;不过纵观她的生命历程,月亮在其不同人生阶段所代表的情感意蕴和文化价值也各自有差。这首诗是她的雏莺试啼,懵懂孩童对月

---

① 参见赵尔巽编:《清史稿》,卷304,北京:中华书局,1977年,第10495—10497页。其祖、其父、其兄的生平传录分见《奉新县志》,卷8,第28b—32b、37b、41a、42b页;卷9,第22a—23b、27a页,收入《中国地方志集成:江西府县志辑》丛书,卷43,南京:江苏古籍出版社,1996年,第651—653、655、657、658、674、676页。

② 参见甘立媕:《闻四弟西园馆选志喜二律》自注,《咏雪楼稿》,卷3,第8b—9a页。

③ 其姐字月娥,名未详。

④ Fong, "Female Hands."

⑤ 甘立媕:《咏雪楼稿》,卷1,第1a页。

有阴晴圆缺产生的好奇，又伴随着神话人物吴刚在月宫砍伐五百丈桂花树的传说而变得更为灵动。[1] 次联"望"字分外传神，既可意指满月（望之月相），又可指"望"月之举，一语双关，又添复义："如何望未久，缺处又成弦"。

《绣余草》中很多诗作都是基于季节变迁与自然物象等传统诗歌主题，如《春莺》《秋夜》《秋柳》《月夜》《七夕》等，都是集中常见诗题。寻常时分、等闲娱情，都被赋予"诗意"转录诗中，诸如《夏夜雨后望月》《春日病中听雨》《睡起》《秋夜闻笛》等诗题即见浮光掠影。[2] 在这些作品中，一位年轻女子日常努力地握诗笔，记诗意，去书写适宜于表达士大夫家族中个人内心感触和外在文化生活的各类主题。这一人生阶段的诸诗多是文学练笔之作，包括她在病愈康养时得以从繁重女红中暂得解脱之际的习作。这些文学习作著于甘立媃日常写作训练以提升淬炼诗艺之时，在情感语域尚未流露出强烈的自传之声，而是反映出快乐成长于平和温馨、舒适惬意环境中的天真少女之和婉韵律。不过，正是借由这样的文学磨砺，她也在炼成倾其一生自我书写的桃木剑。此外，步韵和作双慈兄姊的同题之作也是这个文学世界中的保留节目。《绣余草》中的第三首诗《恭和严亲鸿雁来宾排律得宾字》，就开启了记录家族成员多次诗歌唱和往复的先声。[3] 每逢佳节，众亲友济济一堂共度良辰，诗歌也成了记录这些欢聚场合的见证，如《九日偕诸兄姊弟登养云楼分韵得秋字》。[4] 甘立媃这些带有展演性质的诗作练笔，写于家族聚会场合。列席亲友之间彼此唱和，既能提升自己的即兴创作的诗技诗艺，也能在社交上和情感上将自我双向整合进大家族亲属纽带中。通过

17

---

① 吴刚月中伐桂的传说，参见段成式（卒于 863 年）：《酉阳杂俎》，北京：中华书局，1981 年，第 9 页。

② 散见于甘立媃：《咏雪楼稿》，卷 1。

③ 同上注，第 1a—1b 页。

④ 养云楼是甘府中的一座建筑，同上注，卷 1，第 14a 页。

这些早年与家族成员的诗歌酬唱,甘立媃与他们的情感联结变得愈发牢固耐久;她写信或写诗的书写技艺使得她在婚后能与娘家持续保持联系,或是在夫君儿女不在身边时与之寄情抒怀。

不久之后,甘立媃便以诗为媒,在家庭活动中构建成员身份,并在特定场合中评骘持论。无论是为高堂重慈诞辰祝寿作诗,还是为兄长离乡赴京赠别献词,抑或慈闱收到族兄鸿雁来书时吟句记之,这些及其他家事皆被她载之于诗。甘立媃与其姐(年长两三岁)月娥连枝同气,最显亲密。由于年岁相仿,二人在诸事上多一同接受母亲的谆谆教诲。虽然甘立媃常与高堂昆季次韵和诗,但与其姊则多互赠在同辈和闺密之间常用的联句赋诗(后文还将讨论其在婚后与夫君共作联句诗)。宇文所安在研究唐代诗人孟郊(751—814)与韩愈(768—824)的联句诗时曾指出这一文类的"活跃性"(kinetic)和展演性,并恰如其分地将其称之为"互动中的诗歌"(poetry in action),强调联句诗根植于本质的"竞争性"(competition),在孟郊、韩愈及其后学者之间随处可见,在男性诗人之间也很普遍。① 正如宇文所安所言,联句诗更重炫才扬己而非情感抒发,但在姐妹二人之间,诗艺诗才的展现与情感维度息息相关。② 甘氏姐妹的联韵绝句三首其一就带有明显的情感内蕴:

忆别仲兄同姊联韵

刺凤双双倚绣帷,停针频话送兄时。(月娥)

别离话半舟如箭,一半留将忆别离。(如玉)③

考虑到长幼有序,联句诗多由长姊先作首联,幼妹续接后联。既 *18*

---

① Owen, *The Poetry of Meng Chiao and Han Yü*, pp. 117 - 118.

② 这似可与曹雪芹(约1717—1763)小说《红楼梦》中大观园姐妹的联句诗功能相提并论,英译参见 David Hawkes(霍克思)trans., *Story of the Stone*.

③ 甘立媃:《咏雪楼稿》,卷1,第15a页。

然是首绝句,其隽永短章的诗体意味着甘立媴须援笔立成次联,以妙想佳成的转合营构意在言外的余韵之方式收束全诗。月娥的首联预设背景:姐妹二人正在同绣凤凰(夫妇象征),似在准备妆奁嫁什,此刻与仲兄别离的回忆涌上心头,搅扰她们的手头活计。与宇文所安所论相印证的是,甘立媴确以一奇思妙转完成了绝句——仓促惜别之际没有机会道出的话语在姊妹间的追忆中得以倾吐而出。姐妹间联句共写的方式将她们生命中的物事情事都编织弥合成一种文本联结。①

丧悼录

甘立媴垂髫稚子与豆蔻青春的无忧时光,很快就在一连串家人亡殁变故里随之中道而止。甘立媴十七岁时,仲兄(即上引联句诗与其姊忆别的那位)甘立功在离家之后不久便与世长辞。她在追念仲兄的悼亡诗自注:兄立功"(乾隆)己卯(1759)奉使典试陕甘,卒于闱中,时年二十九。"②姊妹二人共写若干联句诗来缅怀挚亲亡兄,显然是有意识地借由此体来实现情感共鸣,寻求彼此慰藉:

冬夜对新月同姊联韵(二首其二)

绣阁同怀常棣悲,③拈毫欲诉玉蟾知。④(月娥)

侍儿不解愁人意,认作寻常咏月诗。(如玉)⑤

诗中明月意象一如往初,但其内涵意义早已时过境迁。甘氏姐妹

---

① 笔者在"Female Hands"一文中详论刺绣在女子生活中的多重意义,这一主题在她们的诗作文章中多有呈现。
② 甘立媴:《哭仲兄淡泉太史公》,《咏雪楼稿》,卷1,第17b页。《奉新县志》也提到甘立功奉使典试陕西西安的举人科考同考官任上逝世,参见《奉新县志》,卷8,第37b页。
③ "常棣"(第1句)英译为 affectionate brother,语本《诗经·小雅·常棣》(♯163),通常喻指兄弟友爱之情。甘立媴诗中通假作"棠棣",参见"明清妇女著作"。
④ 传说月中有蟾,故以蟾指月。
⑤ 甘立媴:《咏雪楼稿》,卷1,第18b页。

将明月视为知己,对之倾诉痛失兄长之悲。甘立媃以"侍儿"为反衬来凸显这种情感认知上的差异,正因为"侍儿"非亲非故且不通文墨,她无法辨识这轮曾经多次出现在诗文习作与阖家欢聚场景中的皓月,较之此时甘家姐妹凄戚吟咏的月华有何不同。

不幸接踵而至。次年(1760)仲兄棺椁尚未归乡安葬,与立媃声气相求同题竞写的人,她最依恋的姐姐,也红颜命薄,香消玉殒,年仅二十。甘立媃写下七律三首、绝句十首来寄托对其姊的追怀哀思,皆名之曰《哭姊》。这些诗作常镌刻着她俩经常共事之刺绣与作诗的吉光片羽、往事记忆。

哭姊(三首其二)

清宵犹忆静谈时,生恐群分相聚稀。

闺阁那知有死别,心情只管盼来归。

联诗姊妹同良友,随伴朝昏共绣帏。

对镜惊看人独立,扑帘偏见燕双飞。[1]

第二句所谓"生恐群分"是指家姊即将字人,不过是离娘家往夫家,故而第二联描述闺阁时代的欢乐无愁时光,当时只道是生离,孰曾料知乃死别,原本是希望姐姐嫁人后常得归宁省亲,姊妹团聚。

哭姊(又绝句十首其一)

结伴深闺十七年,绣余教学大家篇。[2]

如何天上修文去,[3]不肯人间秘尽传。

---

[1] 甘立媃:《咏雪楼稿》,卷1,第20a页。

[2] 指女史班昭(约48—约112)所撰训诫教导女性之书《女诫》,英译参见 Idema and Grant, *The Red Brush*, pp. 17-42.

[3] "修文郎"是阴曹地府掌著作之官。

哭姊（又绝句十首其四）

针黹功余笔自随，手钞名媛百家诗。

20　　茂漪书法传真格，满箧珠玑欲付谁。①

在古代中国的传统中，女子未婚而夭会被认为人生未满，妾身未明。这首诗叹息家姊才学后继无人（"满箧珠玑欲付谁"）。甘立媃在组诗最后一首绝句中表达了对姐姐的深切同情，不解其姊何以遭受如此厄运，也质问苍天何以对才女如此薄幸，反映出对"佳人薄命"普世观点的认同。

哭姊（又绝句十首其十）

描鸾刺凤总成空，二十年来一梦中。

女子有才天亦忌，欲将此事问苍穹。②

甘立媃在难以自抑地陷入对姐姐的追思伤悼之际，也在担忧记挂着悲恸欲绝的慈母。在《哭姊》十首绝句组诗其九③，她为了宽慰母亲而强压一己之悲，由此在文本意义上聊尽"孝道"。

哭姊（又绝句十首其九）

阿娘双眼泪成斑，相对无言一室间。

恸极转愁添母虑，强陈温语解慈颜。④

由于两位子女接连离世，五内俱崩的甘母也因过度哀痛而积忧成疾。甘立媃有四首组诗⑤中详叙了对其母的奉养侍候：

---

① 甘立媃：《咏雪楼稿》，卷1，第20b—21a页。

② 同上注，卷1，第21b页。

③ 译者注：原书作 a third series of ten poems。

④ 《(哭姊)又绝句十首》，同上注，卷1，第21b页。

⑤ 译者注：原书作"三首"。

雪夜奉侍母病（四首其一）

淹缠母病记连宵，雪沁肝脾佐水浇。

弱女不知医药事，祇求病在雪前消。①

　　然而，痛失子女的甘母命不久矣，在其爱女香殒后不足一年，她也 *21* 于庚辰年(1760)十二月撒手人寰。② 甘立媟时年十八，失恃之悲，心长戚戚。不过她已初长成人，还幸得有一位对她呵护备至、在其出嫁之前的三年里担任着家中训导之责的嫂子，即其伯兄之妻李氏。尽管如此，甘立媟还是为母亲溘然长逝而悲痛欲绝。

　　与同时期活跃于当地更多女性社群的江南士绅闺秀才女相比，甘立媟的生活和情感经历似乎只局限于直系亲属的圈子里。她的文学活动也是围绕家庭成员为中心的。在她的豆蔻之作中，仅有组诗二首致献姑母，诗中感叹两家相去不远却甚少得见之憾，并自注"姑母居画乐楼下，余家养云楼在其北，相离半里许"。③ 我们很难判断是否地区交往模式的不同造成了人际交流之间的差异，较之江南地区的苏州、杭州等城市，江西并非女性文学文化的枢纽中心。

　　母亲仙逝之后，甘立媟写有组诗八首寄托哀思，其一以自己的失落无措开篇：

哭母（八首其一）

眼倾泪血染麻衣，④寸断儿肠母怎知。

---

① 甘立媟：《咏雪楼稿》，卷1，第24b—25a页。正如多首诗题所示，甘立媟在兄姐落葬之后自己也抱恙一时。她的三嫂潘夫人也在此间猝逝，参见甘立媟：《悼三嫂潘夫人》，同上注，卷1，第22b—23a页。

② 公历实为1761年初。甘立媟在1771年《哭父》诗其三自注："庚辰……十二月又遭母丧"，参见同上注，卷2，第22b页。

③ 约合0.167英里，见甘立媟：《咏雪楼稿》，卷1，第11b页。

④ 麻衣，即孝服。

百叩繐帷求示训，奈无一语似生时。①

与对家姊香殒的悼亡诗中所表达的友契痛失和姊妹情深有所不同，这些悼母诗则表现的是人生中永失家慈的训导与叮咛之后的无助彷徨（组诗其三提到母亲对"妇功"的指点，其四则提及"妇德"方面）。在梦中她无法握紧母亲双手，正是她失恃巨痛的象征体现："牵袂随行母释手，醒惊失恃手仍空"。② 以诗致哀成为一种疏导情感的方式，这种知识女性用以疗愈的过程，也为探究她们何以痴迷与持久文学书写提供了另一种观照视角。自此起至出嫁时的三年服丧期里，四季更替佳节重来，无不在提醒着她含恨痛惜。多首"哭母"之作的诗题中的前缀标注了时间，如"春晓""夏暮""秋夜""除夕""中秋夜""冬夜"等，而这些在她前作中多代表无忧时光。她的世界发生了翻天覆地的巨变，在失去了她的同性至亲之后，她感觉自己见弃于人，茕茕孑立。

春晚有感

弱羽初舒失树依，残红无语带愁飞。

年年一样春风送，那管人间万事非。③

在这段哀悼沉痛期里，她著有一首《述怀诗》，"述怀"即是一种常用作"言说自我"（articulating the self）的次文类。这首长诗是甘立媃对家慈悉心教导以及自己感念与痛失母爱的总结。诗歌采用三字句式，详述了萱亲对她在绣阁文戒和闺中女红上的训导之功，以及对她试啼之作的称誉，鼓励其继续写作之事。三言诗体应是对童蒙读本《三字经》的模仿，而当甘立媃重温她曾在髫发稚颜时所习母训之

---

① 甘立媃：《咏雪楼稿》，卷1，第25a页。〔译者注：原书误作25b页〕

② 同上注，其五。

③ 同上注，卷1，第27b页。

际,意外留意到其中"男随父,女随母"的男女之别;[1] 由此,她无萱可依的哀恸感又添一层新痛。

甘立媃在二十岁时写下自己第一首庆生诗,这意味着她人生中又一个十年的流逝,而这种自传性书写实践将以不同的诗歌体裁伴其一生。[2] 这首作于守孝期的绝句《二十初度》诗中塑造了一位因过谪凡、化为人间"孤雏"的神女形象。[3] 对于这一本不应受苦挨罚的贬谪女仙(包括生而为女)之象征化自我形象,甘立媃以后还会不断调用。

居丧旋满,嫁期踵至。1763 年,时年二十一的甘立媃出阁嫁与徐曰吕(字赠君,又字拜璜,1745—1774),夫君年齿幼于甘氏数岁。立媃墓志铭是由其子之友刘彬士(1801 年进士)应邀而撰,据此文所言,赠君父徐维纶(字蕙畹,1754 年进士)"入翰林官,京师闻太孺人(立媃)贤,遂为赠君订聘焉"。[4] 这次联姻或归功于甘立媃仲兄从中牵线,甘立功先于徐维纶两年进士及第,且二人同供职于翰林院。甘立媃的婚约也预示着她告别豆蔻,步入摽梅之年。徐甘两家可谓门当户对且望衡对宇,皆为奉新望族,甘家在城西北的法城乡,徐家就在城外的六溪村。[5]

离开娘家迈入人生新阶之时,甘立媃为其父、其兄、其嫂与其弟各赋离别诗一首,既对家中长者表达感激,亦嘱咐幼弟恪守孝道。立媃也别出心裁地自赋一首《催妆》诗,这一主题的贺诗通常由迎亲傧相所作,而就年轻女子身份而言,此举非同寻常。身为待嫁新妇,甘立媃以这首"婚俗诗"来记录自己这一人生重要阶段的经历体验,在末句尤为叹息母亲的缺席——据《诗经》所载古典仪礼所云,萱亲在爱女出嫁日

23

---

① 甘立媃:《咏雪楼稿》,卷 1,第 26a—27b 页。

② 而之岁她未有庆生诗写作或存世,其原因或是当时她沉浸于美好姻缘中。

③ 甘立媃:《咏雪楼稿》,卷 1,第 31b 页。

④ 刘彬士:《皇清敕封太孺人徐母甘太孺人墓志铭》,附于《归舟安侍图》之后,收入甘立媃:《咏雪楼稿》,卷 5,第 20b 页。

⑤ 译者注:"六溪"曾出现在甘立媃诗题中,现或即今"柳溪村"。

要为其"亲结其缡":①

催妆

珠冠象服骤加身,出阁辞家别所亲。

女道告终妇道始,奈无亲手结缡人。②

《绣余草》卷最后一首诗是《升舆》,这应该是甘立媃在迎娶送亲、衾抱入轿之后所作,此诗也标志了其身为未嫁女儿生活的象征性终结("女道告终妇道始")。

升舆

临行新沐上台初,谁抱登舆强使离。

独坐掩扉私饮泣,如何鼓乐反相随。③

甘立媃留心当地风俗,引用《礼记》来对婚庆之乐欠妥之处委婉批评,这再次表明她对儒家经典文本烂熟于心,并在成熟思考和独立判断上更上一层楼。

人生二阶:《馈余草》

闺闱之趣

展现甘立媃婚姻生活的卷章题曰《馈余草》,以已婚女性于祭祀与日常置备饭蔬饮食的主要职责("妇主中馈")予以命名。正如首卷以离开娘家时所作送别诗收结,次卷(卷二)则以介绍夫家长者——一为

---

① 此典出自《诗经·豳风·东山》(♯156):"之子于归,……亲结其缡",英译参考 Arthur Waley, *The Book of Songs*, p. 117.

② 甘立媃:《咏雪楼稿》,卷1,第35a页。

③ 同上注,卷1,第35a页。

舅姑(公婆),一为祖姑——的两首叙述诗开篇,第三首则恰如其分地名曰《入厨》。[①] 有了这个切近得当的发端之后,《馈余草》卷中诗作的情感中心便顺势挪移到自己夫君身上;而更为关键的一点是,她对娘家至亲们的依恋挚情也并未褪色。接续的两首诗便呈现出甘立媃之于琴瑟之好的两重身份维度:一是给予丈夫生活上至亲至爱的陪伴,二是支持郎君应举上尽心尽意的鼓励,后者能让其夫其家光耀门庭显亲扬名,乃至升官晋爵平步青云。其一《晓妆对镜口号》诗中,她揽镜自照,与镜中人对话展现出她身为新妇对自己的绰约风姿和如花美貌有了一层全新认识,甚至乐在其中:

晓妆对镜子口号

晓起临妆镜,分明我并肩。

祇宜与君对,休要受人怜。

鬓薄承华镊,钗横敛翠钿。

未能学椎髻,深愧孟光贤。[②]

初为人妇的甘立媃在诗歌中希冀自己温婉可人、端庄娴雅,故在末句中引用孟光之典,暗喻自己不及古代贤妻典范梁鸿妻孟光,能为夫志"欲裘褐之人,可与俱隐深山者尔"而"更为椎髻,著布衣"。[③] 顾影自鉴,她向镜中的自己细数增光添彩的金钗钿合("华镊""翠钿")。然而在其二诗中她又旋即对如此再现女性欲望而加以否定,而在文本中塑造出一位关心郎君仕途、全心支持夫君的贤内助形象:

25

---

① 甘立媃:《咏雪楼稿》,卷 2,第 1a—1b 页。
② 同上注,卷 2,第 1b 页。
③ 参见范晔:《后汉书》(逸民列传·梁鸿传),卷 83,北京:中华书局,1965 年,第 2765—2768 页。

春夜观夫子读书

读破青箱卷若干，书声灯影压春寒。

光芒不羡灯花艳，文笔生花更耐看。①

当丈夫挑灯夜读时，甘为贤妻的立娱长伴左右；不过这也为这对鸾凤和鸣的夫妇创造无人搅扰的独处时光空间，让其能从操持家务琐事、侍奉公婆长辈的繁文缛节中暂得解脱，因此，这些吉光片羽的韶华片段被立娱不断镌刻融化入诗也就不足为奇了。与其他应举赴试的年轻举子们无异，徐曰吕也曾离家入塾闭门苦读，《馈余草》就有不少表达丈夫不在身边时她对他兼葭之思或锦书之意的诗作。劳燕分飞的情形在本卷中出现较早，第七首诗②《春晓忆外》③表述了一种前所未见情感体验，而这在日后诸多场景中会以不断复现的时序标志来层见迭出，那就是春夏秋冬一朝一暮，她只是茕茕孑立，孤身一人。

受益于良好家教又长于能书善写，即使丈夫未伴身边，立娱也能内心充盈怡然自得，下引二绝句即是明证：

夏夜独坐（二首其一）

绕篱犬吠萝难成，独坐沉吟对短檠。

正是诗情无着处，添来远近水蛙声。

夏夜独坐（二首其二）

清宵岑寂漏将残，倚枕徘徊觅友难。

架上有书长是伴，几回欲睡又寻看。④

"夜间独坐"是女性诗作中的常见主题，在男性诗作中亦属寻常，

---

① 甘立娱：《咏雪楼稿》，卷2，第1b页。

② 译者注：原书误作第八首。

③ "忆外"字面意为"忆起在外之人"（即丈夫因事在外），是丈夫不在身边的女子写诗的常见主题之一。

④ 甘立娱：《咏雪楼稿》，卷2，第26b—27a页。

其意味着在一天的操劳之后能拥有的一段静思冥想、弥足珍贵的独处
时光。其一呈现出她在"思表纤旨"的神思诗学传统中训练有素,并在
女性生活幽居情境中游刃有余的敏锐感知力。自然界与人世间的万
籁之音被捕获与记录,从嘈杂喧动的犬吠之声,到宁谧寂静的蛙鸣之
音,随着夜色渐浓而宫移羽换,声气变幻。自然生灵的高韵低调与诗
人自我的轻吟浅唱相得益彰融为一体。白天忙碌于操持家务,只待夜
深儿女睡去而又逢夫君远行,女子们倍加珍惜此般独处闲逸,抽暇从
事一些诸如读书作诗等才识雅事。其二则强调了读书与学习之于少
妇生活气充志定的意义所在。丈夫外出时她独守家中,奉侍公婆,抚
养幼子,只在夜深人静时求知若渴自得其乐,幸得与拥有私藏的书册
文卷相知相伴。

联韵:生活与诗歌的联结

在这段幸福的婚姻生活中,甘立媃留存下来的诗作颇为可观,其
中部分是对夫作的步韵唱和诗,而更多的则是与夫君携手共写的联句
联韵诗——总计65首。无论是一句一联,还是四行两对,夫妇二人都
会在句末自注署名"拜璜""如玉"。正如上文所述,这种亲密书写曾在
甘立媃豆蔻年华时与家姊月娥之间操演,而如今她则与夫君联手再拾
前趣,通常是由其夫破题起头。《春夜理琴》首联便是联珠合璧、鹣鲽
情深的绝佳展现:

> 一帘香卷绿窗前,(拜璜)
> 并坐春宵奏七弦。(如玉)[1]

徐曰吕的出句设定了闺房内闱的女性空间,甘立媃的对句就直言
琴瑟和鸣亲密相伴:比肩并坐,同拂琴弦,共度良宵,此乐何极。同样,

---

[1] 甘立媃:《咏雪楼稿》,卷2,第31a页。

在《闺夜》一诗中，二人依旧将香闺内帷视为一个聊以促膝对谈、诗思飞扬、欣享欢愉的共处私密空间，并以诗为媒，表达和记载彼此的共同经历：

闺夜

芳情传翰墨，良友擅诗词。（拜璜）

琴瑟鸣香韵，琳琅捧玉姿。（如玉）

钟声敲竹静，月影上帘迟。（拜璜）

欲竟千秋业，深宵未寐时。（如玉）①

这首联句诗所传达的是夫妻二人如何采用传统的诗体形式和语言来表达心心相印与惺惺相惜。徐曰吕在首联中对甘立媗能以精湛娴熟的诗技来传情达意赞美有加，而甘立媗则运用"琴瑟"这一喻指夫妇的传统意象在颔联回应，以彰显二人之间情深意笃、两情缱绻的谐和怡悦；"琴瑟鸣香韵"一句融视觉、听觉和嗅觉的通感联觉表述"琴瑟静好"的关系。在颈联徐曰吕继续陈说这专属二人的良夜好景，而甘立媗在尾联又把话题带回到二人同心、助力夫君焚膏继晷地备试科考的熟稔主题上。这也是在家中长幼夜深睡去之后夫妇独享彼此松萝共倚的尺璧寸阴。

五律《对月》诗中，徐曰吕先吟前两联去生动地描述皎洁月光，首联用了月中有桂的典故。甘立媗接续颈联，之后在尾联夫妇各赋出句、对句，在形式上把如胶似漆的鸾凤和鸣推向极致，甘氏结句在语义上进一步强调了佳偶天成、鸾凤和鸣的意味。该诗的章法结构被精心建构成一个互动共通的精巧网格：

---

① 甘立媗：《咏雪楼稿》，卷2，第34b—35a页。

对月

皎皎金波涌,亭亭桂魄盈。

流光栖鸟怯,移影睡鸥惊。(拜璚)

玉女天开镜,银蟾水吐晶。(如玉)

夜阑庭院寂,(拜璚)相对两心清。(如玉)①

夫妻诗人在诗作中不断提及月夜,这并不仅仅意味着他们耽溺沉湎于这些琐屑俗常的物象,而是此情此景之于明清时代男女的日常生活而言别具社交与情感深意。对于燕尔新婚的年轻夫妇来说,能够尽享彼此陪伴,共同记录良辰美景赏心乐事以充作日后私人与家庭之回忆,此举所包含的意义并未超越现代人的情感认知。徐曰吕在联句诗《夏夜》末句里刻画了夫妻间身体上的亲密接触:"赋罢笑携看夜色,半轮淡月照层楼"。② 在能够连枝相依的共享时间里,在四季交迭的同一短暂时光中,他们不厌其烦地铭记着一日一夜,一朝一暮:

夏暮

小窗迎暮霭,斜月挂云端。

蛙鼓欣同听,瓶花笑共看。(拜璚)

联吟嫌漏短,搁笔怪灯残。

剪烛添龙麝,冰弦试一弹。(如玉)③

正如他们的联句诗所示,甘立媗和徐曰吕的婚姻可谓是鸾凤和鸣的典范。简而言之,饱读诗书、吟诗作赋,能够提升少妇立媗的自信底气,赋予她有效的交流手段去用以发展、巩固、维系她这一生命阶段中的各种纽带与关系。

---

① 甘立媗:《咏雪楼稿》,卷2,第33b页。
② 同上注,卷2,第35b—36a页。
③ 同上注,卷2,第37b—38a页。

诗系娘家亲

对于智识士绅阶层的女性来说,诗词可谓是其远嫁后与娘家人维系消息互通的重要媒介。当她们不能亲身列席家族活动之时,往往形之于诗,诸如为祝寿诞辰、喜结连理、弄璋弄瓦等喜庆场合(自然也少不了金榜题名)寄去贺诗,又如为近亲辞世奉上悼诗;而即使是在太平无事的寻常时光,她们也会不时寄诗与那些在成长岁月中情深长伴的嫡亲们,以表达自己的情意之思与桑梓之念。汉语中"归宁"一词专指已婚女子回娘家归省父母之行为。① 无论琴瑟相调或失调,大多数女子都希冀借机归宁省亲,探望椿萱、昆季与嫡亲们。她们也多会饱含深情地记录阖家团聚尽享天伦的探亲之行。而对那些婚姻不幸的女性而言,归宁省亲能让她们从困顿的婚后现实中暂获抽身,略得喘息。②

传统父权社会包办婚姻,基本上就是把年轻女子从她熟门熟路的社会情感环境嫁入人生地疏的陌生空间,那里她得只身与全然生分的人们(尤其是自己丈夫)周旋应对,以寻求新的社会与情感的锚定。这段经历所造成的心理创伤易于导致年轻女子被疏离或被遗弃的悲惨命运。不过,甘立媜和徐曰吕的媒妁之姻可谓吉人天相,婚后二人郎情妾意琴瑟合鸣,她与翁姑也相处融洽。虽说如此,立媜与娘家的联系依然紧密;虽然家慈和唯一的家姊在其字人之前业已辞世,但与家严和家兄,尤与季弟(四弟)甘立猷(号西园,1780 年进士)过从甚密,以诗代简就是至关重要的联结方式之一。甘立媜书写婚后生活的《馈余

---

① 该词典出于《诗经·周南·葛覃》(♯2)末句"归宁父母",英译参考 Arthur Waley, *The Book of Songs*, p.106. 本书第二章将有详论。

② "明清妇女著作"网站收录 62 首语带"归宁"的诗作。——译者注:原书作"19",此据 2023 年底网站查询数据改。在这里要感谢赵厚均、马千惠教授的指正。

草》卷穿插排布了一些与娘家人互通的诗作。初为新妇，她撰有一些思父念家之诗，也记录了两次归宁之旅，其中一次再度痛表失怙之悲；不仅给幼弟立猷原作步韵和诗一首，也有悼亡诗祭奠两位亡嫂。当家父进京赴任，立媖有诗赠之，日后也多有诗歌往复，彼此联络。在嫡亲们离家之际，她总会以送别诗寄意，像伯兄亦入京履职之时，伯嫂之后随任之时，三兄调任贵州之时，皆是如此。在椿庭花甲大寿之际，她以寿诗相贺，遥寄京城；季弟喜结良缘之日，她亦贺诗以赠。而在这一时期与她传书最频、存诗最多的嫡亲，是她的长嫂李氏。李氏曾在立媖慈亲殁后"长嫂为母"，如今化身为她的金兰莫逆之亲频频现身于诗作之中：

寄怀长嫂李夫人

为念同心侣，长宵梦不安。

传情凭尺素，寄兴在毫端。

怀远登层阁，看花倚曲栏。

几时重把袂，相慰各加餐。①

这里用以刻画亲密关系所用的语言与表达跟夫妻间卿卿我我之作异曲同工，都在诉说着怀恋、无眠、寄词，以及相近相亲之念想。一位女子寄亲昵之语与另一位女子，在其他情形中多被认为暗含身体吸引和性欲挑逗的意味，但在这里的语境中，只不过是用以表述女子同性社交(homosociality)和姐妹情深的惯用修辞而已。

最后，在甘立媖父亲在京城溘然长逝后，她作有组诗三首悼念亡父，题为《哭父》，诗中自注提供了甘氏家族史大事记的诸多细节(前文曾有提及)。于她而言更别显意味深长的是——她深知，家严辞世使得她的归宁省亲礼仪在象征性上和现实性中都迫不得已地戛然而止：

30

---

① 甘立媖，《咏雪楼稿》，卷 2，第 23b—24a 页。

"而今永绝归安愿"。①

子女与侍婢

在记录嫁为人妻生活的《馈余草》卷中，甘立媃没有提及女性最普遍关注的话题——生儿育女、抚养幼子。说来也怪，这种缺失恰恰反映出中国传统诗歌强烈的情感交流面向特征：诗言志，待知音；酒逢知己饮，诗向会人吟。因此，不解其中意的髫年稚子并非预设的理想读者。涉及娇儿稚女的诗作中，最常见也最动情的文类，莫过于母亲（及父亲）哀恸于孩子稚龄早夭的悼诗。② 十年锡婚，甘立媃诞下二子二女；但在这一卷存诗中，幼子们只是在数首中被浮光掠影地稍加提及而已。不过，一首题为《嫁婢》的诗放在了本卷之末。甘立媃为她年近摽梅的侍婢打点婚嫁之事，此诗就是立媃寄赠侍奉自己九年的十八岁少女，为其婚仪而作。士绅阶层女性多与其贴身侍女关系亲密，其中有些侍婢（尤其是年轻丫鬟）通常是在娘家时就侍候小姐，出阁后亦陪嫁夫家。女性文集中书写侍婢的诗作，无论事关言传身教，还是盛装备嫁，抑或悼其早殇，都是跨越阶层藩篱的真挚情感纽带的见证。由于侍婢是其言教之辞的受众读者，因此甘立媃在此诗中调整了语言的文雅度来寄赠与这样一位天资聪慧但略识之无的侍女。身为女主，立媃此时摆出了慈母之姿。这首五言诗明白如话又多重言叠字，立媃在诗中逐时逐事地回顾着侍女在服侍自己这些年来彼此的照应陪伴。传统诗歌语言一般都会避免使用人称代词，但甘立媃反其道而行之，通篇贯穿着"我""汝"二词，反复重申自己如何视之如己妹地关照侍

---

① "归安"义同"归宁"。同上注，卷2，第22b页。〔译者注：原书误作23a页〕
② 席佩兰就写有哭悼自己二子夭亡的动人组诗〔《断肠辞（哭安儿也，儿名文樨、字叔畬）》〕和一首写幼子患怪病之诗（《幼子阿安抱奇疾由晋南归竟获无恙喜而赋此》），参见 Idema and Grant, *The Red Brush*, pp. 603–607；599–601.

婢，为其加餐添被梳髻；也不断列举侍女多年来对自己的体己侍奉。甘立媃借由此道加强了诗歌私人化与对话式的腔调口吻（第 5—24 句）：

> 呼婢来且前，一一为告语。
>
> 汝初事予时，汝年方九岁。
>
> 汝发我作髻，汝总我为鬌。
>
> 汝事我加餐，汝眠我添被。
>
> 汝称我姑娘，我视汝姊妹。
>
> 我无别鸦鬟，汝亦颇灵慧。
>
> 我妆汝捧奁，我浴汝执帨。
>
> 我书汝研墨，我吟汝问字。
>
> 我绣汝穿针，我织汝络纬
>
> 我琴汝焚香，我绘汝铺素。

为示怜爱，甘立媃还在诗中细陈自己数度在侍女顽劣、亟待管教之时，她会先笞挞于己臂，以免下手过重伤及婢身。（"亦有疏顽时，不束虑其肆。欲挞且复止，忍自扑其臂。恐汝负痛深，先将身尝试。"）诗近尾声，她劝诫侍女"毋久居卑贱，女终妇道家"，侍婢不是永久标签，女子终究要守为妇之道，由此表现出甘氏对恪守恰当妇道人生历程的认知。最后，甘立媃履行了作为主母的婚俗义务，为其"亲结其缡"（这是她自己婚礼上未能实现的遗憾），并嘱咐侍婢要做贤妻良妇（第 47—52 句）：

> 香缡为汝结，嫁衣为汝制。
>
> 我为汝主母，与亲母无异。
>
> 送至门一言，切无违夫子。①

---

① 甘立媃：《嫁婢》，《咏雪楼稿》，卷 2，第 44a—44b 页。

本卷标目中的"馈"（饮食之事）字代表着嫁为人妇生活中的日常家务，而限定补语"余"字则转至作诗时间仅限于操持家务殆尽后的"馈余"闲暇之时。这一标题不仅表明了文学书写只能是忙里偷闲，而且也暗示了家务日常不是立娣自我表征的关注焦点，不会成为其诗主旨。正如我们所见，甘立娣在这段人生经历中最有意于记录与保存的，是她与夫君共享，与自我独处，与嫡亲交流这些经历中饱含深情的时光片段。

人生三阶：《未亡草》

卷三开卷两诗题曰《哭夫》，作于1774年徐曰吕身殁之时。甘立娣以夫亡后苟活于世的孀妇之称"未亡人"而为本卷赋名《未亡草》。徐曰吕于而立之年猝然长逝，甘立娣不过年三十有二。徐曾受业于坐落于江西北部的庐山白鹿洞书院，[①]"旋赴省秋试，骤患暑疾，舁归，遂捐馆"。三年守丧，立娣诗笔不辍地寄托对亡夫的哀思，文辞中亦提及丈夫身后留有"姑老子幼"（徐父于二人婚后次年驾鹤西去）。[②] 很多诗作都把过去的鹣鲽情深与如今的失伴鸳鸯一较今昔之比。在题为《忆昔》十二首代表组诗中，首首皆以"忆昔"二字开篇，而次联则以"而今"一词领起。[③] 她的记忆停驻在往日神仙眷侣生活的所有画面中，萦绕共鸣于那些夫妻间互作的步韵和诗，那些诸多场合携手共作

[①] 书院之名见于刘彬士：《皇清敕封太孺人徐母甘太孺人墓志铭》，附于《归舟安侍图》之后，收入甘立娣：《咏雪楼稿》，卷5，第21a页。徐曰吕的亡故情形这类墓志中的生平信息，当是甘立娣次子徐心田告之撰者。

[②] 参见《皇清敕封太孺人徐母甘太孺人墓志铭》，同上注，第21a页。甘立娣在徐父谢世时以及数年后亡翁出殡时各寄一悼诗，同上注，卷2，第5b—6a页；卷2，第14a—b页。《墓志铭》又云立娣"佐赠君（夫）治（父）丧事如礼"。

[③] 同上注，卷3，第2a—3b页。

的联韵联诗上，余音缭绕。

忆昔（十二首其三）

忆昔更深伴读书，几回携手问寒无。

而今灯畔书声绝，忽听兰音入梦呼。

忆昔（十二首其五）

忆昔看花后圃时，雨余草径笑相扶。

而今全败寻春兴，圃老泥深径任芜。

忆昔（十二首其六）

忆昔归安数月余，诗笺重叠写暌离。

而今再赋归安日，旧纸都成诀别词。

忆昔（十二首其八）

忆昔联吟风雪夜，凤鸣鸾哕耐更寒。

而今独自歌黄鹄，惟对孤灯掩泪看。

在组诗其八中，甘立媜以"黄鹄"之典来诉答己意，暗用春秋时鲁国少寡之妇陶婴所作《黄鹄歌》以"明己之不更二庭"之志。[1] 组诗后面还有四首绝句，各咏一文人雅事——弹琴、下棋、临帖、绘画，皆是夫妇联袂共赴韵事：

忆昔（十二首其九）

忆昔焚香倚几时，瑶琴同抚调关雎。[2]

而今断弦琴犹挂，报与泉台子敬知。

---

① 陶婴事见刘向著、梁端注：《列女传校注》，卷4，台北：广文书局，1987年，第7a—b页。
② 《诗经》开篇之诗《关雎》，多被阐释为琴瑟相谐之喻，前见甘立媜《咏雪楼稿》卷首自序中注释。

忆昔（十二首其十）

忆昔收枰决局时，君将棋子笑推移。

而今大局全更变，怎见从前对手棋。

忆昔（十二首其十一）

忆昔临池习右军，携侬手授写兰亭。①

而今梦里犹传笔，怎奈拈毫梦又醒。

忆昔（十二首其十二）

忆昔纱窗夜雨凉，研丹教写锦鸳鸯。

而今变作离鸾看，飞到溪边恐不双。②

由是，甘立媏开启其长路漫漫的孀居生活。守贞伊始，她屡屡书写其绝望孤独。同样的季节时序，如今在她的诗中只是表达着在凄风冷雨中孀妇的哀痛欲绝：

（述怀）又歌一首

将欲黄昏兮寒侵肌，空房寂寞兮不胜悲。

倚闺凝望兮盼君归，出步庭阶兮凄风吹。

重入中堂兮倚灵帏，孤儿幼女兮泣牵衣。

抱携归房兮灯影微，含悲伏枕兮泪暗垂。

恍惚梦君兮如昔时，醒赋鸡鸣兮奚不闻昧旦词。③

此诗采用的诗体是自战国晚期（前4—前3世纪）至汉代发展成熟的，以贯注丰沛情感著称的骚体诗，其描述出殡前夕的荒凉外景反衬出年轻孀妇的悲恸内心。她带着"孤儿幼女"在亡夫神主牌前守灵，从

---

① 永和九年，书圣王羲之（321—379）与诸文人高士雅集于浙江绍兴兰亭，亲撰并手书《兰亭集序》。

② 甘立媏：《咏雪楼稿》，卷3，第2b—3b页。

③ 同上注，卷3，第4a页。

气氛压抑的空房之内步出庭阶之外又重入中堂之中,这一连串动作表露出她的焦躁难安。末句化用《诗经·鸡鸣》之意,此诗朱熹解为"言古之贤妃御于君所,至于将旦之时,必告于君曰:鸡既鸣矣,会朝之臣既已盈矣,欲令君早起而视朝也",故后多作贤妇佐夫勤政之典。[1] 用在此处,甘立媃强调夫君再也无从得听自己的敦劝了,对他的思念只能在梦中聊求慰藉。在另一首《季秋病中感怀长歌一首》骚体诗中,立媃道出要替夫"朝夕课儿""侍奉高堂"时的惶恐担忧:"刻刻防患兮如临渊",而自己在没有娘家支撑的情形下感到处境尤为艰难:"痛我父母兮早捐弃,弟兄远宦兮书难传"。[2]

　　在为夫居丧的三年里,甘立媃立誓要令亡夫音容宛在,故追写夫君真容"写与后人看";[3]也整理其夫遗作,"为君留手泽,付与两儿郎"。[4] 居丧期满,作《亡夫灵牌入祀宗祠》诗以纪此仪礼,题后自注曰:"乡例,三年服满,请牌入祠。至是,命两儿捧入从祀。"[5]

　　甘立媃的孩子们在她寡居期间逐渐长大。将孩子们教养成器,关心其冷暖安危,教之以符合性别角色和家世的处世之道,操持他们的婚嫁之事,都成为她要独力承担的责任。时光荏苒,她的诗作关注焦点渐次挪移至二子身上,同时也把英年早逝的亡夫未竟功业之理想寄托于其子去实现。当麟子们青涩尽去,能舞文弄墨,以诗为媒之后,立媃写给二子的诗作亦与日俱增起来,个中多有对他们的勉励与劝诫,敦促他们寒窗苦读,以求光宗耀祖,继承先父遗志。每当两儿示以试啼篇什,寡母也会次韵和之;儿行千里母担忧,长子徐必念北行之时,

──────────

[1] 《诗经·齐风·鸡鸣》(♯96),英译参见 Legge, *The She King*, pp. 52, 150-151.
[2] 甘立媃:《咏雪楼稿》,卷3,第5a—5b页。
[3] 《追写夫子真容》,同上注,卷3,第4a—b页。甘立媃曾习翰墨丹青,可能曾为先祖们作过祖影像画。她也为自己公婆去世后绘制遗像,见《追写先姑真容》,卷3,第19b页。
[4] 《检夫子遗篇》,同上注,卷3,第5b—6a页。
[5] 同上注,卷3,第8a页。宗族祠堂于女性而言是禁地。

她多写诗文寄与。而在诸诗中她最为看重并刻意保留的,是那些劝子为学之篇。①

她多写诗文寄与。而在诸诗中她最为看重并刻意保留的,是那些劝子为学之篇。①

36　　　立媅只有一首存诗写给长女,次女则未著一字;②这大概是因其深受封建意识形态家庭等级制度中"在家从父,出嫁从夫"的观念影响,认为女子在之子于归嫁入夫家之后便不再身属娘家,故而关注重点就放在了传宗接代的儿子身上。不过,或许在诗集付梓之前,她自己裁汰了寄与爱女的诗作,因为诗集须展现的是自我表征的"公共"(public)性。尽管立媅之于女儿的实际情形如何已无从考证,但其与娘家至亲们的联结与交流却打破了女子出阁后的传统定规。虽然在诗作中不见载录,但立媅与适宋家的长女和适熊家的次女始终保有联系,她提及修书与女之事,《咏雪楼稿》中就收录一封寄与次女的家书(下详)。不论出于何因,诗歌确非甘氏与女儿们的交流媒介,原因或许是其女不如母亲一样热衷于诗。因长女夫家似乎住得不远,甘立媅故与长女过从更为频繁;在刚过不惑之年的某时,她给新婚燕尔的长女寄诗一首,谆谆教导其如何恪守妻道,早生贵子:

寄适宋长女

飘飘黄叶绕霜天,为忆吾儿展玉笺。

挥笔书愁添别绪,临风揽羽寄诗篇。

挑灯伴读如宾敬,握算持家继祖贤。

更嘱宜男阶草茂,螽斯喜赋第三篇。③

此诗表达了母亲对出阁爱女的挂念深情,于她而言,表情达意的

---

① 与其他女性文集一样,甘立媅诗集中也未收录提及子女婚嫁之诗,似乎娶妻嫁女不是她们诗歌创作主题。

② 甘立媅仅以序齿称呼女儿为"长女""次女",集中并没有提到她们的名字。

③ 甘立媅:《咏雪楼稿》,卷3,第13b页。"螽斯"语出《诗经・周南・螽斯》(#5),这里英译为"Be Prosperous",其诗多喻指多子多孙之福。

有效方式之一就是写诗寄诗。她也借此机会重申母训。长女字人两年之后，立媃另撰一诗"志喜"（record the happiness）外孙的周岁庆时提到女儿又有喜："子满周时母再周"。① 这次女儿诞下的是女孩，因为甘立媃在知命之年曾有组诗二首寄赠给她这位极受宠爱的外孙女。③ 诗题自注"孙女五岁，余寓女家，携回抚养半载，始返"，诗中情真意切地描摹出祖孙二人的彼此依恋：

寄怀宋小外孙女（二首其一）

弹指分离两月余，更阑入梦手常携。

觉时频忆娇痴态，不忍回家絮絮啼。

寄怀宋小外孙女（二首其二）

几度停针思悄然，忆儿婉语动人怜。

自从归后如相失，忍对呢喃乳燕翩。②

　　虽然《咏雪楼稿》中没有收入寄赠次女（四子里年岁最幼）之诗，却辑录了甘立媃写给次女一封凄婉家信，是时适逢次女新寡，母亲曾经历的孀妇悲剧再次降临。③ 这也说明书简尺牍亦是甘立媃与其子女沟通交流的日常且实用的媒质。除了这封家书之外，另有三封寄与次子的信札亦收录集中，字里行间多是对爱子的箴诫训导。第一封信写于徐心田高中进士的 1801 年，第二封是同年心田南归故里所作，第三封则寄于其子即将赴官任职的 1802 年。④ 据《慰次女书》所言，立媃得知女儿丧夫这一晴天霹雳时如遭五雷轰顶，"泣零痛哉"，自云"但苦险吾已历尽，不料今汝而亦遭此"，只能将之归咎于"天也命也，听天顺命

---

① 甘立媃：《八月十六日宋外孙晬盘之辰口占志喜》，《咏雪楼稿》，卷 3，第 19a 页。

② 同上注，卷 3，第 29a—29b 页。

③ 《慰次女书》，同上注，卷 4，第 58a—59b 页。

④ 同上注，卷 4，第 54a—55b，56a—57b，60a—62b 页。

无他法"。她劝慰女儿"虽然死易耳,不死乃难,汝当为其难",要其承担丈夫身后之责:"奉姑兼尽子职,教子当全父严",并为女儿筹措丧葬费用与所需,对将来承产执券提出实用建议,由于情形错综复杂,"汝夫今过房","老姑(熊母)继汝夫妇原为奉养祭祀",其与"生父"仍在人世,甘立婧关心的是女儿身处其中应知礼节,"汝当修身自重",不可"启人讪笑不似宦家闺媛"。她感人至深地写道:"汝遇忧郁难解时,将吾此书读一过,自当醒释也。"此事当发生于 1802 年其次子徐心田入京中举后不久,立婧在信中提及这一喜讯,但也告知女儿自家窘境:"次兄在京获中固喜,但赀囊已罄,榜后用费,俱属称贷于人",但又坚定承诺"若得官,必分俸仗助接汝"。立婧于信末以"临书洒泪,笔不尽言"数言搁笔。① 次女寡居生活不复见录于甘氏文字之中,她之后的日子或如立婧期待那样天从人愿。

虽然兄弟昆季皆在他乡入仕为官,但嫠居中的甘立婧始终和他们保持着联系。正如前文所述,她与幼弟甘立猷最为亲近,曾于 1781 年立猷蟾宫折桂大喜之时寄赠组诗二首贺其金榜题名。② 约廿载后,立婧次子上京赶考参加会试时,就借住于娘舅家里。其间岁月流转,对于逝于京城的长嫂、卒于贵州偏远厅县大令任上的三兄、殁于京畿西北边境宣化府太守任上的长兄,立婧亦写有祭悼之诗。③

1802 年,甘立婧六十耳顺寿辰之时,恰逢其子徐心田得中进士一年后喜获初次授官南陵县令(今安徽南陵)。她把这一刻视为自己作为寡母拉扯孤儿成人之岁月的句点,转而过渡到母以子贵、颐享天年的"从子"人生最后阶段。儒家礼教规定女子一生应遵循"三从"原则,一为未嫁从父,二为既嫁从夫,最后则是夫死从子,年迈老母"倚靠"成

---

① 《慰次女书》,卷 4,第 59b 页。
② 《闻四弟西园馆选志喜二律》,同上注,卷 3,第 8b—9a 页。
③ 同上注,卷 3,第 21b、22a—22b、28a—29a 页。

年之子。事实上,很多女性在上述三阶的任一时段都不得不"独力"
(independently)便宜行事,甘立媃便是明证之一。她守节寡居三十余
年,其间她须得当家作主,操持家务,运筹决策,对诸多家事当机立断
或权衡斟酌。在书写孀居守贞生活的一篇赋文的自传性前序中所载
一事很好地表明了有些困境她只能亲自面对:"守艰已历五周终岁,未
遭一告,居无何有。佃人负租,以山质偿,因乘间言山有穴,可备窀穸,
欲售于我。术者往视,则砂砾耳,遂止。佃失其利,其妻悍而刁,伪以
与夫斗状,讧于予门,避不之校。久之,夫匿而妻益肆甚,竟入室毁器
物,诟谇嚣陵,汹汹莫遏,盖有使之者然也。不得已,倩系铃人解铃而
系铃者不知何往矣。予将质券给还,亦不问其值,哄渐息。"①在明清
时期,人口急剧膨胀为土地资源占有带来更多压力,地主与佃农之间
的紧张关系比比皆是。从甘立媃的诗文之中,人们就能瞥见一位士绅
女性是如何面对处理对这一棘手问题的。

　　在经历了长年守寡的艰难苦恨之后,甘立媃终能因其次子进士高
中而扬眉吐气,她自撰一首长篇寿诗《六十生日述怀》来标志其身份转
变为子嗣成器的萱母之重要时刻。这首七言古诗以极富表现力的自
传口吻讲述,立媃以叙述者身份生动地总结了自己从生到老的人生历
程。② 在这首记叙翔实的自传诗中,立媃以襟怀坦白、敦本务实的文
风、平和淡泊、分阶逐段地重诉自己的生命史,用审视全局、溯及既往
的目光描述人生中的至亲关系、重大事件和命运节点,为生命中的这
些浓情时刻赋予了特殊意义。从结构上看,诗中的自我叙述是对以时
序编次《咏雪楼稿》呈现的个人生命史交相辉映的复述。诗作以自己
呱呱坠地时的吉兆起头:"母梦玩月星化玉"(第2句),立媃表字如玉

39

---

① 《幽闺赋》,同上注,卷4,第51b—53b页。
② 英译全诗文本参见本书附录一。

可能就是源此梦兆；依此典故，她也傲然指称自己命运不凡。① 不过她随即写到家中男性对弄瓦之喜难掩失望之情来凸显出女性的从属地位："阿爷吁嗟寝地卑，阿兄叹未联手足"（第 3—4 句）。② 为了扭转性别劣势，她转而强调自己在妇德妇功上的得宜教养，在增广见闻、品性修养、是非甄辨、举止得体方面的不断锤炼。换言之，她的主体性在文本中被重构，通过列举士大夫闺秀家教诸多典范来加以历史性地呈现（第 5—10 句）：

> 五龄习字母执手，七岁学吟姊口授。
>
> 内则女戒膝前传，诸兄又教瑶琴抚。
>
> 拨弦方竟续手谈，绣罢挥毫绘茧蚕。

40　　　　随后，叙述者历数家姊和家母的辞世之痛，接着过渡到自己年届廿一服满将嫁之时。之后仅用寥寥数语概括自己身为贤妻孝媳的短暂婚姻，便讲到了她生命中的惊天噩耗：夫君英年早逝。于她而言，只能借由激烈的情绪反应和神灵的解厄指引，才能传达出自身的极度伤悲与痛不欲生（第 39—46 句）：

> 弥留对母执手时，视我指儿难尽说。
>
> 时予魂散昏扑地，遥见金神喝勿误。③
>
> 彼既缘乖弃老亲，汝应顺逆消天怒。
>
> 醒弹血泪吞声哭，犹恐姑伤颜强肃。

金神现身及怒喝揭示了社会与话语构建的女性主体性是深植于儒家价值观念体系的。丈夫的英年早逝因为背弃了赡养慈母的义务

---

① 她的《二十初度》寿诗中也把自己化身为临凡谪神的形象，同上注，卷 1，第 31b 页。

② 语出《诗经·小雅·斯干》（♯189），前见甘立媃《咏雪楼稿》卷首自序中注释。

③ 语本《山海经》，金神即秋神，此或指其夫逝于秋季。参见《汉语大词典》，上海：上海辞书出版社，1988—1993 年，11 卷，第 1158A 页。

而被视为是不孝之举，此时，金神以第二自我/另我(alter ego)身份现身劝说年轻孀妇要为丈夫的失责赎罪。在接受意识形态要求之余，女性主体也在努力创设一个彰显自我能动性的空间。她把孀寡生活的凄寒落魄与离群索居转化成主体能动性运作场域，家族与社群的社交网域是其成功机理所在，更重要的是，她的能动性彰显机制源于其能读书识字，舞文弄墨。在后续的自我叙述中，甘立媃认为对于年轻嫠妇而言比承受悲痛苦难更有意义的，是在守节期间对家族所做出的贡献，故而她将公婆的临终赞誉视为对自己所作所为的褒奖而写进诗中："媳兼子职十四春，为妇如汝无所愧"(第 59—60 句)。

诚如所言，甘立媃重述了自己掌管夫君与公婆后事安排的细节。殡葬仪礼是中国文化中最重要的社会与宗教仪式之一，要牵涉多层面的交涉与筹措。[①] 女子能否得宜操持殡礼是她能否驾轻就熟处理复杂事务的重要体现。因此，甘立媃的传记撰者刘彬士就在甘氏墓志铭中反复重申此乃其德行能力的极佳展现，逾年蕙畮公卒，立媃"佐赠君治丧事如礼"；夫死后"忍死挨挡丧事"；"姑殁营丧，事如丧蕙畮公时"。[②] *41*

最让立媃引以为傲的，还是她课子成人教子成器的成就。诗云"表予课子功略就，泥金帖子光生牖"(第 79—80 句)，幼子进士及第，官家授其嘉奖即是认可。所有职责皆已履尽，立媃心满意足，别无所

----

① 参见 James L. Watson(华琛)〔译者注：原书误作 William L. Watson〕and Evelyn S. Rawski(罗友枝) eds., *Death Ritual in Late Imperial and Modern China*；Norman Kutcher(柯启玄), *Mourning in Late Imperial China in Late Imperial China：Filial Piety and the State*. 〔译者注：原书 Mourning 误作 Death〕豪门大族丧葬之礼的社会复杂性与礼仪繁复性在小说叙述中的再现，参见曹雪芹：《红楼梦》，第 13、14 章，英译参见 David Hawkes trans., *The Story of the Stone*. 最为有趣的是贾琏妻王熙凤为贾家旁系兼其侄辈秦氏(可卿)大张旗鼓操办厚葬之事。

② 《皇清敕封太孺人徐母甘太孺人墓志铭》，附于《归舟安侍图》之后，收入甘立媃：《咏雪楼稿》，卷 5，第 20b—21a 页。亦见本书第三章邢慈静扶亡夫灵柩归葬故土之事。

求。寿诗行至尾声,她坦诚要安享晚年清福,在宇宙天地、文人雅事与沉思冥想中寻求净土之境(第81—92句)。

> 将昔愁魔渐扫讫,握卷频看兴多逸。
>
> 或闭双扉理七弦,或拱双手诵千佛。
>
> 供花瓶几吐芳馥,映草庭阶摇影绿。
>
> 一片山光列竹窗,四时村景环松屋。
>
> 闲敲棋谱寻静局,偶绘云笺写幽菊。
>
> 心如井水绝尘滓,好向三光滋渥注。①

人生末阶:《就养草》

初旅与末旅

甘立媜生命历程中的最后阶段很好地诠释了长者的性别化权威,其自传式诗集末卷以一首记录1803年八月九日乘舟欲行之诗开篇,诗中提到她从江西奉新出发,前往次子任职的安徽南陵县治之署倚居。② 这次行程具有的深刻象征意味在于其预示了甘立媜由此功德圆满地迈入了女性人生末阶。她在此段行旅中写诗纪实、以志新变,而数年之后她归返故里以及次子挂冠回乡奉养慈母之时,她亦作如此书写。她晚年行旅中的诗作丰富了中华帝国晚期士绅精英阶层女性纪游文学的图景,这一书写实践本书第三章将有详论。初次出行之际,立媜长女携外孙辈入舟送别祖母,此般情状被立媜详录于

---

① “三光”即日月星。
② 甘立媜:《咏雪楼稿》,卷4,第1a页。

诗。① 这段长约 650 公里、历时一个月的行程,她留有 18 首诗作,这可能是立媃首次离开家乡奉新的远行之旅。在惬意闲适的环境中,她以诗纪游,表达出对明月相伴沿途秋景的欣赏与幽思,②并于舟中喜度中秋;她亦以诗纪实,书写旅途中的至要时刻和趣情异景,一首诗感怀"五龄失怙"的儿子终得"传家世业""拜国新恩",另一首诗则颂扬船夫一家男女老少众人一心。③ 途中所经最负盛名的胜景,当属位于江西北部的庐山。舟行鄱阳向北,她第一次亲睹庐山东南峰,遂于诗中记录下自己与这座闻名遐迩的名山兼具文本与视觉意义的邂逅。

舟过南康望庐山

江行连日对烟鬟,五老如亲指顾间。

名岳欲登曾入梦,果然真面见庐山。④

诗人之所以对五老峰感到熟悉亲切,除了对山名的吟味之外,也源于对前人文本的熟稔与身临其境的体验。末句与苏轼(1037—1101)游历庐山的题壁诗中的名句遥相呼应,尤与东坡诗次联中对认知相对性(relativity of perception)的论断关联:

题西林壁

横看成岭侧成峰,远近高低各不同。

不识庐山真面目,只缘身在此山中。⑤

女子们并没有如士大夫男子们一般的出行自由与行旅机会,后者 43 即使身遭贬逐,亦能利用闲暇时光去寻幽探奇,模山范水。苏轼曾于

---

① 甘立媃:《咏雪楼稿》,卷 4,第 1a 页。

② 这些诗作在卷四中依序而列,同上注,卷 4,第 1a—4b 页。

③ 《舟中感怀》《舟中即事》,同上注,卷 4,第 2b—3a、3a—3b 页。

④ 同上注,卷 4,第 2a 页。

⑤ 王文诰辑,孔凡礼校:《苏轼诗集》,卷 23,北京:中华书局,1982 年,第 1219 页。

被贬黄州(今湖北黄冈)期间(1080—1085)造访庐山,身在此山中的他交结佛僧,精研佛理,转向于清修冥思的生活。① 此行之前,正如诗中第三句所云"名岳欲登曾入梦",即如当下,她也不过是在舟行途中得以瞥见匡庐山貌而已;然而,她却能通过对苏轼名句的推演和隐括,把自己受限的活动范围调整至最佳观测点来喜迎这一视线交汇的时刻。从船上以远距离、全域式的视角观赏庐山,较之苏轼身在山中的限知视角,甘立媃因此更能声称自己所见乃庐山"真面",而且自己本人与矗立的远山作为物质实体,双方是并存于同一时空的。

稍后泊舟于九江东南鄱阳湖即将汇入长江处的大姑塘之时,这个与其姐昵称谐音的地名在立媃的回忆中翻江倒海:

泊大姑塘

片帆东下度关津,却讶塘名似姊名。

忆昔肩随如梦里,临风回首不胜情。②

这些诗作标示出立媃从江西奉新出发,经鄱阳湖北入江水道进入长江干流的舟行历程。当船行泊于安徽狄港(今率属于安徽芜湖)这座扬子江畔近于南陵的江城小镇时,她留意到当地的方言变化:"漏永更阑喧未已,五方音语听难真"。③ 于此过夜,她提笔写就快诗一首寄与次子,预报自己即将抵达。④ 随后,甘立媃弃舟换轿,陆路继续行进约 50 公里后到达南陵县城。她曾于九月初八以诗代简,命子邀内戚重阳赏菊。⑤ 除了在 1809 至 1810 年间曾回过一次娘家参与纪念家父的百岁冥寿之外,在 1803 年至 1818 年期间立媃似乎一直

---

① 这一期间苏轼与佛教的关系考辨,参见 Grant, *Mount Lu Revisited*, pp. 107–129.

② 甘立媃:《咏雪楼稿》,卷 4,第 2b 页。

③《泊狄港》,同上注,卷 4,第 4a 页。

④《舟中对月书此先寄次儿》,同上注。

⑤《重阳前一日月下观菊命儿邀内戚小饮》,同上注,卷 4,第 4b—5a 页。

居于南陵。① 在她辞世之前的前一年,她携子踏上返归奉新的最后一   44
次行旅。

县太君生活

甘立媃人生的最后十五年过上了众多妻母们梦寐以求的生活,经过岁月沧桑和人世磨难之后,她终可安享晚年由功成名就的儿子[某种程度上来说,儿子就是她的"成果"(product)]所带来现世安稳、舒适惬意与体面光鲜的生活了,而她的诗作也继而记录其转型后的社交、情感和精神生活。她一如既往地对读书、作诗、临帖、绘画、理琴、谱棋等文人雅事乐此不疲,又新辟雅好,醉心园艺苗圃,在县衙府邸种花栽菜并形诸歌咏。立媃对咏花诗又情有独钟,分咏花事的《花中十友诗》和《梅花绝句三十首》便是写照。② 如今,她也富有闲暇以静修冥想,下引《偶吟》诗便捕捉到其生活中娴雅淡泊、静谧平和和遥思幽绪的心境:

偶吟

闲披牙轴启窗扉,捧卷临风对夕晖。

放眼看来天地小,回头认到昨今非。

理禅始觉心无垢,书叶方知笔有机。

万籁寂时人意静,月移清影上屏帏。③

显而易见的是,年事渐高的甘立媃逐渐转向至精神修习。尽管该诗刻画理禅静修与佛经抄写等"净心"之习极具佛教色彩,但作为浸濡

---

① 徐心田执政南陵的任期尤为绵长,参见前文《人生初阶》一节中注释。甘立媃有几首诗作及自注能印证其入仕时间。在她最后一次启程返乡奉新时有诗《丁丑(1817)八月廿日起身回里》云"八载重于外",见《咏雪楼稿》,卷4,第48a页。
② 《花中十友诗》《梅花绝句三十首》,同上注,卷4,第28a—35a页。
③ 同上注,卷4,第27a页。

于浓厚儒家社会伦理价值体系中的女性而言,她也殷切关注时任邑宰的爱子的官责官行。作于此期的《愁诗》便展现自己县太君的身份面向,她陷入因"俗"务("worldly" matters)而生的焦虑中,诗中弥漫的自我表征意识,与它诗中的自适自足之感既抵牾又互补。

愁诗

到来难遣更难遗,心上眉头每暗随。

45 恩重欲酬时在念,志高期展梦空追。

学禅清影琴书伴,佐政虚怀神鬼知。

揽镜惭添银鬓缕,培桐补瑟灌孙枝。①

此诗尾联的关注点骤然从公共领域到私人事务的转向,体现出儒家思想在国与家之间的张力。老迈之年的甘立媖关心着子辈们,尤以徐心田功业遂成但仍未有子嗣延续家族血脉一事为心病,遂在末句融铸梧桐与琴瑟的典故来表达自己想要含饴弄孙的渴望。桐木为制琴之良材,前文曾有提及立媖与夫君联韵诗中琴瑟二种,乃为夫妻和睦、鹣鲽情深之惯用象征。由此,"培桐补瑟"暗指心田元配早逝,此时自己正在栽培其继室来传宗接代,"孙枝"的隐喻义即为再生新枝(第8句)。②

立媖在公共面向上的关注在其表述中也体现出矛盾性。如果其"高志"在于达成巾帼不让须眉之丰功伟绩,但身为女子却并不掌握亲自实现的机会,第四句故云"志高期展梦空追",她清醒地意识到其"志"只能借由子辈的加官晋爵得以实现,因而全身心倾注于心田的官任官责,声称自己持"虚怀"以"佐治"(第6句)。在徐心田待官授职之时,甘氏曾寄之以长信细数她所知其祖父庄恪公(甘汝来)的清政善

---

① 《花中十友诗》《梅花绝句三十首》,卷4,第27b—28a页。

② 甘立媖在五十余岁时曾作悼诗寄次媳李氏,《悼次媳李氏》,同上注,卷3,第27b页。

治，并对爱子箴之以训：

> 汝赴任后，必迎予养。汝若不遵予言，予不至；听予言而不效
> 庄恪公，亦不至。汝选远省，予不至；选近地而寄呈衣饰、多耗盘
> 川，亦不至。①

甘立媃寄望爱子为人孝悌正直，但她也期望他能就近选官，去乡
未远，而不必背井离乡被派至荒土远疆。她清楚明了忠孝难以两全，　*46*
在那次长约一年还乡省亲后再赴南陵途中，她有诗寄子，念其孝道：

再赴南陵舟中作

……

> 特恐趋公忙，安能常侍侧。
>
> 民事重家事，竭诚图报国。
>
> 为语居官人，忠孝难两得。②

甘立媃以母严之威劝诫忠告儿子为政治道上要秉公执法，中正
无私，表达自己对其子治下子民疾苦福祉的关心。在心田走马上任
时，她令子先行详览地方诉讼判牍以便于"审察冤屈，躬亲狱讼"，提
及例如宋慈（1186—1249）的《洗冤录》（宋代的验尸法医学专
书）、③徐文弼（生活于 1752—1771 年间）的《吏治悬镜》（明代的吏治
实录官箴）等。④ 在此期间，她的诗作与其他文件中记录了诸多她自
己躬亲的"政务"（official matters），比如为久旱未霖的南陵县祈雨，
为乡民除掉虎患献于大堂而道喜、节庆礼仪场合尽从本地风俗；而
面对风雪一类的自然气象时，也多有提及它们之于民生（尤其是农

---

① 《寄次儿第三书》，同上注，卷 4，第 61b 页。〔译者注：原书误作第 61b—62a 页〕
② 《再赴南陵舟中作》，同上注，卷 4，第 44b—45a 页。
③ 英译参考 Brian McKnight（马伯良），*The Washing Away of Wrongs.*
④ 《寄次儿第三书》，收入甘立媃：《咏雪楼稿》，卷 4，第 62a 页。

事)的影响。① 1807年，南陵大旱，当地官民用尽各种祷雨法皆"罔应"，而甘立媴携带身边并敬奉身边"大士(观音)像十年，扶以来陵守奉，斋日祈请辙验"，向其献上祈雨文一篇，"此疏一上，即得雨"。出于对其文字灵验和神力的感念，"二年(后)，(南陵)邑士夫重修县志，(将祷文)载入艺文门，并加跋语"，"跋语有'文章能活人'、'比诸纺绩之勤、封鲊之俭有加美焉'等语"。② 在这一事上，甘立媴以其虔诚信仰而普度众生，其正面形象在公共化语境中得到认可；然而在笔者看来，其凭借的更应是其文学才华。此后，当徐心田赶赴南陵北部比邻芜湖的地区对付蝗灾，立媴亦寄信数封来告以如何灭除蝗虫之实用建议。③ 而心田捕蝗事毕，终克虫灾，立媴在诗中贺喜其成。④ 在根除蝗灾的过程中，母子二人始终齐心协力、保持互通。

除了在上述诸事中相对直接地参政辅政之外，甘立媴县太君身份的另一全新且重要的面向在于与当地士绅名门与县衙官差之间的社交关系维系与社会活动参与。县太君的社交生活之于县宰公众形象、治民效应、社会声望而言都至关重要，而甘立媴吟诗作赋的才华为其"外交"(diplomatic)角色锦上添花。场合上若有需要，立媴会与心田的僚友们往复寄诗或步韵和诗，比如某次和某参军之作。又一次，曾任心田属僚的吴渭南造访，时值心田"公出"，则"先入内署"拜见太君；而立媴以礼相待，次韵回赠，并在诗中自注这一事件与宾主关系。⑤ 而在女性领域中，甘立媴也与心田僚属的女眷们过

---

① 散见卷四诸诗文，《祈雨疏》《乡民献虎于大堂田儿纪以诗用原韵成二律》《迎喜神》等，分见第64a—65b页；《春兴》，第6b页。〔译者注：原书误作第6a页，另补注前三处文献出处〕

② 徐心田跋语附于《祈雨疏》文末，同上注，卷4，第64a—65b页；另见《南陵县志》，卷14，第29a—30a页。

③ 《捕蝗诚》《二次寄嘱》《次日又寄嘱》，收入甘立媴：《咏雪楼稿》，卷4，第68a—69b页。

④ 《闻捕蝗事毕喜赋》，同上注，卷4，第45a页。

⑤ 《答吴渭南孝廉见赠即用其韵》，同上注，卷4，第17a—17b页。

从交结，以私属交往方式对徐心田的从事政务吏治不无裨益。她为这些官绅的贤妻良母们喜迎寿诞或喜得贵子时寄赠贺诗，此外，她诗中还记载了前往心田衙门得力干将周少府内署赏花的数次情形。①

　　本章开篇业已指出甘立媃年轻时的文化活动是以家族为中心的。不同于同时代生活在城市文化繁荣中心的江南女子，甘立媃并不归属于任何女性社交群体或文学圈子，譬如活跃在收授女弟子的男性文师袁枚(1716—1798)和任兆麟(活跃于 1781—1796 年间)的身边，积极投身于社交与刊刻活动的女文人们。② 立媃与其他名媛疏离的原因，或是因为江西远非女性文学文化繁盛的前沿阵地。立媃在婚后与其继续频频诗歌往复的女性，似乎只有其长嫂李氏一人而已；尽管诗集中收录有一两首写给未具名的"女伴"之作，但立媃孀居期间所作一诗曾喟叹已无"闺友"。③

　　甘立媃诗集中有几首诗表明了其与其他女性诗集之间的"文本联络"(textual contact)。前文提及的悼念亡姊的诗中曾言家姊"手抄名媛百家诗"。名媛百家诗的底本，当是收录一百位女诗人的诗选辑本而非其百家别集汇编，但这也说明了年轻女子们对早期历史时期的传

---

① Charles Hucker(贺凯)认为"典史"亦即"少府"，是知县手下掌管缉捕与监狱的属官，参见 idem. ，*A Dictionary of Official Titles in Imperial China*，p. 506. 众所周知，地方衙门的衙役或能决定地方长官任期清誉的成败，参见 Bradly Reed(白德瑞)，*Talons and Teeth*.

② 孟留喜研究袁枚女弟子群体中的重要代表人物屈秉筠，参见 Liuxi Meng，"Qu Bingyun (1767 - 1810)：One Member of Yuan Mei's Female Disciple Group；" *Poetry as Power：Yuan Mei's Female Disciple Qu Bingyun (1767 - 1810)*；任兆麟女弟子的情形，参见 Dorothy Ko，"Lady-scholars at the Door：The Practice of Gender Relations in Eighteenth-Century Suzhou."

③ 《咏影》诗云："嗟侬寡闺友，惟影称相好"。甘立媃：《咏雪楼稿》，卷 3，第 12b 页。〔译者注：原书误作 12a 页〕女诗人往往以影为伴，向之倾吐其孤独寂寥之感，参见笔者对吴藻词中这一主题的讨论，Fong，"Engendering the Lyric"，pp. 123 - 124.

48　奇与历史女性人物所创作诗歌的认知。① 这一指称也表明阅读和抄写前辈名媛诗作是她们早期诗作训练的有机构成部分。立嫘知命之年时获得一本乾隆年间妾妇葛秀英的文集《淡香楼诗词草》。② 基于两次不同情境(一次写于五十多岁,另一次又作于六十余岁时)中她对此集钞本上的题辞诗文来看,立嫘对这位十九岁即玉殒、红颜薄命却才华横溢的妾妇其人其诗感触良深。③ 另一妾妇贾静完之诗也深深打动立嫘。贾静完,汴州人氏,与徐心田的同僚密友范照藜(1755—1837)互为同乡。④ 贾氏魂断两百多年后,范照藜汇录补佚其遗作存稿,付之梓刻,⑤其事见于立嫘《书静完遗草后》诗中小序。

性别与微词

在甘立嫘的自传式书写表征中,我们可以窥见其对正统价值所规定性别角色何为正当几乎是全盘接受乃至于全面拥护。不过在个别场合,立嫘也确实参与这一时代女性借由书写来反对性别不平等的暗潮涌动。迄唐以来,女性的怨愤微词时有浮出地表,似可追溯到女冠鱼玄机那首"自恨罗衣掩诗句,举头空羡榜中名"的千古绝句。⑥ 到明清女文人这里,她们对性别限制表达愤懑不满的诗文与日俱增。⑦ 甘

---

① 甘立嫘:《咏雪楼稿》,卷1,第21a页。另一诗学训练是在诗文中穿插出现知名故事或乐府主题中的传奇虚构或半虚构的女性角色之名,譬如六朝歌女子夜、乐府名题莫愁女、元稹(779—831)传奇《会真记》中的女主角崔莺莺,参见《咏古名媛即用其名辑成一律》,同上注,卷2,第16a—16b页。

② 葛秀英(字玉贞),其人其集参见"明清妇女著作"。

③ 《书葛玉贞女史〈淡香楼诗册〉后》,收入甘立嫘:《咏雪楼稿》,卷3,第29b—30a页;《题辞〈淡香楼诗集〉》,同上注,卷4,第20b—21a页。〔译者注:原书误作20b—21b页〕

④ 甘立嫘在《寿范井亭明府五十暨夫人同庆》诗中自注中介绍其身份:"范名照藜,河南河内县,进士,任安徽五河知县,调首邑怀宁,与田儿最相友善",参见同上注,卷4,第25b页。

⑤ 《书静完遗草后》,同上注,卷4,第23b页。贾静完及其诗集未见著于胡文楷:《历代妇女著作考》,上海:上海古籍出版社,1985年。〔译者注:原书误作23a—24b页〕

⑥ 英译参见 Idema and Grant, *The Red Brush*, p. 195

⑦ 典型代表人物如顾贞立、吴藻、沈善宝、顾太清等。

立媃在桃李之年曾作一诗,吐露了限于性别门槛其才华与志向难以实现的挫败感,从第二句诗末自注"三兄一弟俱登榜首"可见,这种情绪多是因其幼弟立猷乡试高中之喜所触动,他从此青云直上,而她却只能"门外"徘徊：

感吟

欲袭燕山桂,裙钗志枉然。

凌云连雁序,期结再生缘。①

自唐以来,桂枝就喻指科场及第、金榜题名。甘立媃在诗中透露出她对自己才高八斗的昆季们所载荣耀的渴慕,并希冀承续家学渊缘所熏陶培育出光耀门楣的优良传统。然而,身为女子,她无从纳忠效信参政议事,一旦成婚,又要离开娘家改随夫家,最终她只能以联翩雁行来代指手足兄弟,把希望寄托在来世再入伯仲之列。

　　此诗作于立媃二十出头之时,约为 1765 年左右或稍晚,故而末句并不是挪用陈端生(1751—1796)弹词名作《再生缘》之典。弹词《再生缘》所写女主角孟丽君女扮男装高中状元官至丞相之故事,未成全书的前十七卷②以钞本流传于 1770 年至 1780 年间,已是立媃诗成十年之后的事了。③ 立媃恰巧也用"再生缘"一词去表达自己将来能如昆季般大展鸿图的夙愿,这是她为数不多在诗中以隐晦内敛的方式表述自己对仅限男性建功立业的切慕与对女性自身性别限制的认知的一例。同样,她以县太君之姿所作诗中流露出对爱子如何处理政务之"虑"(worries),她也在感叹身为女子,"志高期展梦空追",现实中无从

49

---

① 甘立媃:《咏雪楼稿》,卷 2,第 9b 页。

② 译者注：原书误作"七十卷"。

③ 关于陈端生和《再生缘》,参见 *Biographical Dictionary of Chinese Women：The Qing Period*，*1644—1911*，Clara Ho(刘咏聪)，ed.，pp. 16‑18；Idema and Grant，*The Red Brush*，pp. 734‑753.

兑现。

　　年满古稀之时，甘立媃作有一首百行自寿诗《七十生日自赋并谢赠诗诸君子》，破题二联就表露出极为强烈的愤慨之情。① 此诗直陈赠诗"诸君子"以谢厚意，开篇就直言不讳，直切主题：

> 问予受生初，胡为入巾帼。
>
> 造物非无心，冥冥谁复测。②

　　与她的《六十生日述怀》长篇寿诗风格酷似，此作也总结自己身为女子一生所历经的磨难，以此来回应上述质疑。诗篇自传式叙述还是从出生时"母梦星成璧"的吉兆开始，"总角未笄年，爱同掌珍惜"，深得父母疼爱，"十三始云字"，婚约初定，随后说到家人陆续亡故，皆参自己年岁历数其厄："十七仲兄亡，十八姊氏殁。哀哉母复背，孤女泪潜拭。廿一归徐门，严命惟四德"（第 11—16 句）。③ 接着继续简述自己婚后不久君父溘然长逝，"为妇八年后，严君痛易箦"，三十二岁即告守寡（第 17—24 句）；其夫"弥留执手时，托以代子职。膝前口犹黄，堂上头将白"，身为嫠妇倍感凄楚艰难，她还要奉养家婆，抚育幼子（第 25—44 句）。她还提及孀居期间有佃户悍妻因窀穸交易不成而"中庭自跳踯，或笑或哭詈，呼名肆呵斥"的闹剧所带来的创伤记忆（第 45—52 句）。年届四十是立媃叙述方式的分水岭，此后她遂以十年为期来概述自己的人生大事：不惑之年，"四十教益勤，两子游泮辟"，儿子长成，接受教育，而公婆殁后"丧葬循古则"（第 55—60 句）。知非之年，"五十驶流光，昏嫁事繁赜"，情形则是"壻家多宜男，孙枝犹迟苗。次子弹续弦，幼女伤截发"（第 63—66 句）；花甲之年，"六十看彩衣，黄甲新通

---

① 《七十生日自赋并谢赠诗诸君子》，收入甘立媃：《咏雪楼稿》，卷 4，第 40b—42a 页。这首寿诗重述了《六十生日述怀》寿诗（英译见本书附录一）提及的诸多大事。
② 同上注，卷 4，第 40b 页。
③ 同上注。

籍",幼子科举及第,"命作亲民官",她告诫儿子清正勤政。诗以古稀将近结尾(第91—100句):

> 万苦与千艰,尝尽转安适。
>
> 自今数从头,七十年历历。
>
> 恩敕初倖邀,光阴恐虚掷。①
>
> 多谢诸诗人,赠言表心迹。
>
> 予欲向彼苍,长歌道平昔。②

尽管此诗开篇她即抛出对于性别决定论的戏谑质疑,却以自己一生历尽千难万阻而得以完胜而在其诗结尾处终入佳境。她似乎暗示道,正是因为自己笃守妇德,秉持妇功,谨行妇言,所以才能矢志不移地恪尽为女、为妇、为母的角色职守。她在人生历程中所要扮演的多元角色,都是为了遵从实现儒家思想的"正名"之说,最终在自己所理解的社会价值体系中如愿以偿获得主体性与能动性,并在笔耕不辍的过程中锻造出一把能够言说其主体地位的玉女剑。

甘立媖的诗体自传在七十大寿之后仍在继续,之后她于1809年归返故居纪念先父百岁冥辰亦有纪游,是时心田赴京述职,立媖遂居娘家,次年心田再知南陵途中至此接奉家母。③ 彼时在出生故地,她写诗哀悼生性放荡的长子之殁,称其"血疴侵绕已三春",或曰命丧花柳。④ 在1810年再赴南陵至1817年八月二十启程归乡奉新期间,甘立媖存诗不过寥寥。回里途中她还曾拜访女伴周畹芝夫人,巧遇携眷赴杭投夫的长女宋徐氏,重回出生故地外家,于1818年四月十九终抵六溪徐家,并决定以此次归里还家为契机,就此搁笔,不复自传叙述。

---

① 此联诗意待考。
② 甘立媖:《咏雪楼稿》,卷4,第42a页。
③ 此段旅程的纪游诗散见同上注,卷4,第42b—45a页。
④ 《悼长儿必念》,同上注,卷4,第43b—44a页。

从刘彬士所撰其墓志铭中所知,甘立媖于次年在家中仙逝,享寿七十有七。

结语

甘立媖的时代恰值政通人和的乾嘉之际(乾隆 1736—1795,嘉庆 1796—1820),在她度尽一生的奉新、南陵二地,也并未遭遇大规模的政治动荡与社会危机;而她所遭受的情感创伤完全限于私人领域。纵观一生,她始终与予其情感上与物质上绵延支撑的外家挚亲维系紧密联络。她强烈自我意识的形成及与近密娘家至亲的关系,毫无疑问都得益于其对文学书写的善用与坚守;而作为县宰太君,她也感知到公众形象与道德权威的力量,通过其子的权力官威在公共领域中略施影响。甘立媖的事迹清楚地表明了拥有一个立身于世的子嗣至关重要,不过更为关键的是,他应该恪遵孝道,就养椿萱。后继有子意味着可以拥有一种"声音"(voice)而使己声为后世所铭记。在甘立媖归天二十余年后的 1843 年,徐心田将《咏雪楼稿》付梓刊刻时所作跋文之言,即为明证:

> 先太孺人所作诗文,均出于针黹炊爨、织纴督课之余。生平极矜惜物力,辄取秃毫残楮,随手拈录,又喜删改,故稿多散佚,就养时存者较多。心田厘辑编次,请付开雕,氏而不之许。迨侍归逾年奉讳后,家事冗沓,欲梓又未果。行旋携稿赴浔阳任所,已谋诸枣梨,复以锓工粗劣而中止。迁延至今,始得成书,则小子迟缓之罪之由也。惟是太孺人懿德慈范,夙著乡间,及皖省寅僚、陵邑士民,咸相钦重,已见"陵志"(《南陵县志》)同燕喜征言集中。原不必以诗文自显,而先人心声手泽,增美前贤、诒谋后裔;若令其湮没不传,不将罪戾山积、无可解免乎?兹遵原编、分五卷,末

52

附《归舟图》诗，①并载像赞、墓铭，亦用补答三春之慈晖，上慰九京之苦志焉尔。

　　道光癸卯(1843)孟秋月。次男心田谨识。②

在挖掘诗歌在明清时期女性及男性生活中的作用与功能之时，甘立媃诗作令人信服地展现出检视这些"地方场域"(local sites)中的文学物事，发掘其社会与文化意义上的合意性与必要性。正如很多文人著者并非(not)故作清高地声称他们着意点不在于美学价值与诗学意义，而诸多同时代的读者也不会郑重其事地认真考虑这些，他们阅读这些事实上更偏"下里巴人"的大众习作，是兴趣使然或有别的关注点。诚然，甘立媃诗作烦言碎语、平白如话乃至朴实无华的风格彰明较著。从她的引经据典的情况来看，显然她在蒙学阶段除了研习女训女诫之外，也饱读儒家经典文献如《诗经》《礼记》《易经》等。不过她应该只是泛泛而读诗歌选本，而未必深究精读"名家"诗人别集，其作也没有表现出她对王朝更替的历史了然于胸。她所接受的诗学训练相对狭隘或是其诗少用典实的原因之一。她的诗风被认为偏于"口语化"(oral)，比如一首诗之内或几首诗之间常见相同字词反复迭用的现象。她在句式章法上亦多见语句不通不协，像是七言诗一句之中的节奏停顿常被忽略，而在用韵上也有出律之处，这或是受到方言的负迁移影响。但从诗学角度来看，诸如此类问题以及其他瑕疵正是揭示出女子在读书教育上的受限与表达自我上的奋斗之间的交互影响。尚在总角与豆蔻之年时，甘立媃就曾研读古文经典与格律常识，凭借这些基础积累，她才能用一生去书写和记录。对立媃而言，必有名媛在诗才诗艺上较其聊胜一筹，也有才子在博闻强

---

① 《归舟安侍图》，同上注，卷5，第1a—2a页。参见"明清妇女著作"。
② 徐心田：《后跋》，附于《归舟安侍图》后，收入甘立媃：《咏雪楼稿》，卷5，第23a—23b页。

识上比她独占风骚,她早已预见就其诗作可能出现的批评之音,遂在自序中宣称"媲古才女之列,则非所愿也"。她试图成为自己生活的著者(author),首要强调的是其文化价值而非文学价值。在下一章中,本书将要探讨在家族和社会结构中往往叨陪末座的边缘女性阶层——侧室妾妇的文学志向,她们的文学热忱会从另一角度展现出自我表征的变革之力。

第二章 从边缘到中心：妾妇的文学使命[①]

作为中国历史上根深蒂固的社会制度之一,纳妾之风最早可追溯到周朝(前 11—前 3 世纪),《周礼》即记载了君王的嫔妃等级制度。[②] 在父权家族体系之中,男子会为宴饮之乐、床笫之欢、传嗣之需、侍奉之愿等诸种目的来将女性纳为侧室。以现代观点来看,妾侍制无疑是帝制中国时期将女性置于从属地位最根深蒂固的封建制度,其悠远绵长的发展历史与广为流传的接受传统,一直持续活跃至 20 世纪,直到新中国成立之后的 1950 年颁布的《婚姻法》方才根除了纳妾制,而香港地区迟至 1971 年才立法予以禁绝。[③]

不无讽刺的是,明清时期司空见惯的纳妾风俗反而使得在家族和社会等级秩序中处于从属与边缘地位之女性的文学创作浮出水面。因此,本书通过探寻妾妇们的文学使命,尝试阐明身处社会压制与文本实践的夹缝之中的她们如何构建自身主体地位的潜能,以及她们如

[①] 本章初稿由朱雪宁、董舒璇译。译者注:本章曾有董伯韬译文:《从边缘到中心——媵妾们的文学志业》,载《跨文化研究》,2016 年第 1 期,第 175—206 页。本书翻译之时并未留意此译文的存在,但有必要说明,本书未对该文加以借鉴参考,若有重合,或属巧合。

[②] 关于周朝的六宫九嫔制,参见郑玄注、贾公彦疏:《周礼注疏》,卷 7,第 46—48 页,收入阮元辑:《十三经注疏》,北京:中华书局,1980 年,第 684—686 页。关于女乐娼妓、官妓家妓的历史,参见王书奴:《中国娼妓史》,上海:生活书店,1935 年。关于纳妾的起源与早期流变,参见陈东原:《中国妇女生活史》,上海:上海文艺出版社,1990 年影印 1928 年初版本,第 33—36、59—60 页;刘增贵:《魏晋南北朝时代的妾》,载《新史学》卷 2,1991 年第 4 期,第 1—36 页。

[③] Rubie S. Watson(华如璧), "Wives, Concubines, and Maids," p. 237.

何通过投身文学书写来弥补、反抗、抵制甚至颠覆与姜侍制度息息相
关的边缘从属地位。鉴于她们的人格个性在社会和礼制层面被贬抑
抹杀,那么其文学追求能否意味着一种超越社会性的概念化主体性
呢?答案应该是肯定的,本章意在探索她们如何借由乐此不疲的文学
书写来传达交流文学身份、文学权威、另类主体地位与自我实现价值。
解读姜妇们的文学作品,也旨在揭示身居社会从属阶层的女性诗词文
章所呈现出的能动性(agency)与主体性(subjectivity)。透过语言学、
社会学和文化学等维度纵览纳妾制度的历史概况之后,本章将对自 17
世纪以来风靡云涌的姜妇文学创作实绩予以考察。《撷芳集》(1785 年
序)是由汪启淑(1728—1799)编纂于明亡清兴之时(17 世纪中叶)的一
本卷帙浩繁的名媛诗选集,弥足珍贵的是其中收录了记录作为社会阶
层的姜妇的生活与书写的诸多作品。本章前半部先讨论此书的意义
所在,后半部继而详细分析姜妇才女沈彩(1752 年生)的文学别集,其
诗作令屈从性(subjection)与能动性之间的关系扑朔迷离。

姜妇的社会与文化烙印

　　纳妾的原初逻辑是为了满足父系继嗣传宗接代的需要。基于中
华文化的理念与实践,男子应当通过嫡妻的生育责任来繁衍子嗣延续
血脉,操持宗法仪式、供奉祭祀先祖。虽然从战国后期开始,于法于礼
而言,男子皆理应迎娶一位合法正妻(一夫一妻制),但实际上他却可
纳一房或多房侧室(一夫多妻制)。纵览整个封建时期,一些男子常在
爱子心切的父母或膝下无子的正妻的坚持和安排下为了生育后嗣而
纳妾,另一些男子则滥用旧俗以此为由来寻欢作乐,恣情纵欲,摆阔炫
富,或者也只是纯属履行家族义务。嫡妻之于纳妾的态度或委曲求全
或沆瀣一气或势同水火,不一而足。

历史上的纳妾习俗存在着阶层上和地域上（可能）的模式差异。这一惯例在宋代（960—1279）士大夫阶层中蔚成风气，而到了明清时期（明1368—1644，清1644—1911），不仅豪门显贵、士绅富户的男子们可以拥有三妻四妾，就连平民百姓家的男子也能出于添丁生子之目的续娶侧室。① 男性对此举态度也因人而异，有人认为这顺理成章天经地义，有人则恪守一夫一妻天长地久，也有少数人正颜厉色力斥其非，如维护妇女权利的先驱、清代学者俞正燮（1775—1840）就是一例。② 到18、19世纪，随着纳妾越发层见迭出，批评之声也在不同场合中数见不鲜并愈加刺耳了，常借由小说中的虚构表达出来。吴敬梓（1701—1754）的《儒林外史》与李汝珍（约1763—约1830）的《镜花缘》都包含明确质疑妾侍制的故事情节，他们或以积极轻快的笔调刻画坚韧聪慧的女子决不为妾与专情正直的男子拒不纳妾的形象，或对委身为妾的女子岌岌可危的状况抱以同情之心。例如《儒林外史》有几回 *56*写到才女沈琼枝，其父为盐商宋为富巧言所骗，原以为他是将女儿明媒正娶，殊不知只是令其伏低做小。沈琼枝执意不从，施计逃出，流落金陵，以卖诗沽绣为生。③ 在《镜花缘》中，海上大盗的夫人反对置妾而提出性别平等的观点，大盗想要以他俘获的三位女子为妾时，夫人怒斥其夫"存这个歹意""无情无义"，公平起见地提出"你不讨妾则已，若要讨妾，必须替我先讨男妾，我才依哩"。④

---

① 伊沛霞（Patricia Ebrey）讨论了宋朝的妾妇状况，这一王朝是帝制中国转向晚期在社会与经济转型的关键时代，参见 idem.，*The Inner Quarters*，Chapter 12，"Concubines;" and idem.，"Concubines in Sung China."

② 关于俞正燮反对纳妾、缠足和孀守的观点，参见陈东原：《中国妇女生活史》，第247—250页；又见 Arthur Hummel（恒慕义），*Eminent Chinese of the Ch'ing Period*，pp. 936-937.

③ 吴敬梓：《儒林外史》，第40—41章；英译参见 Yang Hsien-yi（杨宪益）and Gladys Yang（戴乃迭）trans.，*The Scholars*.

④ 这一故事情节安排在50章末至51章初，参见李汝珍：《镜花缘》；英译参见 Lin Tai-yi（林太乙）trans，*Flowers in the Mirror*，pp. 172-175.

在白话小说和民间传说中,两类刻板妾妇形象最为常见。她一面被描绘成寡廉鲜耻、残酷无情、谲诈多端的女人,费尽心机想要取代家中被其视为承欢邀宠敌手的其他妻妾,另一面则是被狠戾刻毒的大妇小妾们百般刁难的受害者之反面镜像。燕妒莺惭、争风吃醋是一夫多妻制无可避免的情形。① 晚明白话小说《金瓶梅》与 1993 年张艺谋执导电影《大红灯笼高高挂》,皆在塑造妻妾成群表征上展现出父权制主导女性等级秩序的性别与权力争夺操控力量的阴暗残酷的一面。② 人类学家华如璧(Rubie Watson)在对 20 世纪上半叶香港妾侍制的民族志考察中指出,就许多身为侧室的女子的经历而言,妾妇或许更多地接近于受害者的形象。③

白凯(Kathryn Bernhardt)从法律史角度提出,随着财产法/物权法自两宋至民国时期不断更新改善,妾室的法律地位也随着水涨船高。到了清代,身为"小妻"也似乎享有一些与正妻同等的权利,诸如对亡夫的财产继承权,对丈夫绝嗣的立继权等。不过白凯也旋即指出,这种地位的提升并不反映妇女继承权逐渐被承认,而是将封建末期对女性宜其室家和寡妇矢志守节观念变本加厉地推而广之到妾妇范畴。④ 她研究的妾室卷入与夫君嫡亲的继承纠纷的案例,无不是亡夫的嫡妻业已辞世的情形。

年岁差异和人生阶段的变数,会使得我们在检视情况各异的妾妇群体时,眼前呈现大相径庭的图景。本章主要考察妾妇才女

---

① 关于小说叙述中的妒妇与泼妇形象问题,参见 Yenna Wu(吴燕娜),*The Chinese Virago*;Keith McMahon(马克梦),*Shrews, Misers, and Polygamists*.

② 《金瓶梅》的英文全译本,参见 Clement Egerton(艾支顿),trans.,*The Golden Lotus*. 芮效卫(David T. Roy)的五卷笺注式全译本也已出版了前三卷,题为 *The Plum in the Golden Vase*.〔译者注:芮效卫五卷本已于 2013 年由普林斯顿大学出版社出齐〕

③ Rubie S. Watson, "Wives, Concubines, and Maids," p. 247.

④ Kathryn Bernhardt(白凯),*Women and Property in China*, p. 161.

(concubine writers)这一特定群体。虽然很多能书善写的妾妇在初为人妇时会写诗且付梓,但很少有媵妇如此,那是因为妾妇们总得依靠夫君在伦常、社交与经济上的襄助才能在家族背景中从事书写。晚明官员葛征奇(1645 年卒)之妾李因(1616—1685)算是一个特例,她的人生经历以及随夫出仕时所写的行旅诗在本书第三章中将有详论。夫亡后她又苟生四十年,在漫漫媵居生活中以卖画为生,晚年时刊刻了自己的两本诗集。而嫡妻正室丧夫后仍能保持创作生命力的例子则不胜枚举,像是方维仪(1585—1668)、顾若璞(1592—1681)、商景兰(1604—约 1680)、骆绮兰(生于 1754 年)、季兰韵(1793—约 1848)就是其中最为人知的名媛,她们在这样的家族语境中坚持写作与刊印,有些寡母会独力承担抚育"遗孤"(orphaned)之子的责任(比如顾若璞与商景兰),有些则在夫亡后更多地投身于文学书写,尤其是在步入桑榆之年,拥有更多闲暇时光、自治能力与懿范威严之时。[1] 上一章讨论甘立媃诗集就具体详细地展现了四十年守寡生涯中文学书写之于她的重要意义。这种文学创作上的明显落差情形也是妾媵侧室地位不稳的又一迹象,尤以夫亡无助为甚。[2] 失却亡夫庇护的嬖妾,或被转手卖掉,或被赶出夫家。19 世纪知名满族女诗人顾太清(1799—约1876)的人生经历既契合又打破了这一规则:她嫁与乾隆帝之曾孙——奕绘(1799—1838)为妾,二人在吟诗作赋与书画艺术上情孚意合,鸳侣情深,令人艳羡;1830 年福晋妙华夫人仙逝之后[3],奕绘未续

---

① 孙康宜(Kang-i Sun Chang)曾考察过明清时期一些寡妇诗作,参见其文《寡妇诗人的文学声音》,收入其《古典与现代的女性阐释》,台北:联合文学,1998 年,第 85—109 页。

② 尽管未涉妾妇文学创作之况,不过《儒林外史》(第 5、6 章)有一段很有说服力的情节来敷演侧室地位。一位妾妇充分认识到自己地位危如累卵,因此在正室、夫君及幼子相继辞世的时段里不断设法捍卫自己的权利,英译参见 Yang Hsien-yi and Gladys Yang trans.,*The Scholars*, pp. 57 - 74.

③ 译者注:原书误作 1828 年。

弦,而与太清愈显情真意切。十年后奕绘弃世,顾太清及其子女即被扫地出门。寡居妾妇生活艰难竭蹶,但太清一边拉扯幼子成人,一边继续写诗,在其圈中闺秀诗友的支持与鼓励下,创作出中国文学史上首部出自女子之手的白话小说。①

以嫡妻身份出嫁的士绅阶层女子,除了安享稳如磐石的法律和仪礼地位之外,还可通过与父母、手足、堂表等娘家嫡亲的联系来获取社会、经济和情感支撑,一如甘立媃生平事例所示;此外,她们的文学才华也能通过书信尺牍,更多的是诗歌往复,来为自身创设弥足珍贵的交流媒介。相比而言,妾室们通常与娘家不相闻问,亦无嫁奁可资;其文学创作天赋的发展潜能,显然更为仰仗夫君与正妻的支持,他们的允准与扶助,是妾妇诗作得以付梓不可或缺的因素。身为孽妾的顾太清即为典型一例,1838 年其夫年届不惑时溘然长逝,其诗集无从刻印流传,直到 20 世纪初方才付诸刊行。

侧室:其名其意

用以代指妾妇身份的常用之名在语言学层面上对其从属性、性别化地位的文化建构可谓助纣为虐。在《易经》《左传》(前 4 世纪)一类的上古文本中,最古早且最常见的指称是"妾"。② 时至战国晚期(前 4—前 3 世纪),该词用以表示"女奴"之义,而与表示"男奴"之义的

① 顾太清及其子女最终重归奕绘家门。关于顾太清生平与文学创作的简述,参见 Wilt. L Idema(伊维德)and Beata Grant(管佩达), *The Red Brush*, Part 4. 对其词作成就的讨论,参见笔者拙文,Fong, "Engendering the Lyric: Her Image and Voice in Song," pp. 134‐138. 黄巧乐论述"女性群体"在顾太清的文学和情感生活中扮演着核心角色,参见 Qiaole Huang, "Writing from within a Women's Community." 对顾太清小说《红楼梦影》的研究,参见 Ellen Widmer(魏爱莲), *The Beauty and the Book*, Chapter 6.
② Melvin Thatcher(沙其敏)以《左传》为例证考察了上古时期贵族阶层的纳妾制度,参见 idem. "Marriages of the Ruling Elite in the Spring and Autumn Period," pp. 29‐35.

"臣"字对举。① 同一字兼具"女奴"与"妾媵"之义，说明女性在其所在的家族与世系等规范社会结构中地位低下的事实。"妾"字也常被女子在言谈中作为第一人称女性代词"我"的卑称用以指代自己，这一称谓也同样反映出女不如男的社会从属地位。② 有些女性会刻意弃用"妾"字而执意选用"我""吾""余"等中性化第一人称代词，比如甘立媃。

妾妇又称"侧室"，字面直译为"旁侧之室"，英译暂作 side room。③ 由此派生的"偏房""偏室"、"篃室"④"副室"、"后室"等词无不体现出身居外缘、远离中心的概念。这一特定指称源于传统中国宅邸院落的空间构造，展现其对应的社会、宗教、文化构型以及空间设计的性别化、等级化意图。在理想化的中式府邸空间布局中，妾妇被安置于宅院侧方或后方的独立厢房中。"侧室"一词标示着占据这一空间的女性与另一女性之间的对应关系，后者居于"室"（*the* room），确切而言是主宅的"正室"，亦即正妻，"正室"借指其家中主妇或元配夫人的地位。士绅富户家的正厅通常供奉先祖灵位用以祭祀，正妻居室距离这一重要的社会礼仪空间不过咫尺之遥。⑤ "侧室"的空间位置恰在远离中心的屋舍边缘，一如妾妇在家族中所处的社会化与礼制化边缘身份。尽管地位上高于侍婢，但无论在情理上还是现实中，她们都

---

① "妾"的"女奴"之义也出现在《尚书·费誓》中，孔安国传，孔颖达疏：《尚书正义》，卷 20，第 143b 页，收入阮元：《十三经注疏》，上卷，第 255b 页。关于秦代律典中"妾"之女奴义考察，参见 Robin D. S. Yates（叶山），"Slavery in Early China," p. 304.

② 与之对应的"臣"（男奴、仆从，属臣）常被男子用作相对于主上而言的谦称，二者共通之处都在于其从属地位。

③ 该词始见于汉文帝（前 179—前 157 在位）自称"高皇侧室之子"，参见班固：《汉书》，卷 95，北京：中华书局，1962 年，第 3849 页。

④ "篃室"中以"篃"指妾见于《左传·昭公十一年》，左丘明著，杜预注，孔颖达疏：《春秋左传正义》，卷 45，第 358 页，收入阮元：《十三经注疏》，下卷，第 2060b 页。

⑤ 对中国宅邸院落布局变化的讨论参见 Francesca Bray（白馥兰），*Technology and Gender*，pp. 96‑105.

应服侍夫君与正室;因此,性别化的社会等级秩序被融入到中国宅邸院落的空间概念之中,在象征意味、社会关系、物质文化多层面上形成一个盘根错节、环环相扣的网格。

正妻的法律与礼制地位,是由门当户对的两家之间通过明媒正娶的缔结所赋予的,而她的随嫁妆奁就是她的私财"家底"。相较之下,妾室往往是经由牙人之手从家境贫寒或家道中落的民户中购得,本身就被视为财货一种,也鲜少有嫁奁相陪;她们婚后毋需奉祀先祖(灵位),过门后亦不必参与祭祖。纳妾通常是出于延续香火子嗣、满足房中之乐、提升阶层名望等不同目的,因此妾妇常在男子之间不断转手,作为礼品被赠受。丈夫可对妾妇随心取名或随性改名,有时正妻亦操此举,正如一位正室为侧妾诗集作序言之:"夫子命名曰如蕙,余以瑶草字之。"①即便已为丈夫生儿育女,妾妇仍不免被随意处置的命运。由于与丈夫所生的庶出子女随父姓,皆归属他们在名义上(法理上)和社会上的"嫡母",于情于理可将其从生母身边带走抚养的正妻,因此妾妇的子女亲权会在心理上甚至生理上受到波及妥协。② 别具深意的是,伴随而来的必然结果,就是妾妇文学书写中极少提及或者寄赠亲子,这与生母即正妻多与子女(尤以成年麟子为甚)寄次诗作不啻天壤之别。

在"归宁"这一反映已婚女子社会习俗的女性诗作书写主题中,文学疆域也呈现出其与社会之间的紧密关联。华如璧在描述侧室的一般地位与生存状况时强调说,妾妇"与外界隔绝,深闭于其夫家的私人领域之中"。③ 与娘家不复往来的妾室与正妻反差强烈,后者仍能与

---

① 这里的正室即江兰(18世纪人),亦为妾室徐如蕙诗集取名《丫楼集》,参见汪启淑辑:《撷芳集》,乾隆飞鸿堂刻本(1785年),卷69,上海图书馆馆藏,第7b—8a页。(译者注:现代排印本参见汪启淑辑,付琼校:《撷芳集校补》,北京:人民文学出版社,2019年。)

② 关于在妾侍制家族中士绅精英阶层女性如何以嫡母之名代领社会等级身份较低女性的子嗣的讨论,参见 Francesca Bray, *Technology and Gender*, pp. 351-368.

③ Rubie S. Watson, "Wives, Concubines, and Maids," p. 244.

父母、兄姊以及其他家人互通有无，保持联系，故而"归宁"作为已为人妇的女子诗歌中的惯见题材，用以记录这一独具特殊情感意义的场合书写（如第一章所示），在妾室的诗文创作中反而少之又少。[①] 既无经验，不表为宜。偶得一见心系嫡亲的妾妇，也多是哀叹与家人千日之阻，万里之隔，与正室们寄赠外家之作并无二致。南京人欧珑（18 世纪人）十七岁委身金山（今上海金山）人唐云开为妾，她有两首《忆妹》诗，开篇以鸿雁比兴其远在故乡、年近摽梅的妹妹，希望她不要重蹈自己远嫁他乡的哀命覆辙。 *60*

忆妹（其一）

风雨萧萧夜，遥天落雁声。

相思泊何处，有妹石头城。[②]

忆妹（其二）

别我犹娇小，年来定长成。

前车真可鉴，远嫁最伤情。[③]

虽然欧珑并未对妾侍之姻有怨词詈语，但她提醒其妹"前车真可鉴"，勿要覆车继辙。又如，孙春岩（18 世纪人）于西南边疆云南为官时纳当地女子王玉如为侧室。一般来说，士人官任期满之时，若是对妾侍满意，会携其同行、再赴别地出仕。王玉如即是如此。她的诗作流露出在暌别九载再见幼弟时欣喜与乡愁混杂的悲喜交加之感。她与幼弟续建联络似乎纯属意外。

[①] 在现代中文语境中，象征着亲属纽带的"归宁"称之为"回娘家"。Ellen R. Judd（朱爱岚）考察了当代山东农村妇女的娘家关联与社会网络，参见 idem., *"Niangjia."* 笔者只发现一首妾妇提及归宁的诗作，即李淑仪的《秋暮归宁经金文毅公读书处感题四章》（后详）。此诗本是一首经访名人古迹的怀古诗，诗中并未涉及"归宁"主题，参见李淑仪：《疏影楼吟草》（附《疏影楼名姝百咏》后），第 14b—15b 页。

[②] 石头城，南京别称。

[③] 汪启淑：《撷芳集》，卷 70，第 6a 页。

喜弟至

既见翻疑误，疑眸各审详。

九年云出岫，一夕雁成行。

别后沧桑换，途中岁月长。

旧容惊半改，乡语叹全忘。

对月秋垂泪，听猿夜断肠。

逢人问消息，觅便寄衣裳。

剪烛心方慰，回头意转伤。

自余离故土，赖尔奉高堂。

感逝餐应减，思儿鬓恐霜。

弟能支菽水，妹可致温凉。

闻已调琴瑟，曾无弄瓦璋。

当年送我处，今日遇君场。

彼此皆如梦，依依两渺茫。①

......

该诗驾轻就熟地借用传统意象和情感符号来表现个人际遇。云自山岫生，诗人用以自喻恰如其分，她自己离开故土已逾九年，而飘转不定的浮云意象或字面双关指涉故土之名云南（字面义为"云之南"）（第3句）。同样，鸿雁结伴飞多借代同一屋檐下的兄弟姐妹相爱相亲，如今幼弟相见，故而又云暂"成行"（第4句）。与梓乡的时空隔绝，不仅影响着她肉身上的变化与渴望，像是第10句以羁客"听猿夜断肠"首现思乡俗喻来表明妾侍远离乡里的身不由己；而且日久随夫履职辗转各地，她也无从使用方言而几近失去"乡语"表达能力，建立在语言差异上的地域身份认同由此也被削弱。诗歌接着表达了王玉如

---

① 汪启淑：《撷芳集》，卷69，第20a—20b页。

对留在家乡的父母和奉养高堂的弟妹的思念，以表露自己对与家人未来难以见面的不确定性来收束全诗。

对于这些年纪轻轻就背井离乡的妾妇而言，读写能力与文采诗才是其记录表达自我经历与构建空间情感联系（原本已被割裂否定）的有力工具。我们能在其诗中听到她们的声音冲击着社会边缘性的森严壁垒，或晓之以理，或感叹唏嘘，或伸手求援，或重建关联，或述怀言志，凡此种种。

文学能动性于侧室之中

在纳妾风俗中，对女性的压制与物化是有目共睹的，但较之于历史叙事、法律叙传、小说叙述所呈现出的印象，从女性文学能动性的角度来研究妾妇的人生经历，或可展现出更微妙的协商（negotiation）畛域以及在性别与权力关系上更复杂、更在地的构型（configurations）。在一夫多妻的家庭中，有些妾妇乐于识文断字，寻求机会读书习字，熟操文技以实现自我建构。有些声名藉甚的妾妇诗人与画家出身于青楼，这也就不足为奇了，她们为了生计早已身怀知书识礼之技，自小就接受才艺修养训练以娱文人主顾。柳如是（1618—1664）、顾媚（1619—1664）、董白（1625—1651）就是名妓典范，她们以妾落籍从良，或以"侧室"为空间隐喻另辟远离浮世纷扰的桃花源，成功摆脱了身为妓女如履薄冰的不安全感，嫁入士大夫家中为妾。在现世安稳的侧室空间，她们得以继续才艺创作，甚至还能多多益善持续高产。除了自己作诗之外，这些妾侍才女们还能协助丈夫担负笺评文本与编选文集的编辑与汇纂工作。比如，柳如是就负责编选雠校《列朝诗集》"香奁"诸什，而董白妾侍冒襄九年，在1644年明亡后一直随夫侍奉其文人雅事与逃难起居，编有收录古今女子轶事掌故的《奁艳》一书，惜已失传。①

　　更昭彰显著的是，关注明清时期普通女性留存下来洋洋大观的诗文别集，能够更好地考察妾妇们的自我表征。胡文楷《历代妇女著作考》列出七十多位妾室著有文集，显然，胡文楷的疏漏不少，因为有些女子文集未能付梓刊印，有些则未被胡文楷搜寻妇女著作时梳理的文学选本或各地方志记录在案。例如，他未收录士大夫学者阮元（1764—1849）三名妾之一谢雪（1783—1837）的诗作。1797 年，年方十四的谢雪为阮元纳为二房次妾，她以五十有四之寿于 1837 年谢世；②而阮元续弦正室孔璐华③及另二妾刘文如与唐庆云，皆有文集行世。④ 魏白蒂（Betty Peh-t'i Wei）在其新著阮元传记中断言"三妾中唯有谢雪才学不足以汇成一卷"。⑤ 但据才女文人梁德绳（1771—1847）作序称其"闺中唱和之作，官迹游览之篇，得诗数百首，名《咏絮亭诗草》"。⑥ 不过，在胡文楷书目收入近四千名女文人中，妾妇之数不足

---

① 关于柳如是的贡献，参见 Kang-i Sun Chang, "Ming and Qing Anthologies of Women's Poetry and Their Selection Strategies," pp. 153 – 156. 董白著作参见胡文楷：《历代妇女著作考》，上海：上海古籍出版社，1985 年，第 688 页；又见冒襄自叙回忆录《影梅庵忆语》，收入宋凝编：《闲书四种》，武汉：湖北辞书出版社，1995 年，第 1—70 页；英译参见 Tze-yen Pan（潘子延）trans.，*The Reminiscences of Tung Hsiao-wan*.〔译者注：英译又见 Wai-yee Li（李惠仪）trans.，*Plum Shadows and Plank Bridge：Two Memoirs About Courtesans*，New York，NY：Columbia University Press，2020，pp. 1 – 64.〕

② 张鉴等撰，黄爱平校：《阮元年谱》，北京：中华书局，1995 年，第 16、192 页。

③ 译者注：原书误为"孔露华"，身份仅作妻（wife）。

④ 胡文楷：《历代妇女著作考》，第 219、456、712 页。

⑤ Betty Peh-t'i Wei（魏白蒂），*Ruan Yuan*，1764—1849，p. 252. 魏白蒂还对阮元家妻妾的诗才学识及其之间的动态关系有详尽探讨，ibid.，pp. 243 – 258.〔译者注：原书作 Ruan Luan's Household，应作 Ruan Yuan〕

⑥ 谢雪诗集是否付之梨枣，是否刊刻存世，皆无从考证。在梁绳德序文节选中提及自家三女许延锦嫁与阮元、谢雪所生之子阮福，转引自张鉴：《阮元年谱》，第 220 页。关于这些女性文人及其通过联姻建立的亲属关系的女性人际网络，参见沈善宝：《名媛诗话》，卷 6，〔译者注：原书作卷 4〕收入《续修四库全书》集部诗文评论类，卷 1706，上海：上海古籍出版社，1995—1999 年。

八十,占比可谓太仓一粟。① 本书已对妾妇实现文学之志所遭受的各种社会阻力略有介绍,而我们仍能见证其作品存世表现了她们在面对社会敌意时所付出的卓绝努力。

构建创作空间:《撷芳集》中的妾妇

在明清诗文选集中,将妾妇单列成类的屈指可数,不过她们的文学成就还是得到了认可。② 尽管根据妻、妾、尼等家庭角色和社会类属对女性予以分门别类,往往是基于编纂者对其作品收录的名媛才女之道德品性与社会地位的重视,不过与此同时,这种分类也无意间引起人们对读书识字、舞文弄墨,积极参与文人文化的女子的广泛关注。

藏书家兼金石学家汪启淑(1728—1799)编纂于18世纪晚期的女性诗选总集《撷芳集》,是探察妾侍文学创作实绩窥豹一斑之孔穴。汪启淑将这本卷帙浩繁、收录两千余家的才女辑本分为八类,妾居于四:一、节妇(卷1—11),二、贞女(卷12—13),三、才媛(卷14—66),四、姬侍(卷67—70),五、方外(卷71—72),六、青楼(卷73—74),七、无名氏(卷75—76),八、仙鬼(卷77—80)。③ 文集编次表明了汪启淑的分类原则是"妇德首重贞节"而非文采风流,将节妇、贞女置于卷首最加推

---

① "明清妇女著作"数据库收录了约180位妾妇的作品。值得留意的是,其中只有5位确考为媵妇,而正妻守寡者则多达350余位,参见"Marital Status", http://digital. library. mcgill. ca/mingqing.

② 晚明文学选集——郦琥(16世纪人)的《彤管遗编》和胡文焕(1593年在世)的《新刻彤管摘奇》分以"嬖妾文妓""侍姬文妓"单列妾妇门类,参见胡文楷:《历代妇女著作考》,第879—880页。才女沈善宝(1808—1862)的《名媛诗话》选集不设具体分类,但在卷12中收录了许多妾妇诗作诗评,对沈善宝与《名媛诗话》的研究,参见 Fong, "Writing Self and Writing Lives,"另见本书第四章。

③ 汪启淑:《撷芳集·凡例》,第1b页;胡文楷:《历代妇女著作考》,第913页。"共分十类,原书只八目"。《凡例》云:"草创甫定,两厄祝融,收拾灰烬之余,十存五六",参见汪启淑《凡例》,第2a页。

重;然而细察每一门类的才女数目与诗作数量,方才显现出《撷芳集》对女性文才的称许褒赞。全书 80 卷,"才媛"门下独占 53 卷;"姬侍"单列,跨越了才媛与身世成疑女子(方外、青楼、仙鬼等)之间的界限。汪启淑还另开"无名氏"一类,收录那些作者身份未明、以某种形式存世与流传的女性诗文及残卷断章,这也让人注意到女性识文认字能力的普及程度以及汪启淑意在包罗万象的雄心弘愿。

卷 67 到卷 70 尽录自明末清初至汪氏当代的 68 位才妾的诗作。① 用以标目的"姬侍"的一词,标示出妾侍角色内涵意蕴的变迁与现实处境的变化。《撷芳集》辑录妾妇之作,既有出自明清易代青楼脱籍成侧室的名媛之流,如前文提及的柳如是、董白和顾媚,也有仅知姓氏未详其人的无名小妾。汪启淑自己的两位妾室胡佩兰与庄璧,其诗压卷附于本门之末;他还提到庄璧"见胡姬佩兰与予倡和,心窃羡之,私偕杨姬丽卿亦学,为有韵语"。② 汪启淑所列生平小传广采博收,确认不少妾妇实则出自贫寒家境与贫下阶层,年少时即被卖身或馈赠予人为妾。做妾的理想年龄介于十三至十五岁之间,这些时值妙龄的少女们含苞待放、来日方长,假以调教,则有裨于房事与承嗣之业。

《撷芳集》所载其传其诗有助于更好地揭示这些年轻女子们成为妾室后的各种境况与经历:有的与夫君琴瑟和鸣,在诗艺颂雅上道同志合,有的则不幸嫁与粗汉莽夫;有的遭遇正房善妒施虐,有的则幸逢温存仁厚,甚至如慈母般待之的大妇(后详)。这些女性诗作如实反映了妻妾之间能够建立契若金兰的姐妹情谊、构建彼此枝叶相持的互助

---

① 这些妾妇有的载录于胡文楷书目中,有的则未见提及,其中所录邵氏(邵巧娘)并非妾侍之身,"年至十六岁,姿态绰约,美冠一时,巨家富商争求婚,媒氏踵相接。巧娘欲嫁一才人,羞涩不欲明言。父母推重富贵,竟许字盐贾之子。……越三年,举二子,贾子渐游荡于外,妓女优童,多所狎昵……",见汪启淑:《撷芳集》,卷 70,第 1a—3a 页。

② 同上注,卷 70,第 17a—19b 页。

环境。文集中记载了湖北汉阳一户妻妾间的关系堪称典范，如前所引，嫡妻江兰为侧妾徐氏赐名，"夫子命名曰如蕙，余以瑶草字之"，言语间充满陶然自得与关怀备至。江兰为徐氏诗集作序，对自己教导有方与"女弟子"（protegée）才学过人颇感自矜：

> 徐妹瑶草，年方二八，聪慧过人。方初来也，女工而外，一事不知。余教之以识字叶韵，不半年而字能书、音能调矣。又教之读书属对，颇能会意；教以作五七言绝句，竟能成章。余心爱之，又教以作诗余，而体用平仄、换声改调，有如夙构。噫，异矣！以蓬荜之女，似可追彼学士大夫，亦奇矣哉。①

《撷芳集》所选徐如蕙诗作六首，有三首是唱和或陪同嫡夫人江兰之作，一首是追思江兰的悼诗，这也就不足为奇了。② 尽管二人身份等级高下有别，但共事文学让她俩相互之间关系融洽，并能通过写作来记录彼此间同声共气的细腻情感。

尽管明清女子参与文学活动极为活跃，但也正因如此，女性诗集的刊印与流传变得众说纷纭、颇具争议。对女性而言，付之雕版就是公共性展示，这与女性谦卑守礼的理想典范背道而驰。中国古典传统认为言志之诗是一个人内涵与外延的体现（embodiment），这一理念进一步加剧了其抛头露面的印象感。女性文集流传于世现象所滋生出的文化冲突矛盾性，对应而生的是一种自我审查的表现与修辞——她们自焚其稿或是命人在其殁后将文稿付之一炬。如此之事多见于女子列传或是为烬后余生残稿所作序跋之中。许多题有"焚余"字样的钞本与文集正是这一习俗象征（*symbolic*）意味的映照，标志着对女性谦卑规训的一种妥协，也是对女性不宜为文、无才即德偏见的一种

---

① 汪启淑：《撷芳集》，卷69，第7b—8a页。
② 同上注，卷69，第8a—9a页。

默许。①

然而，至少有位评论家，如果说不上疾言厉色，至少也是公然质疑了这一修辞的合理性，他就是为汪启淑妾室胡佩兰诗集作序的吴钧，在这位被邀作传写序的男子看来，女子多自称"羞其诗之少，必称焚弃之余"，他嗔怪"且今之作妇人传者，亦可异矣，孝必刲其股（"割股"），贞必毁其面"，不足为信。② 值得注意的是，在《撷芳集》与胡文楷的书目中，所载妾妇诗集有"焚余"二字的仅见两部。③ 与寄予女性卑微深藏的期望相悖，许多妾室会想方设法地保存和刊刻自己的诗集，例如好几位丈夫各自在诗集序文中提到其妾在病榻之前或弥留之际托付自己将其作付梓传世。④

顾益斋的宠妾袁倩，因与嫡夫人素不和，据其传者（韩榘，袁倩幼弟密友）所言，故其"键其稿以授弟"。她病中见弟，"抚床痛哭"，嘱之曰"余幼读小青一传"，知其为正室所妒，幽置于杭州城外西湖孤山，身心孤绝。传说正妻不欲郎君探视，小青寄幽愤于诗文，郁郁而终，玉殒后"其稿为大妇焚"，所余无几。⑤ 小青的才学与磨难引起了妾妇们的诸多共鸣，在诗作中多有引用。袁倩留卷于弟，向其告之以诗传世，"终不死于千百世以后之人心"。⑥ 她对己作之感染力与传承力坚信不疑。袁倩之

---

① 胡文楷《历代妇女著作考》中收录以"焚余"打头的诗集有 31 部，第 1068—1069 页。伊维德与管佩达也讨论可能是最早有史可考自焚诗稿女诗人（9 或 10 世纪）的情形，Idema and Grant, *The Red Brush*, pp. 164-165. 也有男性文人用"焚余"自题。

② 汪启淑：《撷芳集》，卷 70，第 17b 页。

③ 其中一例是小青（身份不详，后世附会姓"冯"）诗集《焚余草》，参见胡文楷：《历代妇女著作考》，第 176—177 页。小青未给自己诗集赋名，下详。

④ 分见汪是、欧珑、汪佛珍之夫所撰文段，汪启淑：《撷芳集》，卷 69，第 4b 页；卷 70，第 5b；卷 70，第 8b 页。与文人姜学在有私的扬州妓女陈素素在《病中自订诗稿》诗题中表明自己有意于刊刻，名媛龚静照为陈素素《二分明月集》作跋，有"寄语天水先生（姜学在）宜速置之金屋"之语，由是素素列名于《撷芳集》姬侍之门，见《撷芳集》，卷 67，第 16a—17b 页；而胡文楷明言"莱阳姜学在妾"，见《历代妇女著作考》，第 588 页。

⑤ 对小青生平与传说的详考，参见 Ellen Widmer（魏爱莲），"Xiaoqing's Literary Legacy."

⑥ 汪启淑：《撷芳集》，卷 68，第 11b 页，又见胡文楷：《历代妇女著作考》，第 491 页。

事最别具深意的是，正是因为能与娘家至亲（幼弟）保持联系，她的诗作才得以存世。这些妾妇定以自我铭刻之举来为人所知为人所许，这与女子应自焚其稿以免公之于世的大众观点相比，可谓反差强烈。

　　妾妇在一些诗作中以主体性角色表达欲望和希冀时亦愈显自信坚定。换言之，她们能够合理利用身居侧室的边缘位置来构建其主体地位，在情感表达上摆脱女子恭顺卑谦的正统束缚时也似比正室嫡妻要更为自如。妻道要求主妇扮演丈夫的贤内助、良楷模，为他们建言献策、慰荐抚循、持家有方，诸如此类；但对妾妇则不抱此望。妾妇们寄赠夫君的诗作可以不加掩饰地言情说爱。《撷芳集》中所录清初士大夫诗人施闰章（1619—1683）①之妾徐珠渊（1650—1689）诗四首就是一例。四诗寄与施闰章于京师为官之时，是时先任职翰林，后修《明史》直至逝世。② 徐珠渊十三岁时嫁于闰章为妾，四十岁辞世前守寡五载。当提笔致诗夫君表达柔情蜜意时，她已年过而立：

寄北

风紧牵离别，灯残人未眠。③
此身无羽翼，安得到君边。④

　　与徐珠渊自我表述对郎君的渴慕和爱欲截然不同，由嫡妻之子施彦恪撰写庶母传记则强调其恪守妇德、侍夫纯贞的一面。⑤

　　《撷芳集》中所载数则妾妇小传都有提及她们宁作才子之妾，不与商贾为妻。换言之，这些女子们对自己的文学天赋与气质自视甚高，在檀郎谢女理想婚配中奉为圭臬的是才识雅趣上的意气相投而不是

---

① 译者注：原书误为"施润章"。
② 施闰章生平参见 Arthur Hummel（恒慕义）ed., *Eminent Chinese of the Ch'ing Period*, p. 651.
③ 这里"人未眠"中的"人"表示第一人称"我"。
④ 汪启淑：《撷芳集》，卷 68，第 2a 页。
⑤ 传记提及徐珠渊"粗能诗，每自焚其稿"，同上注，卷 68，第 1a—1b 页。

正室侧室上的身份选择。

《撷芳集》所录妾妇诗作中，层见迭出的是闺阁绣房、别院花园的场景，目及四季、沉思自然的意义，这些诗中的常见意象反映出她们庇养深闺、暮去朝来的生存日常。选诗多有辑录寄赠夫君或陪侍夫君正室之作，亦不乏随夫伴行途旅之诗；而正如前文所述，其诗涉及娘家与儿孙的主题极为罕见，对正妻诗作中屡见提及的子女话题避而不谈，大概与妾妇亲权（包括己出子嗣）地位薄弱不无关联。

侧室渐变

尽管能够吟诗作文的文化女性在整个妾妇群体中占比极小，但她们竭尽所能从被框定的边缘地位上发声言说自己的身份性与主体性，甚至尝试改变这种边缘地位本身，其文学实绩是世人得以瞥见明清时期性别关系错综世界某种面向的宝贵来源。对于一些身为侧室的女性而言，甚至正是因其边缘性，她们身居的"侧室"渐变成一种重要空间。这些女性能够充分利用这一社会与物质空间中既从属附庸又相对独立的固有矛盾性，有些妾妇在力求身心独立的隔绝地带还能努力营造并保持一定程度上的自主权与创造力。置身于"中心—边缘"空间结构与"上层—下层"社会等级交互强化的双重网格中，她们遂能借由文学才能开辟出一个展现自主能动性的新天地。

不管是事实上还是隐喻上，无论是处境优渥还是白屋寒门，皆令侧室空间呈现出迥然相异的意义和形式。除了一般指称侧方或后方的耳房偏屋之外，大户人家的"侧室"也可指正院之内的侧院或厢房（例见《金瓶梅》和《大红灯笼高高挂》），或独立于正屋主体建筑之外的别院，甚至是远离主宅的山野别馆。比如钱谦益（1582—1664）就将柳如是藏娇于绛云楼，二人于专为柳氏所置的此处居所中吟诗作对、品书赏文,远离世俗家事或悍妻妒妇的搅扰。①

　　然而,妾妇很容易跟嫡妻发生摩擦冲突,比如前文提及的小青。小青后世化身甚多矣,黄仁麟的侍妾李淑仪(生于 1817 年)即为其一,她在自己的诗集自序以及诗歌文本中娓娓道尽人生故事。② 李淑仪自序曾云"侬生长田家,幼慕风雅","值年饥,家贫,父母以侬归于李太恭人随侍香阁",送人为婢(几乎是家庭关系中身份最低的女性)。尽管她幸遇夫人"知书翰",视为己出,"暇则课读,口授三唐宋元诸诗",但她始终未能从九岁即被"割肉医疮鬻娇女"的情绪创伤阴影中走出来。她在《鬻女词》结尾处中声泪俱下地对父母厉声痛斥:

　　……

　　百年难洗青衣丑。

　　与其鬻女身,不若啖女肉。

　　啖女犹得饱亲腹,鬻女女心死不足。③

　　父母不得已鬻女维生已然隔断了亲缘关系,那么李淑仪也就毋需履行孝女义务,她的孝道意识转而投注在其良善的女主人,亦即她的"养母"身上。李淑仪的读写能力与文学才赋不仅令其敏锐地意识到自己的社会情境,而且能用严词厉语来表达自己的情感反应——对无情(或亦无助)双亲的忿恨愤懑。李淑仪的诗体自传也是对重男轻女

---

① 陈寅恪对绛云楼的营造、使用与后毁于火的情况都有详细论述,参见陈寅恪:《柳如是别传》,上海:上海古籍出版社,1980 年,第 422—442 页。对柳如是其人其诗最具影响力的研究,参见 Kang-i Sun Chang, *The Late Ming Poet Ch'en Tzu-lung.*

② 关于李淑仪生平和诗集的详述,参见 Li Xiaorong(李小荣), "Woman Writing about Women."

③ 参见李淑仪:《疏影楼吟草》,第 1b—2a 页,附于《疏影楼名花百咏》后。全诗英译与分析参见 Li Xiaorong, "Woman Writing about Women," pp. 11 - 13.〔译者注:原书页码误为第 2a—2b 页,《疏影楼吟草》附于《疏影楼名花百咏》25 首未收录于《明清妇女著作》《疏影楼名姝百咏》后附《疏影楼吟草》(一名《梦云吟草》)之中,收入肖亚男编:《清代闺秀集丛刊》,北京:国家图书馆出版社,2014 年,第 41 册,第 480—481 页。另,原书引诗"不若"误作"不如"〕

文化价值体系的血泪控诉。

据李淑仪自述，夫人临终前出于对自己未来的考虑而为她安排委身为妾的婚事，夫君黄仁麟与李淑仪年岁相仿，诗趣相投（"长侬五岁，夙负隽才，性耽啸咏"）。孰料黄家正室对才妾颇为不喜，妒令潜配松萝山野池馆，如此桥段似曾相识。一年别居，李淑仪撰有两本诗集——《疏影楼名姝百咏》和《疏影楼名花百咏》，并在二八芳华之际即付之刻印。[①] 正如李小荣曾有详论，由于早年遭遇诸多挫败，妙龄姜妇李淑仪故而有意于在《疏影楼名姝百咏》诗卷中辨明自我之于女子在历史与文化应有地位的意识。[②] 她为名媛百人撰诗百首，后宫妃嫔、士绅妻女、姜妇娼妓，一方面关注她们的异秉文才，另一方面关注她们的多舛身世，李淑仪的关注广有涉猎。一题一咏，皆从史料文献与野史笔记中广搜博采其生平传记，为诗意诠释每位具体女子提供特定历史语境。写作为李淑仪叩问远古历史而别立空间，超越当下桎梏而另谋出路。

为了更深入研究文学实绩中主体能动性的具体实例，本章余下笔墨皆着力于沈彩（1752 年生）其人其诗之上。沈彩一生创作颇丰，诗文存量可观，是凭借文本生产而能身体力行多样化主体性地位的才女典范。身为姜妇才媛，沈彩的经历也颇具可比性。一方面，她与夫君和嫡妻之间的和睦婚姻关系既与上引诸例遥相呼应，又与李淑仪们的不幸遭遇反差鲜明；另一方面，她颇受庇护的安稳生活也与随夫履任的羁旅漂泊有天渊之别，比如第三章将要讨论书写途旅诗的李因。

---

① 关于李淑仪诗集刊刻时的年岁详情，笔者归功于李小荣的硕士论文，ibid. , pp. 9 – 10.
② Ibid. , Chapter 3.

沈彩：集女诗人、书法家、鉴赏师与抄誊者于一身的妾妇

沈彩十三岁时嫁与陆烜（号梅谷）为妾，其夫出身于浙江平湖显族陆氏一宗，是一位以藏书为癖的文士。他在沈彩文集《春雨楼集》序中提到她"本吴兴故家女也"（吴兴比邻平湖）。① 归于陆烜侧室之前沈彩的生平不详，她曾在为丈夫收藏的宋代书画家米芾（1051—1107）手绘《云山图卷》而写的跋语中自陈年少身世。沈彩以品评大师的身份评论米芾笔法"皆有法度，故能成其妙也"之后，其灵感才思为"烟云缥缈、咫尺千里"的画卷所唤醒，概忆自己在家乡旖旎风光中泛舟出行、相对自由而自在的童年时光： 70

> 余记儿时，常往来于故乡浮玉碧浪湖间，见云树葱蒨、人家依水。卞山、道场、砮山一带，如鬟如眉、若灭若没，杳霭苍茫，俱入图绘。披此卷，旧游如梦。②

从十三岁起，浙江平湖陆宅深院的侧室空间，遂囿限了她肉身存在的基本范围。沈彩大概从未归宁娘家，不过她的诗作提到她与名唤飘香的幼妹时有联系，飘香间或会来探姊小住，后来亦嫁入陆家为妾滕。③

沈彩笔下所记唯一远行经历，是她二十岁时夫君携其搭乘新置画舫夜游附近东溪之旅。在《东溪泛舟记》这一游记小品中，她记录了丈

---

① 沈彩：《春雨楼集》，陆烜序，第 3a 页。〔译者注："明清妇女著作"仅录《春雨楼稿》。《春雨楼集》收入肖亚男编：《清代闺秀集丛刊》，第 15 册，第 67 页〕

② 同上注，卷 13，第 4a—4b 页；《清代闺秀集丛刊》，第 15 册，第 279—280 页。

③ 参见其与飘香共与雅事、寄赠书翰、忆及思念、依依惜别的诗作，《晚听飘香妹品箫》《送飘香妹》《春日寄飘香妹》《秋叶偕飘香妹小园步月》《七娘子·赠飘香妹》《念奴娇·为飘香妹催妆》，同上注，卷 4，第 7b—8a 页；卷 7，第 5b—6a 页；卷 8，第 8b 页；卷 9，第 2a 页。《念奴娇·为飘香妹催妆》词意表明飘香亦被陆家纳为妾滕，同上注，卷 9，第 2a 页。

夫邀其同游的寥寥数语：

> 壬辰（1772 年）七月，吾家新置书画舫成。制虽朴小。而有窗槛棂格，仍设渔钓之具。是夜月明如昼。主君谓余曰："子好游乎？吾语子游。游不必名山大川也，惟取适兴而已。只此东溪，可沿可泛、可吟可眺，盍往游乎？"余曰："诺。"

沈彩以抒情小品的笔调如实记录游览途中心之所感、目之所及、耳之所触的种种——简言之，即是记录难得一遇经历中怡然自得与感官感受的细枝末节：

> 乃命农叟棹舟，属鸦鬟备茶茗膏烛，遂登舟。于时已立秋，天气清肃，白露下瀼瀼。寿星若环若璧，已宿鹑首之次。两岸荻花萧然，栖鸟不惊，微波不动，白云鳞鳞，皆贴水底。主君曰："苏子赤壁之游，客有吹洞箫者。"① 言未已，笛声隐隐，遥出林端。时见人家灯火从篱隙射出，熠熠有光。或有起者，见余舟洞窗燃烛，皆错愕审顾。乃命拣篙中流，烹茗进泉。尽数器，夜已深，乃返。

沈彩以自己之于旅行意义的思考收结全篇：

> 顾余足履六尺地，从未尝游。游心此然，而已饫清兴。苟不得清兴，虽足迹遍天下，以为未始游可也。遂记之。②

此文实录了沈彩于深院内闱之外的一段独特经历，也侧面揭示出她日常生活如此受制于一隅方寸之间。丈夫所言游之意在于精神适足而非足迹天下的观点（"游不必名山大川也，惟取适兴而已"），她极为认同，这也印证了她对自我生活空间边界的接受乃至维护。相较之下，

---

① 宋代诗人苏轼与友人泛舟赤壁，兴之所至而作《赤壁赋》，这里即用其典。参见苏轼著，孔凡礼注：《苏轼文集》，卷 1，北京：中华书局，1986 年，第 5—8 页。
② 沈彩：《春雨楼集》，卷 10，第 7a—7b 页。

地方志《平湖县志》所载陆烜小传则凸显其对游山逛水兴味盎然,"性嗜山水,尝游四明、天台(皆为浙省名山),北涉江淮"。① 可见,比照自己的亲身经历与授之与妾的经验之谈,这无疑是配方熟悉的双重标准。尽管陆烜所言是基于普世视角而发声,但品读其话语背后男女有别的意味,他显然是想要说服妾妇不必步出闺门,遍览世界。身处于将家中内闱划归为女性理想空间的性别化体制中,陆、沈二人都未能洞悉他的言行之间的内在矛盾。"男主外,女主内"的观念潜移默化,根深蒂固。

沈彩自幼嫁入陆家,故其所属地位,所受教育及所处环境,无不影响着她的身份构建。陆烜序曰沈彩"年十三归余,清华端重,智慧聪俊",正妻"即授以唐诗,教以(班昭,约 49—约 120)《女诫》"。② 陆烜正室彭贞隐(字玉嵌)是清初文人官员、诗人词家彭孙遹(1631—1700)之孙女,其本人也是一位诗人。③ 陆烜续云沈彩"流览书史,过目不忘", ⁷²读书习字"皆能入格"。在大妇调教下沈彩习文练书的情景让人很容易联想到慈母课女,由此妻妾之间也培养出一种不同寻常的养育之恩与金兰之契的关系。

彭、沈二人诗作频繁往复互寄表现为亲密的文学互动,有时一人作诗,另一人则次韵相和。陆烜离家之际,她俩形影相附,彼此陪伴。在二人的文学实绩中,妻妾间原本的等级秩序往往对调倒置,因为彭贞隐也多有对沈诗的步韵之作。陆烜在远行前曾有提议,妻妾二女皆依宋代女词人李清照(1081—约 1141)《漱玉词》诸作拈韵相和、以锤诗

---

① 彭润章修,叶廉锷纂:《平湖县志》(清光绪十二年刊本),收入《中国方志丛书:浙江省》,第189 卷,台北:成文出版社,1974 年,第 1705 页。

② 沈彩:《春雨楼集》,陆烜序,第 3a 页。

③ 沈彩在《满江红·偶作》一词中自注"口噙红豆寄多情,为谁把、相思尝透"是彭孙遹的名句,又云"玉嵌夫人,其女孙也"。同上注,卷 8,第 5b—6a 页。彭贞隐,参见胡文楷:《历代妇女著作考》,第 627—628 页。

艺,闲暇破寂,以解愁绪。① 沈彩应付裕如,驾轻就熟。她的书法也是家中翘楚,她将陆烜与彭贞隐的词作汇纂抄录,付之梨枣,诸如其为彭贞隐《铿尔词》所撰跋文(系年于 1775 年)就提到她"尝手录主君《梦影词》付梓"一事。②

《平湖县志》中所载陆烜小传云其"性嗜山水",常有离家羁旅,亦"废产购书""以医自给",藏书为癖且悬壶济世。沈彩在一首寄赠夫君的诗中自注提到"时主君应聘往(宁波)范氏天一阁阅书",这是难得的礼遇之行。③ 方志还提到陆烜"一赴乡试,不售即弃去,废产购书,锐意著述"。④ 因此,读书习文的物质资源、夫君陆烜的文人习气、正妻贞隐的诗才母性,以及陆家意趣相投的文艺氛围,共同为沈彩诗文雅艺的发展锻造了有利环境。

沈彩的自我表征也强调了她有志于学的面向。在其晚年所作的《戏述》组诗中她总结自身教育阶段:先拜正室作"女书生",再到学有所成"女状元",最后闺塾课子作"女先生"。沈彩在字人之前也初通文墨,略可识字,但在组诗其一中她刻意谦逊低调,格外归功于彭贞隐提携关照的恩惠:

戏述(三首其一)

73

十三娇小不知名,学弄乌丝写未成。

却拜良师是大妇,横经曾作女书生。

---

① 译者注:《铿尔词》原文引陆烜云"汝(彭贞隐)试和《漱玉词》,虹儿(沈彩)可和《断肠词》,我则当和《淮海词》耳。"

② 彭贞隐:《铿尔词》(序于 1775 年),系年不详,馆藏于浙江省图书馆,卷下,第 7b 页。〔译者注:原书作 Hangzhou University Library(杭州大学图书馆),恐有误。按上海图书馆藏《铿尔词》系商务印书馆张元济私藏钞本,另有刻本,当与浙江省图书馆藏刻本同一系统,而非藏于浙江大学图书馆或前杭州大学图书馆。这一点我要感谢黄一玫博士的指正〕〔译者注:此诗为《秋夜怀梅谷主君客越同夫人韵》〕

③ 沈彩:《春雨楼集》,卷 4,第 3b 页。

④ 彭润章修,叶廉锷纂:《平湖县志》,第 1705 页。

戏述（三首其二）

春风十里锦江明，女状元标第一名。

若论鲤庭桃李例，东君应许作门生。

戏述（三首其三）

敢希愚鲁到公卿，识字须粗记姓名。

夏楚俨陈刀尺畔，课儿今作女先生。①

其三是沈彩笔下鲜少涉及孩童的诗作之一，另一次提及出现在沈彩为其夫书法手稿作跋时提到"书义稿藏之，以示儿辈"。② 陆家当然有子嗣承欢膝下，陆烜序文就曾谈及"今已儿女綵行"。③ 沈彩是否生育子嗣已无据可考，但正如上所述，妾妇所生的庶子在法理上和社会上都被视为正妻的子嗣。庶母的社会与情感地位的灰色状态，似可解释何以妾妇文学中几乎对子辈都闭口不谈，不管他们尚属年幼还是业已成人，无论他们是嫡妻所生还是庶母所出。沈彩在文学书写中显然从未从母性角度来构建其身份性与主体性，而是有意在诗文本中塑造作为窈窕淑女与书法行家的自我形象。

书写与编排：自我创作的方式

沈彩的《春雨楼集》在形式与内容皆可谓翔实且多样。一旦有心留意并亲眼目睹（encounter materially）她对文学书写和誊钞书法的意兴勃然与情趣盎然，这就不难解释何以如此了。《春雨楼集》共十四

---

① 沈彩：《春雨楼集》，卷 7，第 6b 页。

② 《跋梅谷主君书义手稿》，同上注，卷 14，第 8a—8b 页。

③ 同上注，陆烜序，第 3a 页。方志中陆烜小传附记其子陆坊（字礼约），"嘉庆戊辰（1808 年）举人"，参见《平湖县志》，第 1705 页。一般来说，若是儿子亦有中举授官、但不及其父名望，方志中则多附录其父传之后。

卷,依序分为赋一卷(第 1 卷、7 篇)①、诗六卷(第 2—7 卷,253 首)、词二卷(第 8—9 卷,66 阕)、文二卷(第 10—11 卷,10 章)、题跋三卷(第 12—14 卷,61 则)。此集刊刻于沈彩而立之际的 1782 年,收录了她过去十五年乃至更久的诗词文赋与手书墨宝的创作实绩。诚然,该集可被视为是沈彩在艺术与文学成就上集大成之作。文集分体编次,以文类(而非编年)编之凸显她各体皆工的造诣,这也进一步印证了这一阐释。

为了刊刻的需要,沈彩矜持不苟地亲手抄誊了整部文集稿本,一如她之前誊录缮写陆烜、彭贞隐的词集那样。她在 1781 年耗时数月方才告竣此事,并在别集中数处留下完成时间节点信息,如卷一末记云"乾隆辛丑(1781 年)又五月廿一日,书于荷香竹色亭。卷一终";②又卷四末记云"七月巧日,薄病初起。菱芡既登,秋海棠盈盈索笑,香韵清绝。御研绫单衣,写于奇晋斋之东轩"③,誊毕的精确时间节点、之于周边环境的视觉味觉,以及身着布料的触觉感觉,无不尽录其中。最后她于卷七终记之曰:"廿三日,编诗竟写毕。计诗六卷二百五十三首,附录诗十五首。"④胡文楷在《历代妇女著作考》指出沈彩《春雨楼集》"写刊本,是据稿本覆刻……刊本珍贵"。写刊本费资费时费力,但也平添了文学别集的美学价值(参见图 1)。⑤

---

① 译者注:原书误为 6 篇。
② 沈彩:《春雨楼集》,卷 1,第 8b 页。
③ 译者注:原书"索笑"译为 the fish basket,恐误。
④ 附录包括陆烜与彭贞隐之作。
⑤ 胡文楷:《历代妇女著作考》,第 365 页。相较于雕版印刷常用的宋体楷书与隶书字体,写刊本则要求雕工须得长于行书字体雕版。

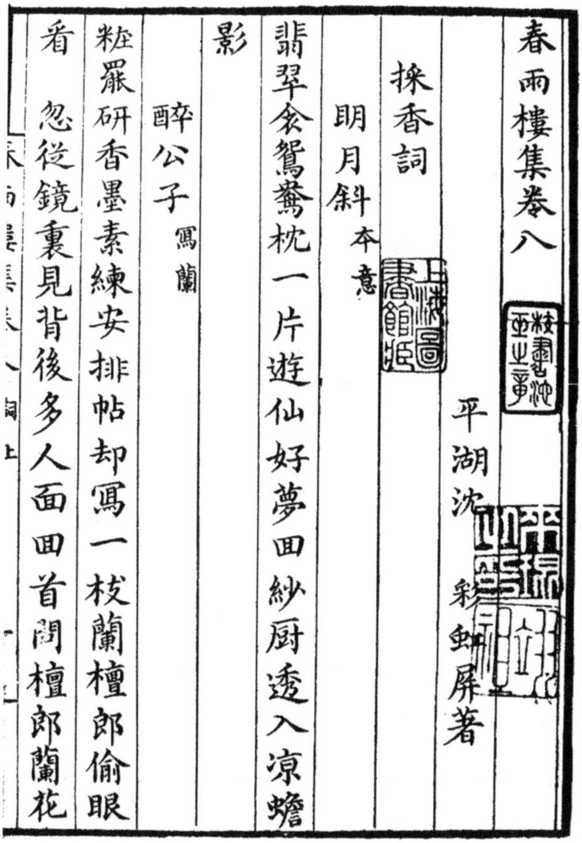
春雨樓集卷八

平湖沈彩虹屏著

挼香詞

明月斜 本意

翡翠衾鴛鴦枕一片遊仙好夢回紗廚透入涼蟾影

醉公子 寫蘭

粧罷研香墨素練安排帖却寫一枝蘭檀郎偷眼看 忽從鏡裏見背後多人面回首閙檀郎蘭花

图 1:《春雨楼集》,卷八首页。雕版刻印沈彩(1752 年生)手书钞本。馆藏于上海图书馆。

文本中的女性主体

当沈彩专注于自己诗歌文本这一主体构建的场域时,她会以何行诸笔墨留诸纸札?会否模仿/仿写、建构、自创/再创某种样式与风格?借用雷麦伦在研究女性诗人的文本地位时所提出的“文人女性化”(literati-feminine)的表征模式来审视沈彩文集中诗作与词作不难发现,其核心焦点就是毋庸讳言的女性化自我。① 这是一种由男性凝视与男性欲望建构出的女性形象,最为典型的莫过于南朝梁(6世纪)所辑《玉台新咏》中那些从窥视视角将女性形象欲化与物化的情爱诗。② 事实上,沈彩文集诗卷首篇径直题为《效玉台体》:

效玉台体

盈盈十五女,皎皎在洞房。

月映眉黛浅,风吹口泽香。

红豆相思树,③花开秋日长。

自怜罗带减,④不敢绣鸳鸯。⑤

76 　　首联是对收录于《玉台新咏》集中《杂诗九首》名下最负盛名的《青青河畔草》颔联"盈盈楼上女,皎皎当窗牖"的直接化用。⑥ 诗中遣词造句的排布、微露情色的意象、凤愁鸾怨的隐喻(红豆、罗带减、鸳鸯),皆源出于玉台体,亦称"闺情体"(boudoir-erotic style)。但这种仿写究竟是自我物化还是自我表征? 作为诗辑第一卷的开篇之作若是按编年排次的话,该诗极可能写于其豆蔻之年。诗中少女年方十四五,正是传统女子及笄成年之岁。行笄礼上,女子结发而以笄贯之,这一仪礼往往在成亲或定配之前举行。⑦ 沈彩为释智永(5世纪)的书迹墨宝题跋,先云正室操持自己成人礼的情形:"此余乾隆丙戌(1766年)始

---

① Robertson Maureen(雷麦伦),"Voicing the Feminine," p. 69.

② 《玉台新咏》英译全本参见 Anne Birrell(白安妮),*New Songs from a Jade Terrace*. 笔者拙文讨论生成自男性凝视中的女性形象与雷麦伦对"文人女性化"(literati-feminine)的研究所见略同,参见 Fong,"Engendering the Lyric."

③ 红豆相思的隐喻典出于唐代诗人王维的《相思》,诗中红豆喻为"相思豆",参见彭定求编:《全唐诗》,北京:中华书局,1985年,卷128,第1305页。

④ "罗带减"在诗文中多指饱受相思之苦而日渐消瘦。

⑤ 沈彩:《春雨楼集》,卷2,第1a页。

⑥ 徐陵编,吴兆宜注,程琰删补,穆克宏校:《玉台新咏笺注》,卷1,北京:中华书局,1985年,第19—20页。

⑦ Ebrey Patricia(伊沛霞),*The Inner Quarters*,pp. 45 - 47.

笄,拜夫人。夫人以此帖为还贽者,余遂易余楼名曰'春雨'"。① 这一记录是沈彩对自己和陆煊缔婚洞房这一经历在文本上的置换(textual displacement),沈彩在大妇主持下完成与纪念自己的行笄礼,却在诗中效玉台闺情,标志着她作为情色客体时的自我意识。

陆家藏书中就有《玉台新咏》,沈彩填词《寻芳草》题为《春日书〈玉台新咏〉后》。② 在某种程度上,沈彩自己生活经历的独特性和文学表现中封闭而情欲化的闺阁/庭院空间相呼应,在这样的空间中,时间性存在于自然现象有序的周而复始、循环往复,而区别于外部现实或历史变迁所牵涉的个人命运的沉浮。她常在诗题与诗文中以"闺"字来组合成词,如幽闺、红闺、金闺、兰闺,诸如此类,这也格外契合这类主题风格的传统惯例。《春雨楼集》中很多诗题也多标有节序物候而带有一种类属感,但其诗歌文本却能够以陈言务去的语言点铁成金表达具体特定的内容,并捕捉此间自身经验感知中微观性与私密性的细微变化与变奏,以求呈现敏锐洞察之意。以下引数联为例:

蝶惊乍冷难依草,蝇恋微温易入茶。③

坐久青苔滋白露,行来黄叶衬红鞋。
·······
错认扶鬓萤火落,疏林明月耀金钗。④

下引诗透过女性气质视角,捕捉到了沈彩日常生活中的细枝末节。在第一首诗中,她暂时抛却女红,转而把自己新填词阕教授与身

<hr>

① 沈彩:《春雨楼集》,卷14,第7a页。
② 同上注,卷8,第7a—7b页。
③ 《初寒》,同上注,卷6,第5a页。
④ 《小园秋夕》,同上注,卷5,第7a—7b页。

边丫鬟,听腻了俚俗村歌的口味也可偶作精雅:

遣兴

针线长抛近日闲,朱藤一桁掩花关。

村歌厌听斑斑曲,自把新词教小鬟。①

下一首诗更为直率地刻画了一位夜深独坐、沉迷捧读道家经典《庄子》(此书鼓吹个体自由率性,反对人为社会规则)的年轻女子形象,不经意间,她蓦然意识到时间的流逝:

新秋夜坐读书

嫩凉初喜读南华,棐几匡床映碧纱。

月过降娄知坐久,鬓边茉莉已开花。②③

每一幽渺细物,每一精微细节,每一琐杂细事,每一宏观细思,端视洞察、冥思默想,都被凝于一诗之中。通过这些诗中的女性化意象,闺情诗的语体与风格潜移默化的影响彰明较著,但是沈彩却有意识地颠覆了这一模式,塑造出积极主动的女性主体置于诗歌核心,将其续接于与《诗经》、六朝吴声曲辞与《子夜歌》等民间歌辞传统一脉相承的表达方式上。在《作字》一诗中,她将自己置于被凝视的客体位置上(第3句)实则只为营造一则诙谐滑稽的插曲花絮——侍婢被形塑为一位恰好瞥见忙于书法的主人朱唇墨染的毫无机心的窥视者:

---

① 沈彩:《春雨楼集》,卷2,第2b页。

② 同上注,卷6,第3b页。

③ 译者注:原书误作"柴几框床",英译亦恐有误;原书误作"降楼",英译 set past the pavilion,当误,"降娄"为十二星次之一,与十二辰相配为戌,与二十八宿相配为奎、娄两宿。

作字

双鱼洗冷汲清涛,淡墨轻濡吮彩毫。①

却被鸦鬟窥窃笑,朱樱忽点紫葡萄。②

沈彩在其诗中大胆尝试悄然掺入情色意味,这或许表明姜妇能够在传统妇德妇行的礼仪规范上稍有逾矩,从而在文学书写上更为自由。沈彩文集中收录的一些闺情诗,大概算得上是女诗人书写最为香艳之作。《冬夜纪事二绝》实录了其与丈夫共度之难忘"春"宵:

冬夜纪事二绝(其一)

疏帘残雪共论诗,不信人间有别离。③

梦里忽吟肠断句,梅花帐底被春知。④

冬夜纪事二绝(其二)

鸳鸯枕上唤卿卿,红豆词人信有情。

重唱鱼游春水曲,熏笼剪烛到天明。⑤

诗中充盈着传统感官与情爱意象,再现了情深伉俪偎依于暖香私昵内闱之中的情景,梅花帐底鸳鸯枕上,互致情曲卿卿我我。

有些诗作着意于描写女性身体,但在诗题或词题中或附一"戏"字,以强调戏谑色彩而借此淡化文学的严肃正统性与情欲的自我指涉性。下引诗皆遵从这一曲尽其妙、含而不露的迂回策略,如《戏咏春山》一诗,沈彩就以情色化自然表征来曲笔描写女子酥胸:

---

① 译者注:原书误作"青涛"。

② 沈彩:《春雨楼集》,卷2,第6b页。

③ 译者注:原书误作"疏廉"。

④ 译者注:原书误作"断肠"。

⑤ 沈彩:《春雨楼集》,卷3,第8a页。

戏咏春山

杏子梢头玉两峰,微云横束翠烟重。

玲珑欲见山全体,拟倩三郎解抹胸。①

大胆直陈的意象与挑逗撩人的语调挑战着男尊女卑的正统界限。沈彩还有几首诗写到了三寸金莲。作为女性身体最隐秘难见、最撩拨性欲的部位,士绅精英女子很少会将金莲作为诗咏主题,若是偶有涉及的话,也多是以高度晦涩的隐喻手法,或将弓鞋之形比作玉钩新月,或将女子颤袅行姿称为莲步娉婷、踏春有迹。正如史学家们所言,缠足在明清封建帝制晚期女性文化占有不可或缺的一席之地,作为标示女性性别的象征标志。② 自宋末元初以来,样态各异的缠足之风开始在华夏大地东南西北、上下阶层的汉族女子间经久不衰,并秘而不宣地(in silence)世代相传。缠足的情欲诱惑在其于神秘性,是一种只可抚摸嗅闻、不可窥见其实的隐秘式恋物癖,雅称"三寸金莲"的莲弓被认为是唤起男性情欲的女性专属性欲区,亦是明清艳情小说中的惯见桥段。③ 沈彩在这首词中就创设出聚焦于缠足金莲的沐浴场景:

南乡子·戏咏浴

纤手试兰汤,粉汗融融卸薄妆。料得更无人到处,深防,鹦鹉偷窥说短长。

丝雨湿流光,花雾濛濛晕海棠。只有红莲斜出水,双双,雪藕梢头两瓣香。④⑤

这首词作文字上氤氲着感官色彩:柔荑纤手探试幽兰浴汤,香汗

---

① 《小园秋夕》,卷4,第6b页。
② 新近研究参见 Dorothy Ko(高彦颐),*Cinderella's Sisters.*
③ 譬如《金瓶梅》金莲引诱和情色挑逗的经典场景。
④ 沈彩:《春雨楼集》,卷9,第3a页。
⑤ 译者注:原书第二句漏"粉"字。

淋漓流淌盈盈面颊（和身体），浴中美人朦胧隐约不见。对女性身体的视觉化关注，既是一种物化也是一种自我指涉，从而导向窥视主题中的主体——鹦鹉。这种聒噪宠鸟养于内闱，无所不见又多嘴多舌，因此影射着侍婢女伴或秘密情人这类不速之客，其也常见诸于明清艳情画春宫图之中。下阕转而描写情趣秘境，"晕海棠"水雾迷濛浴景，暗指唐代美人杨贵妃温泉水滑洗凝脂一幕；而女子性感撩欲的终极奥秘随之揭晓：褪去缚布的莲足一双高举出水，[①]标示出被文化建构出的审美"性"趣。在另一阕题咏缠足的词作中，她更为迷恋莲弓解缚、浸于水中的本貌：

望江南·戏咏缠足（二首其二）

湖上女，白足羡于潜。脆滑江瑶初褪甲，玲珑秋藕乍抽尖，毕竟比来妍。[②]

沈彩对女性身体（也包括自己身体）中性感部位的认知与关涉很难一言以蔽之。表面上她似乎颂赞三寸金莲堪比清水芙蓉的天然之美，甚至青出于蓝，巧胜天工，但与此同时她又以"戏咏"之姿嘲讽这一情欲挑逗的伪饰性，解构缠足背后的人为建构性，并在同题组诗其一中直陈其丑陋不堪的阴暗面：

望江南·戏咏缠足（二首其一）

无谓甚！竟屈玉弓长。牢缚生脐浑似蟹，朗排纤指不如姜。何味问檀郎。[③]

沈彩在这首词中以批判与讽刺的口吻描写缠足一事，在那些但闻其味、未睹其形的男性追慕者之前，揭开了金莲性感"赤裸真相"

---

① 这一词作形容缠足未用"金莲"这一惯用说辞，而是采用较为委婉的"红莲"一词。
② 沈彩：《春雨楼集》，卷9，第2b页。
③ 同上注。

(naked truth)的神秘面纱。由于女性自知姊妹们缠足后的真实形貌，所以沈彩这种"诗意"揭秘尤其让男性读者直接窥见这一女性性欲区扭曲且畸变的形状，这对他们而言尤具挑战意味。

沈彩对自己诗词（尤其是闺情体词作）的态度也颇为复杂。在《减字木兰花·春日》一词中，她举措有适完成日常梳洗，又从尽合礼仪的儒家经典《诗经》中选曲吟唱，突然情绪暗生，欲写闺情欲念的"春词"（spring lyrics），却又担心遭到正室彭贞隐的指责：

减字木兰花·春日

> 洗妆初罢，闲坐海棠红影下。且展瑶函，兰吹咿唔读二南。
>
> 无端触绪，杨柳如帷莺对语。欲写春词，谑浪深防大妇知。①

沈彩深知自己遵循的就是闺情体风格，而她诗歌启蒙恩师彭贞隐与陆烜亦是如此。在前作的一首诗题中，她即标明"前诗假夫人（彭贞隐）润色，乃绝无脂粉气"数语。② 但基于既有惯例，沈彩的自我表征又更显个性鲜明，于文学书写中沿用闺情诗语体风格，却是为了入室操戈，颠覆倦怠慵懒、愁眉泪眼、饱受相思折磨、寂寞空房独守的女性形象。沈彩的诗作既无泪水忧愁之物，也无枯燥乏味之感。她把闺阁内闱点化为极富活力性与创造性的文本化空间，把侍夫奉茶、女红刺绣、规训丫鬟、操琴练曲、流憩后园等家事琐务，皆一一入诗。在她的自我表征中，沈彩似乎总是参与闲情雅趣、文人雅事，诸如读书、学习、练字、写诗，夙兴夜寐，焚膏继晷。勤习书艺是她诗中的常见主题，她有时带着一丝自嘲描述自己挥毫落纸中的逸闻趣事，例如下引二诗写到临摹前辈书法大师羊欣（370—442）的隶书行草与欧阳修（1007—1072）③的楷体正书：

---

① 沈彩：《春雨楼集》，卷9，第3a页。
② 同上注，卷4，第6a页。
③ 译者注：或应为欧阳询（557—641）。

学书

象管轻轻蘸墨云，日寒书格仿羊欣。

不成失手尖毫落，竟浣泥金蛱蝶裙。①

夜临欧书，忽灯烬落成烧痕，余恚甚。夫人有诗，因和作一绝

瘦欧一幅美无瑕，忽漫烧痕似落痂。

不道银钉曾送喜，秋窗失口骂灯花。②③

更多临习摹帖的同题材诗作中，她乐于呈现自己全神贯注、心无二用的一面，表现自己在朝暮晨昏、春夏秋冬的变化中不变的恒心毅力。她的一首绝句题为《偶尔作书，主君忽自后掣其笔，不脱，因成一诗》，诗题简述了丈夫在自己沉浸练书之时打趣夺笔、但自己彤管紧握令丈夫未遂其意之轶事，该诗尾联如下：

莫道春纤无气力，爪痕入竹有三分。④

闺情诗中常用作女性身体上恋物癖对象的"春纤"（纤指/削葱），在这里用以握笔书写之时而被格外赋予了力量与意义。

尽管沈彩从闺情体诗风发硎新试，但其诸多诗作也努力尝试将女性被动物欲客体转变为主动欲望主体。她欣赏自我身体、自我感官、自我才华，尤喜自己身为女子，渴望能痴于读书，耽于学习，迷于作诗。沈彩也并未将自身性别与勤学苦读视为非此即彼、二元对立的千钧重负：二者皆其所乐。她的诗作是完全意义上的"闺中作"，既是身处闺中所作，又全数作于闺中，因此她把内闺空间打造成文学创作与展演的场域。

---

① 沈彩：《春雨楼集》，卷3，第3a—3b页。
② 同上注，卷4，第4b页。
③ 译者注：原书误作"银红"。
④ 沈彩：《春雨楼集》，卷6，第5a—5b页。

身居侧室之中虽与世隔绝,沈彩一生却能赢得文学艺术上的一定成就与声誉。她的才华跨越闺门,其书法手迹为日本文人收藏,诗词文作在京师流布传诵。① 她的文集刊刻数年后,其中七首也入选汪启淑辑录《撷芳集》。② 当陆烜于1779年为沈彩的诗文集付梓作序时言其妾于侧室进行文艺创作的"闺中作",并不讳言其既是家庭经济来源,也是族门文化资本:"业已诗传日下、书达海陬。藉彩鸾之笔札,堪佐清贫;资络秀之操持,益光令誉"。③ 这里,他将沈彩文才与唐代吴彩鸾(以钞书为业的唐代女书法家)、晋代(265—316)李络秀(安东将军周浚之妾)相媲美。史载李络秀出身寒门,"会其家父兄不在,络秀闻浚至,与一婢于内宰猪羊,具数十人之馔,甚精办而不闻人声。浚怪使觇之,独见一女子甚美,浚因求为妾",所生三子顗、嵩、谟皆登显贵,显然其宜于与沈彩等量齐观。④

沈彩文集的手书写刊本当为家财带来收益。一般刊本印量百册左右,而《春雨楼集》的印数似乎远逾于此,可见其作品深受青睐,阅者甚众。相较于很多女性文集仅有一两本钞本传世,沈彩的《春雨楼集》则在北京、上海、南京、杭州等中国各大图书馆的古籍善本部中皆见收录。

于沈彩而言,自十三岁起嫁入夫家,妻妾共事一夫的从属地位与成长经历,让她甘于接受身为侧室妾侍的特定性别角色与局限生存方式。她的主要职责在于事夫而无违家和,然而从其文学作品来看,读者很难将她看成是卑屈女子、被动客体,也不认为她是争宠夺爱、独霸夫心的娇纵侍妾,对待家中正室更像视之为塾师萱堂而非邀宠对手。

---

① 沈彩文集中有所提及,同上注,卷7,第7a页;亦参陆烜序,第3a页。
② 汪启淑:《撷芳集》,卷70,第12a—13b页。
③ 沈彩:《春雨楼集》,陆烜序,第3a页。
④ 李洛秀事见《晋书·列女传》,参见房玄龄:《晋书》,卷96,北京:中华书局,1974年,第2514—2515页。

她的自我表征拒绝刻板印象化，她的诗作再现某些表现女性的男性惯用范式时又从内部对之予以颠覆。沈彩偏居侧室，通过文学书写这一媒介与技法为自我构建了一处与众不同的性别意义空间。

结语

从柳如是、李因（详见第三章）、沈彩等妾妇范例中可见，尽管性别体制对她们诸多不利，但仍能为一些或处社会等级秩序边缘下层的女子提供实现文学抱负的机会，使之识字知书、诗名不朽，并能为其创设充满未知可能性的"侧室"空间。这或可解读为儒家性别体系将女性共谋（women's complicity）收编其中的弹性适从（resilience）之又一例证。[1] 沈彩在致答邻家女（或是虚构宾主）的诗中对勤勉于学与乐生为女兼而有之加以辩护：

答邻姝[2]

长啸月当窗，微吟日卓午。

邻姝谓余曰，读书徒自苦。

多谢邻姝言，余心慕终古。

譬如蜂酿蜜，性命藉为主。

千函敌百城，万事轻一羽。

但愿长如此，来生仍女姥。[3][4]

沈彩诗作对自我及周遭环境的认知同其他不少名媛妾妇文学类

---

① 高彦颐曾论述儒家性别体制的这一面向，参见 Dorothy Ko，*Teachers of the Inner Chambers*.

② 译者注：原书误作"邻妹"，下同。

③ 沈彩：《春雨楼集》，卷6，第5b页。

④ 译者注：原书误作"老姥"。

似，都令人惊诧地积极乐观；她们在"理想婚姻"中福星高照，背后有着夫君(有时也有主妇)们必不可缺的支持扶助。然而，她们也不能代表全部，妾侍婚姻境况千差万别，另有像小青、李淑仪等，就是两极分化的另一极端。包办婚姻带给许多文学女性创深痛巨的例子不胜枚举，即使嫁而为嫡亦难幸免；不过追问文学创作文本生产能够为身居边缘地位的女性带来何种意义仍有价值，沈彩就绘声绘色地现身说法，令人叹观止矣。在她撰写的诸多品鉴书画文章的题跋中，她当仁不让地把控着艺术批评者的主体地位与充分权威。在本书第四章中还将继续讨论沈彩写给一位夫人的论诗信中表现出对性别化诗风的批评观点，这种女性赋权主体意识同样也存在于很多鲜少被关注的其他女性作品中。身为社会阶层中从属地位的群体，妾妇诗人文人凭借自身的文学训练在依从附庸结构中修炼出主体地位，这为著者有限能动性的施展提供了一个绝佳范例。

第三章　著写行旅：舟车途陌中的女子[①]

在帝制时代的中国，意识形态、象征体系与物质意义上的性别化空间皆将男性的合宜位置与功用定于"外"（outer sphere），而将女性则定于"内"（inner sphere）。这种性别化畛域分野所导致的一个深远后果是，旅行成为或公或私、任职消遣的文人士大夫以及经年离家、逐利敛财的行商坐贾们不可或缺的生活一面。行旅在中国社会与政治生活中兹事体大，这种必要性促成了旅行书写成为中国游记文学传统中最为精雅的一支。自汉末魏晋时期（公元 2—3 世纪）诗体大兴以来，男性文人在诗中著写行旅已是司空见惯，从谢灵运（385—443）脍炙人口的山水诗，到唐代（618—907）及后世迁客骚人、宦游士子留下不计其数的行旅诗，不一而足。此外，游记这种散文文类也在盛唐、中唐之交的 8 世纪中叶渐趋成型。根据石听泉（Richard Strassberg）的说法，直到这一时期，"散文化的表述惯例方才被成套地纳入抒情化的游记之中，使得文人得以第一人称叙述的方式充分表达其行旅过程中自传、审美、智识与道德的方方面面；不过迟至 11—12 世纪的北宋，游记与记录行旅的日记才在真正意义上大行其道"。[②]

由于儒家性别意识形态将女性角色与责任定性为"女主内"，故而

---

① 本章初稿由陈驰译。

② Richard Strassberg（石听泉），*Inscribed Landscapes*，p. 4. 另见梅新林、俞章华：《中国游记文学史》，上海：学林出版社，2004 年。

旅行之于女子而言，无论士绅平民、身份贵贱，均不属常规活动；尤其是对理想传统与意识形态都要求其安居内闱的精英阶层女性来说，相较于同阶层的男性，其性别角色决定了旅行并非一种必须履行的"义务"（duty）。因此，明清之前早期书写游记的女性实属凤毛麟角。[①] 然而，自 17 世纪始，女性书写舟车途陌的经历、记录离乡羁旅历程的情形层见迭出，她们陪同男性家人（比如夫君、家父、儿子、兄弟）履职赴任的个案俯拾皆是。这种视情况而定、偶尔的流动性（circumstantial mobility）在接下来的 18—19 世纪仍是常态。身居统治阶层的女性伴其男性亲属随征同行的情况与日俱增的原因多种多样，其中之一是女性识字率的提升催生出更多的伉俪婚姻，丈夫与妻/妾在智识与雅趣上棋逢对手与志同道合，其所带来的意合情投之感，使得无论是在安处故居或是赴外任职时，彼此都渴望长伴对方左右。从务实层面上说，妻妾在羁旅异乡时也能为处理家庭事务提供人力资源。与女性从属身份的刻板规范相悖，无论是居家或是在途，贤内助们均能向其夫君致以谆谆告诫、循循善议。当士大夫官员须得与当地乡绅们结交情谊、便宜行事时，他家中的女性亲属（如家母、姐妹、妻室、女儿）多能身先士卒，与当地士绅女性先行往来，尤以共同的文学志向为旨趣。在本书第一章中，甘立媃以县太君身份参与文学与社会活动就很好地展现了文化知识女性如何建构社会与文学交际圈来促成其男性亲属的事业精进以及提高自我生活质量。因此，基于为妻、为妾、为母、为女、为姊/妹的差异身份，女性在其生命不同阶段或可离开娘家或夫家踏上行旅。

[①] 班昭著有《东征赋》载"余随子乎东征"之事，英译参见 David Knechtges（康达维）tr. , *Wen xuan, or Selections of Refined Literature*, vol. 2, pp. 173–179. 唐代名妓女诗人李冶、薛涛、鱼玄机的存世诗中也有部分书写行旅之作，参见李冶、薛涛、鱼玄机著，陈文华校：《唐女诗人集三种》，上海：上海古籍出版社，1984 年。

特别是在 17 世纪以及随后清朝的不同语境之下，很多女性开始"抛头露面"（out in the open）。晚明江南地区的妓女为了生计，常常往返于城市繁华世界以寻求或陪随恩主。17 世纪中叶明清鼎革、地裂天崩之乱季，无数男女被迫背井离乡，苟活于世，为了躲避兵燹叛乱劫掠，他们不得不流离转徙，居无定所，暂得栖身而已。① 而在河清海晏之盛世，女性多以诗歌纪述其拜祭当地佛寺、走访名胜古迹之旅，而这多有家中亲属或女性友人伴其左右同行。女子们也会去宗教胜地朝圣礼佛，比丘女尼会长途跋涉去拜见布道宗师和名寺古刹。② 最后，正如本书前两章所论，出嫁妇人也常会"归宁"省亲，探视椿萱与娘家亲属。女性旅行的情形确实多样又多元。

行走于帝国疆域中的女性，有不少人以诗以文为她们各自的行旅留下了诸多记录笔墨。本章将要检视这些非同寻常的女性行旅载录的部分材料，以探讨女子如何在空间位移的旅途中铭刻出差异化或暂行式的主体性，以及她们如何在私人行旅的微观语境中赋予自身写作以权威性。女性记录个人行旅的行为与她们生产文本的形式，皆可解读为其在波澜不惊的日常内闱生活之外，调序与掌控时空运动中的偶发事件之种种努力。在这类行旅书写中，女子多对自己如何操持漂泊之家、照应临时之宅着墨甚多。下引李因（1616—1685）诗中的"行厨"就揭示出一种漂泊无定、随处为家的不安之感。彼时是危机四伏的1643 年，她正陪伴丈夫葛徵奇（卒于 1645 年）踏上自京返乡（浙江海

---

① 例见拙文 Grace Fong，"Writing from Experience." 笔者另文"Signifying Bodies"考察了17 世纪中叶的易代动乱与稍后的反清动荡中，被劫掠的女子们在迫离故土的行旅中书写自传手记与自尽遗诗的内容与意义。

② 笔者尚未发现由女居士或比丘尼所撰朝圣文录，对明清妇女赴泰山朝山进香的小说叙述，参见《醒世姻缘传》第 68、69 回，英译参见 Glen Dudbridge（杜德桥），"Women Pilgrims to T'ai-shan," pp. 39 - 64. 关于 17 世纪之前中国史上不同时代女尼的生平与著作，参见 Idema and Grant，*The Red Brush*，pp. 153 - 158，319 - 333，455 - 470.

宁)的惊险之旅:

虏遁后十日舟发潊县道中同家禄勋咏(八首其六)

拂衣去去急,白发半愁中。

过客天涯少,行厨槚㮋空。

禅关山月黑,鱼栅夜灯红。

松菊闻无恙,锄书可耐穷。①

　　这首诗捕捉到了葛氏夫妇在明季动荡中惶惶如惊弓之鸟的生活状态。他们自京城动身之际就被京畿叛乱滋扰而延误行程,李因诗中暗指此旅轻装简行,在行旅途中少与故友("过客")联络,而"行厨"亦储备不丰。在启程惊惶之后稍事安顿,她遂憧憬旅途结束后的图景,期待归家后晴耕雨读,隐世卜居。松、菊、锄、书,都是挂冠辞官、"守拙归园田"的东晋隐逸诗人陶潜的象征符号。本章稍后会再次提及,这种对归园隐居生活的渴求,正是现实政治生活中的凶险遇挫以及行旅途中的实况险境的反衬。

女性之行旅诗:与传统惯习的协商改造

　　雷麦伦在她对明清女性诗作研究的大作高论中曾不无乐观地指出,行旅诗是手握彤管的女性表达自己与男性文人与众不同的主题类别之一。在她看来,"文人传统中的行旅诗总是充盈着郁结暗夜、睹物思乡、孤舟侧畔、厌世伤时的情绪",相较而论,"书写行旅的女文

---

① 李因著,周书田校:《竹笑轩吟草》,沈阳:辽宁教育出版社,2003年,第26页。本章最后一节将会考察李因生平及其行旅诗。〔译者注:原书诗题为《虏遁后十日舟发潊县道中同家禄勋介龛咏》,据周书田校点本与胡文楷钞本(收入《清代闺秀集丛刊》第2册),均无"虏遁后十日"及葛徵奇字"介龛"字样。诗题有"虏遁后十日"详见本章最后一节作者自注。"拂衣"误作"抚衣","夜灯"误作"夜镫"〕

人……则相对更为正面积极地看待行旅之事。"她以 17 世纪女诗人王慧的《山阴道中》(三首其一)为例证揭示出诗中显而易见的发现探索与开放自由之感，但雷麦伦过于笼统地概括行旅诗中的性别差异，或许无意中将其本质化了。① 正如雷麦伦自己在此文中也提到说，女性使得她们的语言与声音不仅充分利用了既有文学惯习与文本传统，而且不断与之协商改造(negotiated)，试图在男性文人游刃有余的主流诗学话语体系中建构出自我表征。饶是如此，女性的性别化经验或许会给诗歌创作带来领异标新的影响，但她们的作品并未构成某种迥异于男性书写的、一轨同风的"女性"(female)特质。如今，随着越来越多的女性文集重见天日，浮出地表，我们能够更好地基于文本与语境的个性化特征加以细致分析。笔者将引用数首女性的行旅诗(其中就包括王慧组诗其二)来予以例示，勾勒出它们在主题关照与情感语域上广泛的差异性。样本选诗所关涉的很多都是男性与女性行旅诗所共有的普遍题材，然而受到性别属性、年齿长幼、社会地位及其他偶发事件的诸多影响，对相同或相似的意象与主题的处理则会产生判然有别的智性与感性效果。

王慧行旅于浙东山区的具体细节已无从考证，但从其诗风来看，她的经历相当乐观积极，甚至可谓欣喜振奋，组诗其二持续记录着她的慧眼所见：

山阴道上

行行转深迥，所得益幽奇。

万壑与千岩，今来始见之。

纷纷红复碧，相引成异姿。

① Maureen Robertson(雷麦伦), "Voicing the Feminine," pp. 87 - 88. 关于王慧的记载参见 Kang-i Sun Chang(孙康宜) and Haun Saussy(苏源熙) eds., *Women Writers of Traditional China*, pp. 396 - 405.

心目所应接，人各领其私。

烟缕出丛薄，山家住茅茨。

人世杳然隔，何殊太古时。①

诗人通过视觉描述开始思考人们如何从相同经历中分道扬镳，获取不同的洞见悟解或经验教训："心目所应接，人各领其私"，她遂阐述了对此次旅行的个人见解：其目之所触的山野村居让她幡然悟道他们生存状态是如此淳朴自然，似乎迥异于自己娴雅精致的都市生活。把蒙尘迷失的天然纯真投射至"原始"（primitive）他者身上，这种传统理想化概念是道逢（encounters）农家村夫之诗的惯用文人修辞。通过展演这一情感反应，王慧事实上承担着习见的文人自身主体性，而这首诗读起来也并不雌柔女性化。然而，通过与既定文本传统的拉锯来协商改造与书写旅行，王慧能够置身于作者的主体地位上来评论与回应于她而言具有某种意义的经历。

在书画家吴山（17 世纪人）的一首心境迥异的行旅诗中，关涉性别身份、意象题旨、主题惯例以及主体性建构之间关系的类似问题值得我们进一步关注：

泊舟香口

薄暮到香口，风迥即泊舟。

一溪分竹进，两岸断江流。

落日明残牖，荒烟袭废楼。

篱边鸡犬静，寥落使人愁。②

---

① 《山阴道中三首》，见王慧：《凝翠楼诗集》，收入蔡殿齐编：《国朝闺阁诗钞》，娜嬛别馆 1844 年刻本，第 32a—32b 页。组诗前两首收入恽珠编：《国朝闺秀正始集》，红香馆 1831 年刻本，卷 2，第 10a—10b 页。
② 恽珠：《国朝闺秀正始集》，卷 1，第 22—23a 页。

吴山人生先是遭遇家庭生存困境,又在 1644 年后于清军铁骑肆虐中动荡飘摇。在明朝覆灭前数十年,她离开桑梓之地皖西的当涂,漂泊江浙,淹留于南京、杭州二地为多,以卖画聊以谋生。① 她前往皖南靠近江西的长江沿岸小镇香口的这段特定旅程的时间或场合背景,我们仍不得而知;不过即使不明就里,她这段旅途文本化的经历也决计算不上"乐观积极"(positive)。途旅模式并不令人愉悦,行舟驶离长江干流,穿越了茂密竹林而沿着一条支流溯溪而进。诗人运用一连串唤起共鸣的意象构建出荒凉孤寂的情景:落日(衰颓意象)、残牖废楼、鸡犬静(人迹寥落)、荒烟等。简言之,这样的刻画深刻暗示着战火蹂躏后的残败疮痍。由目之所及所触发的悲凉哀恸,被赋予了一种超越个体、推而广之的普世性特质。

下引诗所载旅程,除了在诗题中标示归乡途中之外,也没有更多 *90* 的具体上下文背景。籍系江苏武进的巢麟征(17 世纪人)有诗云《归舟即景》:

归舟即景

两堤烟柳碧于纱,中夹柴扉三两家。

数点睡凫飞不去,月明溪涨白芦花。②

仿佛是为了强调喜出望外的情绪与归心似箭的旅程,诗人利用绝句这一短章把时间进度紧凑压缩,从首二句的烟笼日景迅即过渡到末二句的月曜夜色。诗中运用了一些惯见诗材构件——自然物象(如柳、芦花、烟)与人类居所(如柴扉)——来营造出并无显著性别化差异的勃勃生机与无眠情思。

---

① Dorothy Ko(高彦颐),*Teachers of the Inner Chambers*, pp. 284 - 285.
② 恽珠:《国朝闺秀正始集》,卷 2,第 22a 页。此诗先录于王端淑所辑《名媛诗纬》,北京大学图书馆藏 1667 年刻本,卷 12,第 20b 页,稍有异文,"中夹柴扉三两家"作"中夹茅扉三二家"。

　　这里对上述诗作的文本细读意在揭示，女性在行旅次文类中如何广泛善用共享意象文本库来构建与暗含性别差异意图的旅行相关的一系列情感体验。毋庸置疑的是，女性书写行旅诗中的常见主题之一是欣赏沿途美景，由于对女子而言这种经历相对新奇，故而印象往往更难以磨灭；一些旅程会把诗人带到遍布奇花异木与奇风异俗的陌生环境、场所与地域之中；行舟夜泊或暮投驿宿，也是旅途暂歇、催生诗歌的高产之地。然而，诗中所经历的情绪不能总是依据性别来予以分类，诗意"积极""消极"往往取决于特定场景与旅程境况——诗人是离家还是归乡，是闲游还是逃难，则是大相径庭。不过，饶是佳侣长伴身旁，远离梓乡故土还是意味着对闾阎家园的思慕、对父母手足的依恋会与日俱增，难以排遣；因此在行旅诗中，女性从细腻敏感触及情思的片段瞬间中构建她们的主体性，在陌生环境中以感知、辨明与识断的主体身份来言说自我。

　　本章接下来要讨论的是两则女性持续记录各自漫长行旅的游记之个案，均出自于大明为满清倾覆的 1644 年之前的晚明时期（17 世纪上半叶）。其一是晚明邢慈静的《追述黔途略》，文中异乎寻常地追述了自己从边地远疆贵州护灵返回中原腹地山东，将逝于贵州任上的夫君扶枢还里的危途险旅。① 其二是 17 世纪初王凤娴的《东归记事》，记录的是身为士绅阶层正室的自己随夫赴任江西后的归乡之旅。② 此二文稿之所以引人瞩目，是因其可能是现存最早女性书写

① 本书所依版本是《然脂百一编》本《追述黔途略》标点本，第 6a—9a 页，收入《古今说部丛书》第五集、第十卷，上海：中国图书公司，1913 年，该版本亦收入《黔南丛书》第二辑第三种（1923 年），题名简称《黔途略》，后附聂树楷跋。《追述黔途略》的开篇文段虽未明示，但可视为自序，收录于胡文楷《历代妇女著作考》，第 121—122 页，本书附录二收录该序英译文本。

② 本书所选《东归记事》版本出自周之标辑《女中七才子兰咳二集》，卷 5，第 20a—27a 页。《然脂百一编》本收录有删节版，第 1a—3a 页。本书附录三收录全文英译。高彦颐在《闺塾师》一书中将其作为随夫赴任的士绅女性的范例个案详论其游记叙述，参见 Dorothy Ko, *Teachers of the Inner Chambers*, pp. 221 - 224.

的游记散文（而非采用更为常见的诗歌体裁），并且表现出强烈的主体能动性意识。诗歌结构往往高度凝练和形式化，以提炼与组织片断式经验的表述，而散文文体则更能宽裕从容地敷张扬厉、刻画细节。值得注意的是，上述二文创作成稿时间上都可追溯置于伊维德与管佩达所提出的女性文学第一次高潮阶段，是时女性书写文集文作的大量涌现既表现在存世文本上，也见载于书目文献中。①

本章最后一节重返行旅诗的主题，考察葛徵奇之妾李因在晚明之季随夫辗转历任各职所作途旅诸作所辑的重要诗集。该集不仅收录不同旅途的诗作，也特别选辑了归乡终旅的系列组诗。她在漫长行旅中的诗歌写作，以至关重要的形式彰显出诗歌共同的社会与仪礼功能，以及明清男女日常生活的文化与心理意义。这，绝非孤例。

扶枢还里：邢慈静的《追述黔途略》

出生于山东临沂的邢慈静在诗、画、书等文人雅事上颇有才情，在明末清初的某些文坛圈子里声名远播，尤以精于白描观音而名声赫赫（观音在明清时期是极受女性追崇敬奉的菩萨）。② 邢慈静的书法成就还赢得其兄邢侗（1551—1612）的溢美之词。邢侗 1574 年赐同进士出身，官至太仆寺卿（从三品），③并以善书得名当时，与知名书法家董其昌（1555—1636）、米万钟（1570—1628）齐名并论④。邢侗在《明史》有略传，提及"妹慈静，善仿兄书"。⑤ 邢慈静传世之画，一幅悬轴（观 ⁹²

---

① Idema and Grant, *The Red Brush*, pp. 347 – 358.
② 曼素恩在《缀珍录》讨论了清代女性宗教信仰以及观音作为女性庇护神灵的问题，参见 Susan Mann, *Precious Records*, Chapter 7；又见 Chün-fang Yü(于君方), *Kuan-yin*.
③ 官职详情参见 Charles Hucker(贺凯), *A Dictionary of Official Titles*, p. 481.
④ 译者注：三人加上张瑞图并称"晚明四大家"，又有"北邢南董"之说。
⑤ "妹慈静，善仿兄书"，参见张廷玉：《明史》，卷 288，北京：中华书局，1974 年，第 7397 页。

音)大士像,一本《观世音菩萨三十二应身相》画册,皆为纸本设色、黑底泥金,附有邢氏手书小楷赞语。[1] 然而,一如明清很多女性文集刻本的多舛命运,邢慈静的文作诗集,比如《菲菲草》与《兰雪斋集》,前者甚至被列入《明史·艺文志》,也惜未能存世。[2] 尽管她在清初文人的笔记与选本中屡见提及,但她的诗仅收入于 17 世纪 60 年代刊刻的两部明诗选集中,一为王端淑编纂的《名媛诗纬》,一是钱谦益与柳如是合编付梓于 1669 年的《列朝诗集》。[3] 更令人惊讶的是,比如流传甚广、系名于钟惺(1574—1625)的《名媛诗归》(1620 年代)、季娴的《闺秀集》(序于 1652 年)或沈宜修的《伊人思》(序于 1636 年)等明末清初其他女性诗选总集,都未见录邢慈静的诗作。[4] 她何以没有出现在这些女性选集中可能要归因于地方主义(regionalism),来自北方山东的邢慈静似乎与繁荣于江南地区的女性文学文化与社团群体不存在任何联系,因此在她生前其诗集可能流传不广或未传及江南文化圈。

王端淑与钱谦益/柳如是都在各自选集中不约而同地收录邢慈静同样的二首七言绝句,其一《静坐》印证了邢慈静身为佛教信徒的形象,亦映照了她的绘画作品中的宗教主题:

静坐
荆钗裙布念重违,扫却焚香自掩扉。

---

① 二卷均藏于台北故宫博物院。轴画复印本亦见 Marsha Weidner(魏玛莎),*Views from Jade Terrace*, p. 22. 原有 32 页的画册仅有 24 幅存世,每幅画都有邢慈静手书四言八句赞语,并附私人钤印,参见 Yu-min Lee(李玉珉), *Visions of Compassion*, pp. 64 – 87.

② 张廷玉:《明史·艺文志》,卷 99,第 2493 页。

③《名媛诗纬》将其名"慈静"误为"静慈"(卷 6、第 2a 页)。清初文集中提到邢慈静的还有陈维崧对明清鼎革之际名媛闺秀的性格生平点评的《妇人集》(卷 2,第 30b 页)以及王士禛的《池北偶谈》(朱启钤《女红传征略》(上海:神州国光社,1928 年)转引,卷 18,第 284 页)等。

④《闺秀集》与《伊人思》将在本书第四章详论。

莫向吹箫羡嬴女,多年已办五铢衣。①②

诗题喻示着打坐冥想的主题。邢慈静在绝句这一短小精萃的凝练形式与结构中反省了自己的宗教追求与实践。诗人在首句中暗指自己违背了追求精神超脱生活的宏愿而嫁为人妇,"荆钗""裙布"(素服)多借代已婚女子,又尤指贤妻。她对自己没能过上独善其身的佛禅生活深表遗憾,这种感觉能够引起那些深陷家庭制度的樊笼,无论出于何种目的都难逃包办婚姻捆缚命运的年轻女子的普遍共鸣。女性将她们的文学才华付诸于"颠覆式"(subversive)用途,借以表达她们对违逆己愿的婚姻之不满。③ 当邢慈静履行为人妻为人母的职责时,她仍有志于以女居士身份来实践宗教信仰。在此诗中,她生活中的宗教维度是通过"焚香""掩扉"这样广为人知的形象动作来表意,从而定义一个封闭的、"私密的"(private)静坐冥思空间。后二句转而写到不意于追求道教长生不老则多少有点出人意料,她婉拒化身像"嬴女"之流神女的愿望。"嬴女"即相传为秦穆公(嬴姓)之女的弄玉,她嫁与善吹箫的萧史,后二人乘风升天成仙。④ 这两句表明了邢慈静已看破身着"五铢衣"的道教神仙们所象征的永生不朽的迷魂蛊惑本质,而重申虔诚佛教信徒的自我身份。王端淑在《名媛诗话》中拿邢慈静与"以佛语入诗"的唐宋名贤王维、苏轼相提并论来彰显她诗中的佛禅元素,断言"邢诗雅洁,惜未睹全

①　王端淑:《名媛诗纬》,卷6、第2b页;钱谦益、柳如是:《列朝诗集》,收入《四库禁毁书丛刊》,集部,卷95—97,北京:北京出版社,1997年,闰集卷4,第37b—38a页。

②　译者注:原书"嬴"字误作"赢"。

③　参见拙文讨论季娴自传中提及自己的包办婚姻及由此罹患慢性疾病的长久折磨,Fong, "'Record of Past Karma' by Ji Xian (1614—1683)," pp. 135 - 146.

④　王叔岷:《列仙传校笺》,"萧史",台北:"中央研究院"中国文哲研究筹备处,1995年;北京:中华书局,2007年,第80页。

帙"。① 这一说法似乎意味着邢慈静的诗集较难获取,很可能在 17 世纪中叶就已失传于世。第二首绝句《读〈三国志〉》反思了三国时期(220—265)知名智囊诸葛亮的命运,②展现出其过人的史识与学养。

　　两部选集记载的邢慈静生平传记都相当粗疏。由于王端淑与钱谦益彼此相熟,故而很可能他们的文献来源同出一辙。③ 两方传略都言及邢慈静"善画白描大士""书法酷似其兄",其母万氏"爱女甚,必欲字贵人",而根据钱谦益与柳如是的载录,"年二十八,始适武定人大同知府马拯",这个年纪方才嫁人非同寻常。④ 地方主义与其兄邢侗的官场人际可能在这一联姻中居功甚伟,马拯也是同为山东人,祖籍是较临沂更北的武定府(今山东惠民)。邢慈静所载旅程当是在 1612 年其兄逝世后的某年某月,是时她不过三十出头,⑤携幼子、随夫君,陪同赴任贵州贵阳府(贵州古称"黔")。明朝时贵阳地处帝国西南边陲,瘴疠肆虐之乡,苗夷混居之地,素来被认为是有待开化的蛮夷之壤,在明代中晚期(16 世纪至 17 世纪初)这里亦多凶逆叛乱。邢慈静在自序中暗示这里远非优差美缺的乐土,不过马拯在官僚体系任命上也别无选择:

　　　　黔之役,周戚暌识,百尔辍其辖。先大夫笑谓辽不必菀于黔
　　也。当途者,或以宜辽必宜黔耳。余而辍行,将余为避事乎? 妄
　　意未叙于辽者,或叙于黔,此先大夫意中事,默不以发也。竟成

① 王端淑:《名媛诗纬》,卷 6,第 2b 页。
② 同上书,卷 6,第 2b—3a 页。
③ 王端淑《名媛诗纬》收录他序四篇,钱谦益之序(作于 1661 年)居之于首,参见《名媛诗纬叙》,收入《名媛诗纬》,第 1a—5b 页。
④ 钱谦益、柳如是:《列朝诗集》,闰集卷 4,第 37b—38a 页。王端淑《名媛诗纬》则云"年十八始适",参见上引书,卷 6,第 2a 页。
⑤ 《追述黔途略》集中一眉批处提及"先长兄"而知其兄已殁,参见《然脂百一编》本《追述黔途略》,第 6a 页。〔译者注:原书作 8a 页〕

行。载途之苦,虽从先大夫后,即觉步步鬼方,①未必生还。②

邢慈静在纪文中还原了丈夫的心声,她自己也身为善解人意的妻室来便宜从事:她知其夫所想而不必待其言明。她以追念的口吻展现出夫君充满揶揄式幽默感的大丈夫形象——他对亲属们的担忧一"笑"置之。1608 年,马拯曾在东北远疆任辽东都司副使,与时任辽东总兵、骄狂跋扈的杜松政见多有龃龉。③ 尽管马拯的观点事后方知明智,但据邢慈静的说法,当时他显然并未适获认可,而被贬配至横跨帝国另一端(自东北至西南)的边陲之地、土著番夷动乱不休的贵州。自序接下来描述了他们在黔地边土的居所,不过以一种最为反讽的方式,以齐整(orderly)对仗的骈文来书写他们不得不惨淡经营凄惶破败的居住情境,一切似乎都乱了套:"抵任则败石支床,绌木为案,茶铛毁耳,药灶折梁,匕箸长短参差状"。④ 这里一眼望去,中华文明的基本文化标识已近荒弃废置,功用不再,亦凸显出当地风水不宜、异域陌生的氛围。马拯似乎从到任起便不乐与当地苗人打交道("会苗议违心"),⑤据邢慈静所云其夫"不视事者几月",并无俸禄入账而坐吃山空,"月中支费,悉属氏簪珥及箧中赍为往费余者。乃四月一日,所天

---

① 鬼方,字面意为"有鬼之地/方",始以地名见诸于儒家经典《诗经》《易经》,在商代,其亦为夷狄蛮族与部落国家之名,参见《汉语大词典》,上海:上海辞书出版社,1988—1993 年,12 卷,第 445 页。

② 《追述黔途略》,收入《然脂百一编》,第 1b—2a 页;胡文楷:《历代妇女著作考》,第 121 页。〔译者注:原书作 6a 页〕

③ 马拯《明史》无传,但其"与松相讦"见载于《明史·杜松传》,卷 239、第 6218 页。这一文献笔者要特别致谢钱南秀(1947—2022)的指正。

④ 《然脂百一编》,第 2a 页;胡文楷:《历代妇女著作考》,第 121 页。〔译者注:原书作 6a 页〕

⑤ 这一地区在晚明及更早时期民变叛乱经久不断。贵州苗人部落的一次大规模叛乱发生在 1621 年,参见 William Atwell(艾维四),"The T'ai-ch'ang, T'ien-ch'i, and Ch'ung-chen reigns, 1620-1644," p. 602.

见背矣"。① 通过典当"箧中"妆奁珠钗聊以度支家用,邢慈静证明自己也能在穷窭苦旅中扮演养家糊口之人(role of provider)的角色。② 马拯在抵达贵阳之后不久遽然撒手人寰,留下携幼子、媪仆、侍女的邢慈静置身于歧路他乡。她原本考虑过殉夫自尽,但最终决意承担扶柩还里,将亡夫归葬山东祖茔的重任。虽未明言之,但将亡夫落葬他乡,携子独归故里,对于她这样恪尽妻道又在意人言籍籍的女子而言,这样退而求其次的选择是不能接受的。

如果一个人客死他乡,将逝者归葬故土祖茔的古典传统往往迫使嫡亲——最为常见的是儿子或妻子——踏上扶棺送灵、归窆故园之行旅。③ 比较常见的做法是,被委以重任的至亲会先赴异乡办丧抬棺,再扶灵返乡归葬;而像邢慈静这样的随夫辗转赴外履任的士绅正室虽仅需单向回程之行,但新寡之际即要担此重责仍很艰辛。④ 荷兰学者高延(J. J. M. de Groot,1854—1921)留意到明清时期扶柩之举颇为常见,他在收集 19 世纪末期中国宗教活动的民族志资料时经常遇到扶榇之旅:"将遗骸暂厝于厚重密闭的寿木棺椁之中从遥远他乡归葬桑梓故里,这在中国当下司空见惯。"⑤正是置身于这样的文化语境之中,邢慈静决意扶榇还里,踏上自贵州到山东危险丛生艰难备至的漫长行旅。正如她自言:

> 轻尘之身,不惜一死,即弱小儿,亦付无可奈何。独此亡丈夫

---

① 《然脂百一编》,第 2a 页;胡文楷:《历代妇女著作考》,第 121 页。〔译者注:原书作 6a 页;"见背"即谓夫殁矣〕

② 白馥兰对女子在合宜之时把嫁妆当作私有财产使用的研究很有裨益,参见 Francesca Bray, *Technology and Gender*, p. 139.

③ 相关术语包括"扶柩""扶榇""扶灵"等,均指护送灵柩之事。

④ 例如顾太清的几首送别诗就写到了其女性友人护送其亡夫或公婆的灵柩自京城返乡安葬之情景,参见张璋编:《顾太清奕绘诗词合集》,上海:上海古籍出版社,1998 年,第 86、174 页。

⑤ J. J. M. de Groot(高延), *The Religious System of China*, vol. 3, p. 838.

之樣,不手厝家寝,死且不暝,何妇人为。①

　　这里,邢慈静不仅只是在履行妻德妇道,更重要的是她通过记录书写完全获得了主体能动性的自足感。自序收笔之前,她概述了行旅途中难以名状的丛生险象,以戏剧化与夸张性的语言让读者在对旅途本身的叙述中感知山雨欲来:

　　　　沿途有死无生之状,百口不能摹。危山险水,魄震魂摇者,千口不能摹。封豕长蛇之怒,豺号虎啸之威,俾母子瞬不及顾者,万口不能摹。②

　　她在这骇目惊心的概述之后收束自序,其于此宣称著述目的之意义格外深远:

96

　　　　痛定思痛,姑条分其概,俾后世子孙,知余之苦,远谢一死万万耳;如曰敢以布之大人长者,则妄矣。③

　　邢慈静暗示要选择不殉夫守节而苟活于世要艰难得多,她在扶枢归乡途中所受磨折远胜于一死了之。换言之,自尽殉死是更易实现的“绝路”。尽管这段话略为隐晦含蓄,但显然她的声音刺破了对媚妇既要显名又要藏名的社会规范与世俗限制。她留下这段记录的表面动机是为教化后代以理解与铭记她良苦用心的所作所为,但她也意识到她的著述之举有可能被误读为是向父老尊长炫耀自己的妇德而陷入不够谦逊谨慎的危险之中,遂将自己此举置于家族等

---

① 《然脂百一编》,第 2b 页;胡文楷:《历代妇女著作考》,第 122 页。〔译者注:原书作 6b 页〕

② 《然脂百一编》,第 2b—3a 页;胡文楷:《历代妇女著作考》,第 122 页。〔译者注:原书作 6b 页〕

③ 《然脂百一编》,第 3a 页;胡文楷:《历代妇女著作考》,第 122 页。著述目的申说的修辞,即在于辩护,这在女性写作的自序里屡见不鲜,参见第一章甘立媖的例子。〔译者注:原书作 6b 页〕

119

级秩序之中;这既有面向未来的眼光,又有当下自剖的尝试,从而为自我壮举在现世加以辩白。因此以笔者拙见,她的弦外之音不仅仅是在家族语境中为她的壮举谋求私人(personal)认可,而且也想通过将其夫被不义"流配"蛮荒之地,备受官僚体系排挤而导致英年早逝之事公诸于世来诉求沉冤昭雪。她的记述或许能在某种程度上弥补其所受的不公遭遇。

这段横跨中国的漫长艰苦行旅记载自贵州起始落笔,途经湖南、湖北、安徽、江苏,最后抵达山东。(参见图 2)邢慈静为其子孙后代以及其他读者录之何为?有意或是无意?叙述近于尾声时,她在文中解释题名缘由:"黔途诸苦,于时不能笔,故曰'追',挂漏不啻万,故曰'略'。"① 因此,邢慈静的《追述黔途略》并非旅行日记或行旅手记,而是事后凭借记忆复构书写,故在取舍上有更大的选择空间。既然她在完成文稿之时提及幼子曰"弱小儿",那此文无疑应是写就于抵家不久之后,这段经历记忆犹新之际。《追述黔途略》内文分为十五条,并以此分列标段,从携子带仆离开贵阳的五月初三日起,距离夫殁恰好一个月零两天。

邢慈静讲述了她们一行人路上所遭遇的人身危险,尤其是身处贵州蛮荒崎岖的羊肠鸟道,例如她们在龙里就因避患"豺狼虎虎入城排户"而额外勾留"两浃旬"(第 2 段);穿越麻哈江靠"竹缆横结"索桥过河,"弱小儿身随枢侧"(第 3 段)②;在隆兴试图远离苗夷部落纷争(第 4 段)行走于蜿蜒山路狭道,"崎崛硗确,皆人不得骈肩、骑不获纵步,危险极矣";"微徽先大夫之灵,四大区区,奄忽江鱼腹,瞬息沟中断也";且"朝饔夕飧不及知",匆匆赶路,无暇饱食(第 5 段)。她们抵达黔湘边城镇远府之后,转而乘舟而下,然而奔波不

97
98

---

① 《然脂百一编》,第 8b 页。〔译者注:原书作 9a 页,原书引文作"追述"〕
② 译者注:原书误拼为 Hama River。

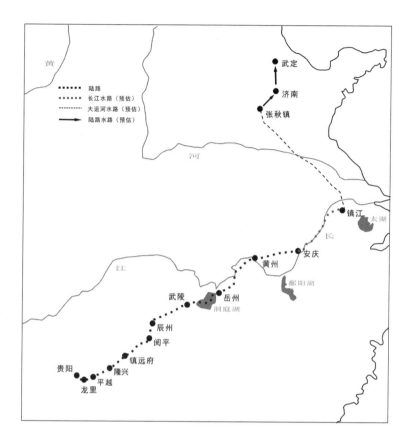

图 2:1612 年之后某年邢慈静护送亡夫遗骸扶柩归里的路线示意图,《追述黔途略》只记录了行程中最艰险的路段,即从贵阳到安庆的行旅经历。制图:薛梦缘①

适之感与日俱增,邢慈静身体染恙,登舟"舟仅一叶,非大艍艎可受簟榻卧具者比"(第 6 段);而极端天气接踵而至,"风之、日之、雨之、露之,昼焉暴炙,夜焉匿薄,益以水气炎蒸",她声称"阴曹地狱之设未知有无事,此或足敌焉矣"(第 6 段)。她也记录了水路航行

---

① 译者注:原书制图:林凡(Lin Fan)、黄薇湘(Margaret Ng);镇远至武陵一段应为经沅江而下入洞庭,自岳州经黄州至安庆则经长江而下,皆当走水路。平越,今贵州福泉;隆兴,或为贵州黄平;阅平,或为贵州玉屏,原地图标在湖南境内疑有误;辰州,今湖南沅陵;武陵,今湖南桃源;岳州,今湖南岳阳;黄州,今湖北黄冈。

之险,比如船尚行于贵州地界的航道上,舟人"谓江中诸峰矗矗杪,忽错则九解者舟、齑粉者人矣,大绳维系,并力而援,无不口诵诸天也"(第8段),在湖南北部洞庭湖则遇更为凶险"大风作恶、排浪系天"(第13段,文中最长段落),在湖北黄州长江之上涉险渡江(第14段)。

比起民风彪悍的贵州,湖南则相对文明开化。当邢慈静一行去黔入湘之后,她的回忆遂从对所行之路面临的人身威胁转向所遇之人行为态度的差异,例如先夫旧僚友的悉心关照(第9、11段)以及过境当地属吏的骄慢悭吝(第10段),她所述末事乃是在安徽安庆所历"就途吏胥之狡、徽卒之悍,千诡万诈,巧肆梗塞,言陆便矣,不满符数,言水便矣,不给舟夫",假意安排,实则骗财,"蹉跎三昼夜",仅有"一柩相倚身侧、一鬟一妪(及弱小儿)相对"(此情此景、无可奈何),而最终只能靠自己"乃得取道"(第15段)。从安徽到山东的余下旅程,她未再作只言片语,但应是沿着熙熙攘攘的大运河而行,这条路比起安庆之前的旅程而言则要便捷安全得多。

邢慈静所作《追述黔途略》最为出彩的是记录扶夫灵柩万里归梓途中所经历的千辛万苦与千难万险。尽管邢慈静被刻画成一位恪尽职守的贤妻良妇形象,但她身为扶柩壮举的主角,显而易见地感知到强烈的能动性与赋权感,以至于必躬必亲自我记录,如实铭记亲身经历,"俾后世子孙知余之苦"。尽管她其他文作诗作皆已不传,但《黔途略》存世所讲述的重要行旅,已足以提供同时代人对她生活基本了解之外的更多信息。①

在明清时期的文学别集中,邢慈静并非女子记录本人扶灵归葬家

---

① 收入《追述黔途略》的《黔南丛书》(第二辑,1924)所录数种表明了民国时期的读者接受语境已经转向至西南地区地理风土的兴致上。正如聂树楷跋所言其价值在于保留了贵州的历史记载。

人的孤例。孀妇张纨英(19 世纪人)也留下了自己 1847 年自华中腹地武昌至东部沿海江苏,扶送亡夫棺椁归葬祖茔之旅的记载。由于是旅行日常手记且生活家境迥异,张纨英的记录在描述经停地点与距离上几近毫厘不差,但对此行经历与情感流露上轻描淡写,甚至可以说是罕言寡语。[①] 又如道光、咸丰年间的女诗人兼文学批评家沈善宝,她曾多年变卖自己的字画诗文以筹资窆亲,到 1834 年方才为上下数代八位嫡亲安排了体面的葬礼,为此她还写了组诗并附长序、自注以纪此事。[②] 女诗人左锡嘉(1831—1896)之夫 1862 年殁于任上,左锡嘉前往夫卒之地扶柩归葬故茔,心碎途旅中著有组诗十二首。[③] 这些女子的所为所记具有至关重要的性别化色彩。操办合宜殡礼本是男子的分内之事,但也有不少女子自觉承担起这一重责,有的还觉得有必要为自己也为子孙留存她们的善行壮举。她们耗费如此精力心力与财力物力去履行这一责任表明了玉成其事对于她们以及她们所生活的社会而言,在心理上和道德上的重要意义。[④]

铭刻行旅中的美学:王凤娴的《东归记事》

明万历二十八年(1600 年)十月二十一日,王凤娴从中南内陆省份江西的闭塞小城宜春动身出发,踏上前往东部沿海省份江苏的松江(今上海松江)的归乡之旅,水陆兼程,多赖舟行,历时约两个月之久。

[①] 这段情形概述详见曼素恩的宏文,Susan Mann, "The Virtue of Travel for Women in Late Imperial China."

[②] 参见拙文,Grace Fong, "Writing Self and Writing Lives," pp. 290 - 294.

[③] 左锡嘉:《冷吟仙馆诗稿》,1891 年刻本,卷 2。

[④] 另见叶嘉莹对李雯事迹的研究,参见叶嘉莹:《清词丛论》,石家庄:河北教育出版社,1997 年,第 8—32 页。1644 年,明朝帝京陷落,崇祯皇帝自缢,诸多官吏效忠大明而选择自裁,李雯之父李逢甲便是其中之一。李雯苟活于世,为了尽孝守丧而将亡父遗骸扶柩归里、运回梓乡松江(今属上海)。这里"孝"优先于对天子与王朝的"忠"。

(参见图3)三年前,同为松江人的丈夫张本嘉(1595 年进士)授任宜春知县,王凤娴携子随行。在赴任之旅途中,凤娴仅有一首诗传世,该诗兴于眼前秋景,作于其行进至江西边界在望的浙江常山:[①]

丁酉仲秋随任宜春过常山道中作

极目天光接水光,四围山色郁苍苍。

风牵萝薜留行辔,霜醉枫林驻客装。

朝露凝途侵袖冷,野花夹道袭衣香。

参差古刹荒何代,半隐松林半夕阳。[②]

100

101

与前文所述王慧的行旅诗之开阔感与探奇感似曾相识,王凤娴诗也铭刻出行旅者朗阔辽远的视野感知,其视觉景象远及迢遥风景,近至植被特写。而个中运动似乎提升了行旅者的感知敏锐度,王凤娴仔细记录途中所历的每一种感官体验——无论是视觉、嗅觉、触觉,还是其他生理官能。

王凤娴淹留于宜春的心远地自偏时期,诗歌越发成为其日常表达与交流的方式。她的二女一子,在此随母习诗作赋;她自己思乡情切,亦会以诗代简,遥寄慈父弟妹,以诉桑梓之念、怀土之情。

思家

游子楚城愁夜雨,老亲吴地倚柴门。

怀人弟妹寒窗下,千里关山一梦魂。[③]

---

① 季娴的《闺秀集》收录王凤娴的另一首行旅诗《红心驿晨发濠梁道中作》,红心驿在安徽北部凤阳,当是无涉宜春的另一旅程,参见季娴:《闺秀集》,收入《四库全书存目丛书》集部第 414 册,济南:齐鲁书社,1997 年,第 354 页。

② 周之标辑:《女中七才子兰咳二集》,日本内阁文库本,卷 5,第 3a 页;亦见于王端淑:《名媛诗纬》,卷 8,第 7a—7b 页。

③ 周之标:《女中七才子兰咳二集》,卷 5,第 3a—3b 页。

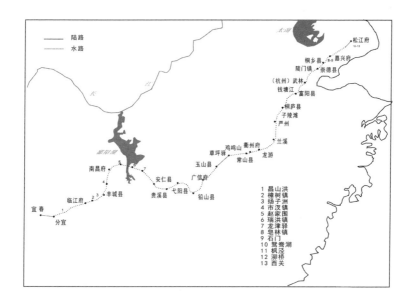

图3:王凤娴《东归记事》所载 1600 年自江西宜春至江苏松江路线示意图。在南昌府,王凤娴携子继续沿着水路行进,而其夫张本嘉则改走陆路北上京城。制图:薛梦缘①

借由欲望将想象力物化而成的"梦魂",诗人得以穿越千山万水的阻隔,重返慈父弟妹所在的松江故里。她想象着他们也正如自己念彼一般念己,而他们之间的空间隔绝是以身处吴、楚古地之名加以隐喻,前者"吴"指向松江所在,而王凤娴则流落于偏西落后边缘化的"楚"国之境。此诗也证明了不少士绅阶层女性能凭借诗文与娘家嫡亲们保

① 译者注:原书误注松江属浙江,今属上海。昌山洪,在今江西分宜县昌山峡;临江府,在今江西樟树市临江镇;扬子洲,在今南昌市东湖区扬子洲镇;市汊镇,在江西南昌县莲塘镇市汊街;赵家围,在江西南昌县昌东镇赵围村;瑞洪镇,今属江西余干县;龙津驿,在今江西余干县龙津村;安仁县,在今江西鹰潭市余江区;广信府,在今江西上饶市;草坪驿,在今浙江常山县草坪村;鸡鸣山,今属浙江龙游县;严州,在今浙江建德市梅城镇;子陵滩,今属浙江桐庐县;崇德县,在今浙江桐乡市崇福镇;陡门镇,在今浙江嘉兴市秀洲区新塍镇陡门村;皂林镇,在今浙江桐乡市乌镇镇皂林村;石门,在今浙江桐乡市石门镇;鸳鸯湖,今浙江嘉兴南湖与西南湖;枫泾,在今上海金山区枫泾镇;泖桥,在今上海金山区枫泾镇泖桥村;西关,在今上海松江区仓桥镇;松江府,在今上海松江区。铅山县地图中误拼为 Qianshan,当为 Yanshan。

持共有性的情感纽带与物质化的实际联络。

随着张本嘉任期将尽,暌别梓乡三年的一家人准备踏上归家征途。王凤娴在这一途旅中记录行旅日志,题曰《东归记事》,其与邢慈静的《追述黔途略》在写作风格、风韵、风骨与风貌上都有着霄壤之别。邢慈静采用的叙述策略是为了强调其扶柩还里所历经的千辛万苦与千难万险,以舒缓自己一心一意坚定不移的张力,同时也把自己的追忆框定在既定的意识形态预设之中,从而能表态发声,为自己及夫君在青史上争取一席之地。置于这样的悲情语境中,邢慈静是无心欣赏沿途美景的。然而王凤娴身为任期功德圆满的知县夫人,既能尽享旅行途中的赏心乐事,也在期待着归乡返里后实现阖家团聚。

王凤娴的故里松江又名云间、华亭,是晚明江南地区的文化重镇。与凤娴差不多同时代的松江同籍名人包括书画名家兼朝中重臣董其昌、知名诗人兼忠明遗民陈子龙(1608—1647)等。陈子龙是对自元明以来日趋式微的词体重加推崇的先驱,他与其同道中人在词体复兴运动中力倡以真情实感填词,推重诸如李煜(937—978)、秦观(1049—1100)等南唐与北宋前贤词风,以之为范,开创了以其籍地命名的云间词派,在词坛上影响甚为深远。① 在如此高雅教化的文化环境中成长起来的王凤娴,也是在江南地区词体复兴运动伊始即填词创作的数位女词人之一。②

相较于位处山东相对隔绝疏离的邢慈静,身在江南文脉中的王凤娴则早为同时代的文学圈与社交圈所熟知。崇祯年间(17 世纪 30 年代)沈宜修在编选其名媛文集《伊人思》时介绍王凤娴云:"云间张夫人

---

① 关于云间词派的详情,参见 Kang-i Sun Chang(孙康宜),*The Late Ming Poet Ch'en Tzu-lung*, pp. 43 - 44;严迪昌:《清词史》,南京:江苏古籍出版社,1999 年,第 11—21 页。
② 王凤娴有六首词收入周之标《女中七才子兰咳二集》,卷 5,第 14a—15a 页。

与二女名世久矣"，而不必多言其他。① 尽管王凤娴诗集《焚余草》未能传世，但跟邢慈静集一样同被列入《明史·艺文志》。② 据其弟密友周之标（17世纪人）之说，"《焚余草》原刻二百七十五首，今选五十二首"入集刊刻。③ 王凤娴的诗作至少被五部明末清初的女性文集收录，这一事实表明其诗在彼时定当广为流传。除了王端淑与钱谦益的选集之外（二集亦录邢慈静诗），沈宜修与季娴二位女诗人所辑小册也皆收王凤娴之诗。④ 三位女性辑者都从自己批评或情感角度对凤娴诗给出评语：王端淑认为"夫人诸咏自是苍健"，但"昔人多有名过其实者"，"钱刘温李之赞，无乃过乎"？而季娴"赏其清脱"，但认为她"集虽多，苦无佳句"；而沈宜修却把她视为一位痛失命薄早慧二女的心碎母亲，从这一角度来读其诗，共情凤娴对爱女的亲昵与挚爱。大多数文集还在王凤娴选诗后附录她的两位闺秀才女张引元、张引庆之诗。⑤ *103* 流传甚广的《名媛诗归》录其诗15首之多。⑥ 此外，周之标选录七位才女别集诗作，合刊为《女中七才子兰咳二集》，王凤娴荣列其间。⑦

尽管周之标并未言明"女中七才子"的遴选标准，但其中至少五位

① 沈宜修编：《伊人思》，收入叶绍袁编、冀勤校：《午梦堂集》，上册，北京：中华书局，1998年，第549页。〔译者注：原书误作"下册"〕

② 张廷玉：《明史·艺文志》，卷99，第2493页。〔译者注：原书误作卷97〕

③ 周之标：《女中七才子兰咳二集》，卷5目录。周之标选诗附于目录之后。

④ 王端淑：《名媛诗纬》，卷8，第6b—9a页；钱谦益、柳如是：《列朝诗集》，闰集卷4，第12b—13a页；沈宜修：《伊人思》，收入叶绍袁：《午梦堂集》上册，第549—552页；季娴：《闺秀集》，收入《四库全书存目丛书》集部第414册，第350、354、378页。

⑤ 对王凤娴及其二女之诗的英译，参见 Kang-i Sun Chang and Haun Saussy, eds., *Women Writers of Traditional China*, pp. 291-301；钱谦益与柳如是合编《列朝诗集》言长女引元卒于二十七岁，参见《列朝诗集》，闰集卷4，第13a页，而小女引庆不久后亦撒手人寰。王凤娴有悼念亡女的组诗十首，其中五首见于周之标：《女中七才子兰咳二集》，卷5，第11a—12a页。

⑥ 钟惺编：《名媛诗归》，卷31，第1a—6a页，收入《四库全书存目丛书》，集部第339册，济南：齐鲁书社，1997年。〔译者注：《山吐月》为组诗五首，故实收19首〕

⑦ 周之标：《女中七才子兰咳二集》，卷5，概述见胡文楷：《历代妇女著作考》，第844—845页。

称得上晚清江南地区的知名"闺秀"（boudoir talents），且几乎皆出自苏州府。除了王凤娴，另四位江南才媛分别是苏州诗画兼工名家吴绡、苏州吴江的沈宜修，以及吟诗唱和、名噪吴中的姑苏人徐媛与陆卿子。浦映渌也来自与姑苏毗邻的无锡。唯一不身处江南地域圈的余尊玉，出生于南部省份福建的玉田（今宁德市古田县）。① 值得留意的是，周之标在文集前页列出"《兰咳二集》参订社友姓氏"及其名、号、籍的冗长名录，合计 104 位男性文人，虽未具体指明来自何方文社，故皆以"社友"统称概论。他们大多来自江南地区，其中王凤娴之弟王献吉、王乃钦以及沈宜修之夫叶绍袁也列名其间。这些男性在保存与刊印其女性亲属作品上发挥了举足轻重的作用。周之标在目次中就曾指出王凤娴别集"《焚余草》原刻二百七十五首"，他方能从中"今选五十二首"；②他也编选收入了王凤娴《东归记事》，这也让她的文本能在与世沉浮的历史变迁中得以幸存。

文学行旅记事

王凤娴东归之旅几乎都是利用东南诸省河湖交通系统的舟楫之便完成的，与她形影相随的是她年幼的二女一子。其夫在羁旅之初也与之并肩同行，但随后她建议其改走行进速度更快的陆路，以便能够赶在规定时限内入京上朝为自己宜春三年任期述职。至此以后，她便独掌行旅事宜。

《东归记事》虽然不是每日必记，但在行旅途中还算得上是述录不

---

① 关于这些女中才子其人其作，参见胡文楷：《历代妇女著作考》，第 112—115 页（沈宜修）、第 142—144 页（徐媛）、第 169—172 页（陆卿子）、第 485—486 页（浦映渌）、第 296 页（余尊玉）；其生平传记与英文选译，另见 Chang and Saussy, eds. , *Women Writers of Traditional China*.

② 周之标：《女中七才子兰咳二集》，卷 5 目录。

辍的旅行手记。比时间轴更为重要的是，《记事》中所详载行船经由或停靠的每一城镇、村庄、驿所之名，彰显出王凤娴强烈自觉的方位感与空间感；她也对空间行进（spatial progression）罗缕纪存，言之甚详，不断反复记录从一地到一地的华里距离，从而衍生出某种层面上日志记录的经验性。[①] 除了个体与经验维度之外，《东归记事》还调用两种结构性策略将其建构为文学性文本。首先是融入抒情。凤娴在写实性 *104* 叙述中不时穿插一些抒情文段来描述自己在空旷辽阔的自然世界中所见所历之山水风景，较之闺闱隔绝，这一经历令其意气风发。旅途伊始，他们一行自分宜县城始登舟，沿赣江支流顺水而下（赣江朝东北向汇入江西北部的鄱阳湖）[②]，凤娴记曰：

> 过昌山洪，其泉澄碧，屡有石碍，咸谓险道。过此四围山绕，一望天连山坳，白云时出时飞，寒烟常凝常散。野花不识其名，香气袭衣可爱，山鸟不知其韵，清音入耳娱人。前程若无去路，盘旋仍有通津，应接无涯，不能悉记，真浮生胜游也。[③]

舟行于人地生疏的版图中，王凤娴遂滋生出一种探幽访胜之感。奔涌湍流中暗礁丛生，对行舟其间的危险心知肚明反而加深了对大自然鬼斧神工、蜿蜒川流上奇山异水接连不断的惊叹之感。接下来在描述满月将至的夜景之时，她津津乐道于舟楫之行中皎洁清辉如影随形的慰藉：

---

① 曼素恩在研究张纨英护送亡夫灵柩还里归葬所写行旅手记中注意到其"绘图"（mapping）特征，将其称之为米歇尔·德·塞尔托（Michel de Certeau，1925—1986）所谓的"空间故事"（spatial story），并强调张纨英刻意略去旅途描绘中所经之地的特定视觉与听觉元素是为了彰显此行的"道德意图"（moral purpose），参见 Susan Mann，"The Virtue of Travel," pp. 55 - 74.

② 译者注：分宜水路是赣江支流之一的袁河，在樟树汇入赣江，原书误作在分宜沿赣江而行。

③ 周之标：《女中七才子兰咳二集》，卷5，第20a—20b 页。

次日百里至龙津驿,即余干县。夜色清佳,月明如镜。儿辈推蓬欣玩,乐人弄笛幽扬,宛然仙境,不知身在尘寰也。明逾百里之程,带月荡桨,抵安仁县。①

第二种增添《东归记事》文学质感的结构性策略是穿插赋诗。沿途王凤娴在意兴盎然或动魄惊心之时动乎情,发乎诗,以打破散文叙述的板滞,她留诗 23 首,除了 4 首之外皆为绝句。② 凤娴在表达片刻感知的审美与情感整合维度上采用经典模式的诗体,这并非偶然地会逢其适。③ 意味深长的是,在结束行旅阖家欢聚之时,她提笔写下一首长达 16 句、文体更为自由的古体诗,仿佛此刻情感迸发太过强烈,必得突破近体诗格律之束缚。《记事》中的第一首诗是在离开宜春时所撰,诗中她与在三年前初至此地时手植于庭院、如今念念不舍的垂柳与繁花依依话别:

庭花手植已三春,别去依依独怆神。

明岁东风莫摇落,可留颜色待归人。④

这些诗作流露出她与自然界的风光物象相近相亲,与人世间的骨肉至爱相依相伴之意。在启程不久,其夫便在南昌府与之分道而行,匆匆赴京述职,凤娴话别,"漫成一绝,以记怆情":

停桡江上东西别,执手依依各断魂。

极目马蹄尘雾隔,蓬窗凄冷怕黄昏。⑤⑥

---

① 周之标:《女中七才子兰咳二集》,卷 5,第 21b 页。
② 参见本书附录 3。
③ 参见林顺夫对绝句美学性的讨论,Shuen-fu Lin, "The Nature of the Quatrain from the Late Han to the High T'ang." 后世诗人所遵循的是定型于唐的诗体规则与美学意义。
④ 周之标:《女中七才子兰咳二集》,卷 5,第 20a 页。
⑤ 同上注,卷 5,第 21a 页。
⑥ 译者注:原书误作"篷窗"。

自此以后，王凤娴携子女独力操持行旅，继续舟程。途中所见之景、所闻之声，诸如满月、鸿雁等，她多与文学传统惯习加以联系而置于己作中以恰当主题赋诗言志。这些独特意象搅撩起桑梓之念、昆季之情。例如她耳闻飞越鄱阳湖的鸿雁之声，不禁想起了亡故幼弟而形之于诗：

> 手足叹离群，征鸿忍复闻。
>
> 临风无限恨，挥泪洒江沄。①②

尽管她运用了亲如"手足"来喻示至亲兄弟密不可分，但又遂以雁行这一兄弟齿序的常见喻象，用断鸿"离群"一词陈述在生命历程中死神已将其中一人攫走来暗指幼弟辞世的事实。 *106*

诗歌也在母女之间亲密互动的絮语私言中大有作为。正如一些诗作所载，慈母对幼女的家塾教育通常涉及日常赋诗习作，而对王凤娴及其稚女而言，这种教习训导于舟行中仍在继续。旅途中不免趑趄颠踬，某次"遇浅滩不得过"，凤娴一行困于"只可容膝"的窄舟数日，寸步难进。同吟共赋、诗词竞巧是一件志趣相投的雅事，一似居家所乐的娱情遣兴之趣。凤娴如是说：

> 用唐人韵占一绝自遣：（诗略）。适稚子戏吹芦笛，命长女联句二绝，一笑。首作起句，三句余倡，二句、末句女和；次作前二句余倡，后二句女和：
>
> （其一）
>
> 雁落沙头夕照悬，一声芦管度寒川。
>
> 惊栖倦鸟归飞急，罢钓渔翁欸乃还。
>
> （其二）
>
> 夕阳影里片帆轻，夹道梅花伴去程。

---

① 周之标：《女中七才子兰咳二集》，卷 5，第 21b 页。
② 译者注：原书作"江滇"。

恼得行人归思切,酒旗悬处杜鹃鸣。①

王凤娴不失时宜地记录下与自己年方不过十数岁的幼女共同参与文学创作活动的情形。

当他们途经诸多与史实事迹风流人物相关的名胜之地时,王凤娴也会记地载录,赋诗咏怀,诉说对历史兴衰变迁的自我思考,并展现出对明史广博掌故了然于胸之姿。② 简言之,《东归记事》中发声的女性主体是晚明时期受过优越家教的女性缩影,她能将自我经验、审美、情感、智识方方面面的个人经历熔为一炉,汇聚于事后借由阅读而重温回味这一经历的文本之中。而王凤娴坦诚相告自己的记事动机,当她率子携女于是年十二月的某日(公历 1601 年初)平安抵达故里之后,遂在《记事》尾声云:"书此备后日展观,宛然胜游在目,且可当重来程记也。"③

然而不久之后,不虞之变祸从天降,读者或许期待着王凤娴日后能重览旧记,从《记事》铭刻的温馨回忆之中再获慰藉。从次年所作的一首诗中可知,其夫张本嘉溘然逝于离家万里的官任之上:

辛丑孟冬扶柩归武林

世事兴亡似转环,萧条重度武林关。

魂消古驿愁中柝,梦断宜阳望里山。

千里故乡悬迸泪,半床寒月照哀颜。

玉楼赋就应怜我,相挈追随供奉班。④

武林是杭州旧称,宜阳地处中原大省河南的洛阳东南。张本嘉是

---

① 周之标:《女中七才子兰咳二集》,卷5,第23a—23b 页。
② 例见本书附录3《东归记事》英译全本。
③ 周之标:《女中七才子兰咳二集》,卷5,第27a 页。〔译者注:原书误作 3a 页〕
④ 同上注,卷5,第4a—b 页。

否卒于宜阳任上？王凤娴是否携幼随夫赴任，一如一年前在宜春那样？或是她只身奔丧宜阳，收拾亡夫遗物，再扶柩还里，归葬祖茔？亡夫是松江人而她何以要赴杭州？[1] 文本之外并无确凿明证，读者只能依据诗体形式与传统惯例，情境真实与地理实况之间落差加以推测。突遭丧夫之痛的王凤娴在羁旅伊始就在字面义与隐喻义上突出自己的孀妇身份，她在故乡千里之外的"古驿"歇脚过夜，在倒数第二句以英年早逝的唐代诗人李贺(791—817)的典故来暗指其夫张本嘉来与之对话。[2]

如果王凤娴的诗集幸得传世的话，她的自传之音定能讲述更多自己的人生故事，从韶华青春到执子之手，从初为人母到孤鸿寡鹄，一如甘立媄在诗中记录自我生活的风潮。众所周知，王凤娴在孀居中含辛茹苦地拉扯幼子长大成人。就像曾为夫君离乡应举寄诗赠别，她同样也为幼弟王献吉(1606年事)与长子张汝开(1609年事)上京赶考赋诗送别。[3] 不过他们并无一人科举会试及第，得中进士。从周之标选诗系年所呈现出的大致年表来看，王凤娴爱女二人，张引元与张引庆，同卒于1608年左右。其间二女皆已字人，凤娴亦有诗相寄，而如今她又写下悼亡诗追怀其夫其女。

王凤娴之弟弟王献吉所言，其姊孀居"俯仰三四十年间，荣华彫落，奄忽变迁，触物兴情，惊离吊往，无不与诗焉发之"；然而某日她告

---

[1] 周之标在《女中七才子兰咳二集》卷首主目录上注明张本嘉乃松江人，而在《东归记事》尾声详述"姑舅欢迎"王凤娴之事是在松江故里。然而此诗标题则云"扶柩归武林(杭州)"。

[2] "长吉将死时，忽昼见一绯衣人……云当召长吉……笑曰:'帝成白玉楼，立召君为记。……'……少之，长吉气绝。"参见李商隐:《李贺小传》，收入李商隐著、冯浩注:《樊南文集详注》，续修四库全书集部别集类，第1312辑，上海:上海古籍出版社，1995—1999年，第8册，第17a—17b页；冯浩注，钱振伦、钱振常笺:《樊南文集》，上海:上海古籍出版社，1988年，第464页。在此特别致谢一位阅读本书稿的匿名读者为我指出这一文献出处。

[3] 王凤娴:《丙午季春送徽美二弟应试燕都》、《己酉送大儿汝开会试燕都》，分见周之标:《女中七才子兰咳二集》，卷5，第10a—10b页、第12a—12b页。

诸献吉曰："妇道无文,我且付之祖龙。"献吉曰："是不然。《诗》三百篇,大都出于妇人女子。……"以此说服凤娴,凤娴遂才转意心安(仿佛之前未明其详),"于是衰而梓之,为不肖弟(献吉)弁其首"。①这也大致解释了其诗集何以赋名《焚余草》。王凤娴之言是应作字面意义直解,还是当作转义修辞解读?她在诗作中书写了人生历程诸多面向,从欢愉烂漫的青葱女子到承受丧亲巨痛的鳌妇寡母,她是真的打算要将其诗集付之一炬,狠心抹去她借由这一媒介所创造出来的能动性与主体性?还是说她用了欲擒故纵之计来引起胞弟的关注?最后,王凤娴的作品终得存世,她必能通过重读旧作来回顾自己的人生历程,并与家人同辈、诗人读者们分享自己的个人经历。

行旅妾妇李因的诗歌纪游

本章末节讨论女性行旅纪游文学的例子来自晚清重臣葛徵奇之妾李因随夫出行所作之诗。李因的家世境况与早年身世史料焉不详,一些文献提到说她出身青楼。著名晚明遗民学者黄宗羲(1610—1695)应邀为其作传(后详),称其与"皆以唱随风雅闻于天下"、以文事雅韵与其夫伉俪情深的名妓侧室柳如是、王微"为之鼎足"。而据葛徵奇所言,李因"家(杭州)西子湖""家贫落魄",当他"偶得其梅诗,有'一支留待晚春开'之句,遂异而纳之"。②二位才子佳人琴瑟和鸣,两情缱绻,在艺术与诗歌上志趣相投。

李因一生中刊刻过三次诗集。第一部别集题为《竹笑轩吟草》是

① 周之标:《女中七才子兰咳二集》,卷5,第30a—b页;此序亦收入胡文楷:《历代妇女著作考》,第91—92页。
② 葛徵奇序收入胡文楷:《历代妇女著作考》,第108—109页。王端淑则称其"绍兴人",见《名媛诗纬》,卷18,第25a页。葛徵奇纳其为侧室之时,李因或为尚在接受艺训的青涩小妓,其诗集中收入数首与女妓交流往复之作。

本章关注焦点，其付梓于葛徵奇辞世前两年的 1643 年。[1]　李因身为画
师的声望甚隆于其为诗人之名气。在葛徵奇谢世之后，她晚年以卖画
营生，其画销路颇畅，据称光是在海宁地区就有超过四十家赝作仿摹
以满足当地的消费需求。[2]　不过，时辈亦多对其诗艺交口称誉。虽然
她的诗作未入选钱谦益与柳如是合编选集《列朝诗集》，[3]但像是季娴
就在她严挑细择的选评文集《闺秀集》中选录李因律诗 17 首之多，而
前文提到的王凤娴诗仅录 3 首，邢慈静则一首未录；而王端淑也收录
了李因诗 5 首。[4]　邓汉仪（1617—1689）编纂明末清初诗人的大型诗歌
总集《诗观》初集末卷遴选数位闺秀诗人之作，李因也跻身其间。[5]　此
外，季娴与邓汉仪都对其诗不吝溢美，评价颇高。

　　在他们十五年琴瑟生活中，李因几乎如影相伴夫君辗转各地赴

---

[1]　第一部别集初刻本似未能独立传世，现有钞本《竹笑轩诗钞》存世（现藏于浙江图书馆），
做工精湛，似为李因手书。第二部别集《竹笑轩吟草续集》刻于 1669 年后，与 1643 年
版《竹笑轩吟草》合刊。二集又与《竹笑轩吟草三集》合刊重刻，收入系于 1683 年的两
篇序文。日本内阁文库的《竹笑轩诗集》三集皆收。三集合印的现代排印标点本题为《竹
笑轩吟草》，收入"新世纪万有文库"丛书系列（沈阳：辽宁教育出版社，2003 年）。本书引
文皆从排印标点本。

[2]　魏玛莎对李因的画家声誉、绘画风格评论及其绘画作品的分析讨论，参见 Weidner,
Views from Jade Terrace, pp. 102‑105.

[3]　柳如是与李因彼此相识。柳如是是尚未脱籍之时，李因有诗相馈而称之为"较书"（女校
书）。此称典出唐代名妓才女薛涛，"韦皋镇蜀，召令侍酒赋诗，称为女校书"，后多因之以
称妓女而能文者，参见 Jeanne Larsen, *Brocade River Poems*, pp. xvi‑xvii；另见胡文
楷：《历代妇女著作考》，第 33—36 页。赠柳诗题为《赠柳如是较书》，参见《竹笑轩吟草》，
第 20 页；邓汉仪：《诗观》，清康熙慎墨堂刻本，收入《四库禁毁书丛刊》集部卷 1—3，北京：
北京出版社，1997 年，初集卷 12,28b 页，第 646 页。这是李因首部别集中几首寄赠妓女
的诗作之一。《列朝诗集》不录李因诗原因俟考，或许是因为柳如是嫁与钱谦益不愿再与
过去的名妓生活有任何瓜葛之故。〔译者注：邓汉仪《诗观》原书误作收入《四库禁毁书丛
刊》集部卷 39—41〕

[4]　季娴：《闺秀集》，收入《四库全书存目丛书》集部第 414 册，第 357、363—364、367、369、376
页。奇怪的是，虽然王端淑将李因列入专收妻妾之作的"正集"之中，但选诗五首中有三
首都是寄赠妓女之作，参见王端淑：《名媛诗纬》，卷 18，第 25a—26b 页。

[5]　邓汉仪：《诗观》，收入《四库禁毁书丛刊》集部卷 1，初集卷 12,27a—29a 页，第 646—
647 页。

任。葛徵奇在初集序略中强调纳为侧室后李因长伴其左右步上行旅，"遂偕与溯太湖，渡金焦，涉黄河，泛济水，达幽燕"。① 走南闯北、游历甚广的旅程多载之于李因的首部别集中，其中许多诗作明确标示作于某途中或关于某行程。

葛徵奇在朝中位高权重。据《海宁州志》其传所载，"崇祯戊辰（1628 年）进士"，历任各职，官至"光禄卿"。② 葛徵奇的官宦生涯恰逢崇祯帝（1628—1644 年在位）治下大明江山飘摇的混沌末年，是时疆域之内风卷云涌的民乱兵变与东北满洲频繁入侵的女真虏骑，正在凌虐摧毁着这个帝国。③ 当李因随葛徵奇赴各地履任，她一定也对不断恶化的大明帝国局势有所耳闻目击；不过参与政治并非妇人之道，故而李因集中慨叹时局混乱、兵败如山的诗作并不多见，而这类诗似乎是针对动荡内乱与清兵入侵的内忧外患有感而发，诗中她极为愤慨地表达了自己"身为女子不如男"的性别弱势无力之感：

闻豫鲁寇警

万姓流亡白骨寒，惊闻豫鲁半凋残。

徒怀报国惭彤管，洒血征袍羡木兰。④

诗题特指河南（豫）、山东（鲁）地区的动荡战乱，但此诗未系年。听闻流寇乱匪造成的赤地千里、十室九空的惨况，激发起李因勠力报

110

---

① 葛徵奇：《叙竹笑轩吟草》，收入李因：《竹笑轩吟草》，第 4 页；又见胡文楷：《历代妇女著作考》，第 108 页。葛徵奇正室情况未明。

② 葛徵奇历任中书舍人、湖广道御史（陈忠平教授指正：湖广道包括今湖北、湖南二省，是都察院监察官员，隶属中央朝廷，无需亲临湖广其境）、盐政（赴主要产盐区巡查）等。关于葛徵奇的政治生涯传记，详见许付需等纂，朱锡恩等续：《民国海宁州志稿》，1922 年，卷 28·人物志·名臣传，第 7b—8a 页，收入《中国地方志集成·浙江府县志集》，上海：上海书店出版社，1993 年，第 811—812 页；收入《中国方志丛书》，台北：成文出版社，第 3204—3205 页。

③ 崇祯帝统治时期深陷经济、政治与军事困境的概括，参见 Atwell, "The T'ai-ch'ang, T'ien-ch'i, and Ch'ung-chen reigns," pp. 611 – 637.

④ 李因：《竹笑轩吟草》，第 22 页。

国效死之念;然而,这一志向却令她更切身感受到自身性别的拘囿。她所能做的,只是手握彤管,把对这些事件的了解记之于纸,抒之以志。她想要化身却只能徒羡的女英雄楷模,是战场亲征的传奇女勇士木兰。"洒血征袍"的意象因此幻化为泼墨(想象成"血")之举挥毫书于真实(real)纸上(想象成"袍")。李因还有一首诗也同样表达了身为女子的性别限制而无力亲赴沙场保卫京畿的挫败之感:

虏警

胡儿十万满重关,铁骑空屯蓟北山。[1]

从古剑仙多女侠,蒯缑手把自潸潸。[2]

诗题中的"虏"字所指的是居于化外之地、未受中华文化开化辐射的入侵者,在这里应该指的是自 17 世纪 30 年代以来数度入关、攻伐大明疆土的女真人。次句影射的是明朝军队戍卫京畿地区土崩瓦解之事,尾句所言"从古剑仙多女侠",暗示若是巾帼能从戎,杀敌陷阵或可期。像是唐传奇中红线、聂隐娘这类传奇女侠,英勇无畏、名垂青史,而武将世家的女子自小常随父兄学习舞枪弄棒之道、排兵布阵之法,与丈夫及家中男丁并肩作战冲锋陷阵。与李因同时代的四川著名女将秦良玉(卒于 1648 年),曾在天启、崇祯年间多次成功剿平叛乱与抗击清军。[3] 李因似乎未曾闻知这位与她同时代的女将之名,这侧面反映出女性知识获取途径之高度文本化性质与信息来源的闭塞。身为文官的侧室,她只能在政治局势危急之时才能最为直接地体会到性别意识形态的桎梏框束,以一种诗性角色扮演作为主体能动性的展演

---

[1] 北京地区旧称蓟北。

[2] 李因:《竹笑轩吟草》,第 25 页。

[3] 秦良玉的生平简史,参见 Arthur W. Hummel(恒慕义)ed. ,*Eminent Chinese of the Ch'ing Period* ,pp. 168 - 169;又见 Clara Wing-chung Ho(刘咏聪)ed. *Biographical Dictionary of Chinese Women* 一书中秦良玉与其他女将的条目。

场域,以手中之剑(龃缑)聊为自我表征,而只能在现实中泣下英雄无用武之地的悲情恨泪(自潸潸)。

据葛徵奇所言,1643 年他们舟行南下入皖北地界,"道经宿州,①哗兵变起仓促,同舟者皆鸟兽散",这成为李因诗集付梓刊印的直接动因。葛徵奇显然是因为批评崇祯朝政触怒龙颜而被贬出京。依照海宁方志所载葛徵奇传略,他为官正派,历任数职,皆有所为,然而却未得善终,其官终"以太仆进光禄卿"之际,适逢"闯贼猖獗日甚",自 1636 年推为"闯王"后的李自成势头渐炽,对帝都北京形成极大威胁。"徵奇忧事势必至倾覆,乃请立国储于留都(南京),(崇祯帝)不报。嗣奉对品调南之旨,遂归"。经历了宿州叛乱之后,②葛徵奇对宦途仕进心灰意冷,休致退居故里海宁。旋即明亡,徵奇"甲申闻变,(次年 1645 年)抱恨卒"。③

葛徵奇的僚佐属吏兼后辈弟子吴本泰同被贬南京,遂奉陪二人同行完成最后的南归之旅。④ 在抵达宿州之前,他们曾于江苏北部的泇河泊舟暂歇,吴本泰于"癸未七夕"为李因诗集作序一篇。近一个月后的"八月哉生明(初三)",吴本泰补录跋语,事件描述如下:⑤

> 余既叙《竹笑》已,次宿州。吾师遘哗卒之难。凶锋焱突,飞

---

① 宿州,区别于同音的江南名城苏州。

② 这极可能是《光绪宿州志》所载 1643 年之事,参见何庆钊修,丁逊之等纂:《光绪宿州志》,1889 年刻本,卷 10,第 19a—b 页,收入《中国地方志集成·安徽府县志辑》第 28 册,南京:江苏古籍出版社,1998 年。

③ 许付霈等纂,朱锡恩等续:《民国海宁州志稿》,卷 28·人物志·名臣传,第 7b—8a 页。也有史料称葛徵奇明亡后自尽殉国。

④ 吴本泰(号梅里)、钱塘(杭州)人,任职吏部郎中,官阶低于葛徵奇,参见臧励龢编:《中国人名大词典》,上海:商务印书馆,1921 年,上海:上海书店,1980 年影印,第 310 页。他这次南归之旅中所写诗作编集题为《南还草》。其诗集在乾隆间大兴文字狱时被禁,残篇断章的辑佚本《吴吏部集》九卷重刻收入《四库禁毁书丛刊》,集部第 84 册,北京:北京出版社,1997 年,第 305—406 页;《南还草》见于第 385—401 页。

⑤ 译者注:《竹笑轩吟草叙》原文作"癸之七夕",疑误。

镝如雨,白日昼暄舟中,错愕不相顾。夫人亟走出,迹师所在,越
一二艘,踉跄而入余舟。呼曰:"主人何在,主人何在!"时被贼椎
击,丛矢创胸,且贯其掌。血流朱殷,不自觉痛。迨余遣侦师还白
无恙,夫人意始帖然,而后乃知羽镝之及体也。①

吴本泰在语之甚详的跋语附记的结尾盛赞李因"欲护其主"所表现出来
的非凡勇气,并以其巾帼英雄为榜样,"可以愧须麋丈夫而弃城殉节者"。

葛徵奇一行归家一个月之后,他为诗集写序之中也提及这一事
件:"是庵(李因)独徘徊迹余所在,鸣镝攒体(遍体鳞伤),相见犹且讯
且慰"。续云:

手抱一编,曰:簪珥罄矣。犹幸青毡亡恙,此大雄氏所谓无挂
碍恐怖也。② 于是趋授之剞劂,俱一旦投诸水火,则呕心枯血,不 *112*
又为巾帼儿女子所笑耶? 余悯其志,亟为芟其繁芜,选刻如千首,
以代名山之藏。③

吴本泰和葛徵奇皆致力刻画她不顾私财舍命护夫,却为自己诗稿幸存
而大喜过望的女子形象。葛徵奇在上述文段中记录了自己如何对李
因"呕心"作诗之意义以及诗稿得以岿然独存的决心信念(conviction)
报以回应("悯其志"),遂"芟其繁芜,选刻如千首",择而刻之。这里笔
者把"呕心枯血"英译为 arduous efforts at writing poetry,"呕心"一语
典出于唐代诗人李贺痴迷作诗之说("当呕出心乃已尔"),后多形容沉
浸诗中潜心写作。徵奇似乎认为若是诗稿"一旦投诸水火",那么李因

---

① 吴本泰:《竹笑轩吟草叙》,收入李因:《竹笑轩吟草》,第 3 页。《宿州志》载"(崇祯)十六年六
月淮徐道何腾蛟督副将金声桓"讨"居梧桐山为乱"之聚众民变甚详,这似乎就是葛徵奇与
李因一行所遇"哗卒之难"。参见《光绪宿州志》,卷 10·武备志·兵事,第 19a—20a 页。
② 语本《心经》,参见丁福保:《佛学大辞典》"挂碍"词条,北京:文物出版社,1984 年,第
932 页。
③ 葛徵奇:《叙竹笑轩吟草》,收入李因:《竹笑轩吟草》,第 5 页。〔译者注:校点本有文字脱
漏舛误之处,校订句读从胡文楷:《历代妇女著作考》,第 109 页〕

写诗所付心血也就毁于一旦。正如本书第二章所论,丈夫的悉心支持与积极协助对侧室诗作的刊刻而言是不可或缺的,而在这里也并未一改故辙,"她"(her)的主动是"他"(his)行动的原动力。

然而,李因本人却没有秉笔直书,甚至未提及自己直面逞凶肆虐社会暴乱的个人遭遇,也没有言及她要将个人诗集付诸梨枣的因果联系。这大概是由于女性谦卑与仪礼要求她保持缄默,不张扬英雄化与自负式的自我表征,而这类美德方可成为其他男性与女性为其作传时的绝佳素材。吴本泰在补记李因壮举序文结尾云"以俟传列女者"。① 多年之后,李因也一直为此积极物色人选,力邀明遗民大儒黄宗羲为其撰传。正如黄宗羲在传略中所言,李因透过黄母代为相求:

> (吾友朱)人远传是庵欲余作传,以两诗寿老母为贽,有"不惜淋漓供笔墨,恭随天女散花来"之句。老母尝梦注名玉札,为第四位天女降谪人世,故读是庵之诗而契焉。余之为此者,所以代老母之答也。②

黄宗羲所撰《李因传》恰如其分地详载她"猝遇兵哗"时的英勇之能,盛赞其果决无畏之志。这些原始材料可能就是李因本人提供给黄宗羲为其作传的。

室家内外:《竹笑轩诗稿》的主体定位

葛徵奇与吴本泰所记述的情节标志着这对伉俪佳偶多年宦游羁旅

---

① 吴本泰:《竹笑轩吟草叙》,收入李因:《竹笑轩吟草》,第3页。
② 曾佑和(Tseng Yu-ho Ecke)和林皓文(Howard Link)对《李因传》的英译中这一段被全文略却,参见 Tseng and Link, *Wen-jen Hua : Chinese Literati Painting*, p. 34. 译文也误译"至宿"为 they stayed at an inn,实应为 when they arrived at Sù[zhou]。黄宗羲的《李因传》,参见黄宗羲著,陈乃乾编:《黄梨洲文集》,北京:中华书局,1959年,第88—89页。

的终结，也是他们归乡路途的最后一程。检视如此背景下辑刻的李因诗集，我们在考虑文本主体（也就是叙述主体之所在）的生成过程中应当注意到一些特征。首先，李因之夫参与了文本生产过程，正如其序言之凿凿，他"芟其繁芜，选刻如千首"；此外，很难判断他在选刻最后阶段对李因诗作的排布编目下了多少工夫，这些诗作基本上是按编年体排序，始于何时不明，但收诗下限有明确系年。这本诗集共录诗题 89、诗作165，①其中三分之一的诗题明示乃作于征轺羁途之中的行旅诗，包括同题四五首的组诗数阕。13 组诗题所系诗作/组诗作于葛徵奇终任于光禄卿职上而居于京城之时，13 首作于郊游观光之时，还有前文已述的 5 首寄赠女妓之作，②除此以外便是寄赠女冠之诗。因此，李因的诗作往复与社会互动是她身为妾室所能拥有"更自由"（freer）的社交活动的另一标志；或许通过她丈夫的介入，她能够融入这些青楼女子的圈子，诗题《较书王玉烟订盟于介龛矣，后复败盟，箧笥中得其小似，代为解嘲》近似小序，叙述她发现藏于箧笥中曾与丈夫订亲后又毁亲的名妓王玉烟画像之事。③ 换言之，李因初集中大多数诗歌都在室家内闱之"外"（outside）的"自然天地"（nature）或社交场所中所作。身为妾室，她能栖居游走随行于混杂社交场域这样的"外部"（outer）空间，这里往往是正室不能涉足之地。④

---

① 胡文楷认为，"《吟草诗》一百五十六首，《续草》诗一百零七首"，参见《历代妇女著作考》，第 108 页；李因诗选次集《竹笑轩吟草续集》，收入李因：《竹笑轩吟草》，第 35—47 页，主要收录李因孀居时期作品，其中包括"哭介龛"悼亡组诗 48 首（第 42—45 页）。李因这两本诗集以及《明心录》（已失传）均列于方志《民国海宁州志稿·艺文志》中，参见许付需等纂，朱锡恩等续：《民国海宁州志稿》，卷 16·典籍十九·闺秀，第 2a—2b 页，第 1839 页。
② 李因：《竹笑轩吟草》，第 19—20 页。所有女妓皆尊称"较书"。
③ 李因：《竹笑轩吟草》，第 19 页。
④ 诚如已有学者指出，晚明时期士绅阶层女性与青楼女妓之间的互动更为常见，一些出身于名门望族的正室，比如陆卿子、徐媛等，出入自由地与女妓频繁往来，这些往复诗作参见 Chang and Saussy, eds., *Women Writers of Traditional China*, pp. 253, 261. 如前所述，葛徵奇的正妻不见于史载，季子葛炳附录于方志葛徵奇传略之末，参见《民国海宁州志稿》，卷 28·人物志·名臣传，第 8a 页，第 3205 页。

李因诗集里约莫有三分之一的诗作,其主体被置于诸如花园或闺闼一类的封闭空间之中,如下二诗:

暮春(二首)

芭蕉初卷傍窗纱,满院垂杨放雪花。

帘外正调鹦鹉舌,侍儿频唤试新茶。

明月随风映竹窗,斜簧无晕冷银缸。

数声林外啼孤鸟,不及梁间燕子双。①

二诗中的感知主体(perceiving subject)被构建为足不逾户,闭门自守于以天行有常(时季变迁)、规序文化(日常活动)为印记的墨守成规文化空间里,然而,这样的"闺闼"(housebound)诗在李因初集中却"并不典型"(atypical),她反而更着意于以诗纪行,不断铭记身为行旅者的经历体验与情感反应,在男性与女性书写的行旅诗传统中协商与建构她的个体身份。正如本章开篇所述,行旅者的自我身份在感知、观察与主体性的语境中被放大化定义之时,性别的标签也往往会被淡化。

很多纪游诗中的情感再现往往关涉怀土思乡之情,这一主题是传统羁人倦客以诗为媒建构情感的核心部分。行旅者"不在其地/位"(out of place),他/她势必面对流离转徙之经历,而这在文化层面导致一种漂泊凄惶之失序感。在中国诗传统中,纪游诗最为显著的特征就是与士大夫阶层文人频频辗转奔波于帝国版图疆域之中有关,或为授官履任造福一方,或是应举赴试为求一第。因此,异乡漂泊、颠沛流离是士大夫文人诗中的惯见主题。伴随葛徵奇奔赴各地任职,李因也经历着这种生活所伴随的不断播迁与徙居。她的诗中常对背井离乡感

---

① 李因:《竹笑轩吟草》,第12页。

慨万千。乘舟启程,离开南京,①她写有同韵的两首诗皆以"客愁"一词收尾:

（其一）

溪流不断垂杨影,送尽年来过客愁。

（其二）

数行归雁无凭寄,莫遣家人知客愁。②

与行旅者的流徙远迁不同,她在羁途中所遇的渔翁、樵夫、牧童等"原住乡民"(local natives)皆自由栖居于自己的安土乐乡,日出而作,日落而归。他们的自在惬意与寄客的颠沛流离形成了天壤之别,令后者投以不无艳羡的目光: ₁₁₅

隔岸渔人收钓去,却怜残梦在天涯。③

山村社酒歌声里,牧笛休吹客路长。④

对抗消解萍飘蓬转的无根之感的另一尝试,是凭借超然物外的淡泊心态构建一种融合微妙平衡感与秩序感的动态均衡。下引诗中李因以"此心安处是吾乡"的超然恬淡之态,透过其画师之眼完全专注于此刻风光:

秋日晚泊醉李⑤

浪迹何须海上槎,平湖烟月自浮家。

酒帘桥畔垂杨树,渔笛沙边红蓼花。

---

① 诗题作"南留",即南京(Nanjing),明代"留"为南京(southern capital),故名。
② 《早发南留道中》,收入李因:《竹笑轩吟草》,第15页。
③ 《途中口号》,收入李因:《竹笑轩吟草》,第16页。
④ 《东河道中》,收入李因:《竹笑轩吟草》,第17页。
⑤ 在浙江嘉兴。〔译者注:醉李,又名槜李,槜李城在今浙江嘉兴桐乡〕

远岫云迷催落日，横林秋霭映明霞。

钟声隐隐禅灯近，知有茆庵隔水涯。[1]

他们的夜泊之舟融入湖畔晚景之中，万籁此俱寂，但闻钟磬音——精神悟道的象征。此外，末句出现了微妙的性别指涉，"庵"字多特指佛教女尼的居所（李因字是庵即有佛教意味）。通过她细腻入微的视听感知，行旅中的女子与修习超验中的其他女子生成了奇妙关联。

归乡途旅：诗歌之记与夫妇之礼

李因首部诗集收于卷末的诗作记录了其归乡途旅。一组接连 17 首纪游诗构成了自京返浙夫妇归途的诗歌书写。（参见图 4）1643 年春，葛徵奇"嗣奉对品调南之旨，遂归"，如前文所详述，此次贬调的背景是闯王揭竿民乱与清军入关滋扰在北方"猖獗日甚"，"徵奇忧事势必至倾覆，乃请立国储于留都（南京）"，而崇祯帝不许所黜。李因听闻此谪令而有一绝：

春日家禄勋闻命南归感怀之作（二首其一）

春风入华屋，萧瑟困寒袍。

何似孤山鹤，清宵月影高。[2]

她在此诗以及其他还乡途旅诗中所用诗歌的语言与主题无不颂美隐居生活，表明了他们对此事此行的深远意义五味杂陈：这对葛徵奇而言无疑是宦途折戟，却也是他们退隐南土、归园田居的契机。首联妙用季节意象委婉含蓄地描述他们生命历程中的变化：一元复始、

---

① 李因：《竹笑轩吟草》，第 15 页。
② 同上注，第 26 页。

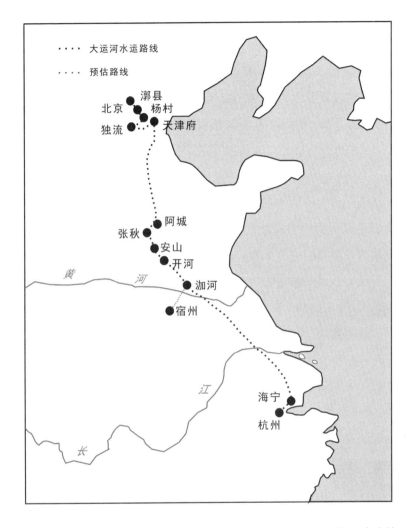

图 4:据李因诗作所绘 1643 年李因夫妇沿大运河自北京至浙江海宁的路线示意图,另有文本叙述提及他们曾借道安徽宿州而遭遇当地民乱兵变。制图:薛梦缘

万象更新的春光盘桓于宅邸华屋之外,而一种凄凉萧瑟之感在他们生命中氤氲弥漫,挥之不去。随后李因继续熟练调用诗歌传统中的惯常意象,次联以"孤山鹤"的文典而把叙事角度转移到了他们故乡浙江的隐居生活之上。放鹤于西湖孤山的指涉寓意是双重性的,因为孤山是历史上知名隐士林逋(967—1028)退隐于临安城郊的卜居之地,雅称林逋以梅为妻、以鹤为子,梅妻鹤子遂成为象征隐逸生活的固有形象之一。① 这首诗曲尽妻室在夫君仕途失意时流露肺腑之言的某种慰藉与共情。若是夫妾之间琴瑟相谐,鸾凤和鸣,加上叙述主体性格独立、以才德服人的话,知书达礼的姜室有时也能扮演如此宽慰的角色。

从下一首至诗题出现他们海宁宅邸芜园为止,这组诗的诸题记录着他们沿大运河而下行旅的具体行程,以沿途经停之地标目赋题,纵贯南北的舟船路线一览无遗。诗旅最后一站泊于泇河(在江苏以北),也就是他们遭遇安徽宿州兵乱之前,吴本泰为其诗集作序之地。组诗末作题为《癸未(1643 年)喜归芜园》以志自己归乡之喜,但其间并未提及在宿州遇险而促其诗集付梓的只言片语。② 组诗还以相对连贯的节候时序特征来令人知晓此行的现世背景与所历时长。

葛氏夫妇于 1643 年夏离开北京,并于同年暮秋抵达海宁,此行长途跋涉,舟车劳顿,历时数月,还一度受阻于宿州寇乱,③而在行程伊始可能还遭遇清兵入侵的滋扰。收诗八阕的首组诗题《虏遁后十日舟发潞县道中同家禄勋咏》,其一聚焦于大运河沿岸荒芜萧索的风景来凸显徙迁途中的断梗浮萍、飘零无依之感,这对行旅者而言是理固当然(de rigueur)的:

> 登舟才五日,百绪棹声中。

---

① 关于林逋诗歌,参见吉川幸次郎(Yoshikawa Kôjirô), *An Introduction to Sung Poetry*, trans. Burton Watson(华兹生), pp. 52 - 54. 华兹生把"鹤"(cranes)译为"鹳"(storks)。

② 组诗中还有《夏日登高亭山次韵》一诗所记夏日杭州郊游之行,置于最终归家诗前应算是一段小插曲(interpolation)。正如诗中所示,他们终抵海宁的时间是深秋时节。

③ 吴本泰《南还自引》云:"时介龛葛师,亦以禄勋南调,癸未(1643 年)夏五(月)偕行。"参见吴本泰《南还草》,收入《四库禁毁书丛刊》,集部第 84 册,第 384—385 页。

断岸人烟绝,荒碑僧寺空。

水连千碛白,渔逗一灯红。

归梦残难续,萧萧泣路穷。①

　　同一诗题下组诗八首所用韵字(中、空、红、穷)完全一致,这意味着这些诗作不仅只是纪游杂咏,而且文体上采用和他作步韵乃至依己诗前韵等惯习,故而亦服从于漫长舟途上夫妾消遣的社交礼仪。这种诗体上格律形式的重复迭见,或许有助于在行旅颠沛流离、漂泊无定(尤其时值局势动荡的季末)之中生成一种井然有条的秩序感。吴本泰也参与到葛徵奇与李因夫唱妇随的"诗仪"(rituals)中,和作有同地同韵之诗。身为尊长的葛徵奇常拈韵命诗,而李、吴二人则在己作中步韵相和。②

　　舟程始于炎炎夏日,李因在诗中不断提及船楫之上酷热难耐:"山气正歊热,舟居似瓮中";③"短蓬苦毒热,雨过湿云蒸";④"白云起山半,欲雨苦灾蒸"。⑤ 近乡情更怯,客行愁转深。羁途之初所历之畏途迢递,环境崎巇,越发令他们倍添思乡之情:"野宿催归思,愁看白发增";⑥"野岸乡音少,偏令归思增";⑦"孤蓬一夜雨,滴滴客愁增"。⑧ 119 随着旅途推进,诗歌语调渐趋轻快愉悦。离开天津之后,她有诗咏之:

客里闲心事事宜,故园松菊赋归迟。

---

① 诗题此从《竹笑轩诗钞》钞本,其他诸本皆无"房遄后十日",参见李因:《竹笑轩吟草》,第26 页。〔译者注:此为浙江图书馆藏钞本。在这里要感谢赵厚均、马千惠教授的指正。〕

② 吴本泰诗作参见《南还草》,收入《四库禁毁书丛刊》,集部第84 册,第385—401 页。

③《房遄后十日舟发潞县道中同家禄勋咏》其四,收入李因:《竹笑轩吟草》,第26 页。

④《夏日舟次杨村同家禄勋咏》其二,同上注,第27 页。

⑤《舟次独流苦雨仍前韵》其一,同上注,第27 页。

⑥《夏日舟次杨村同家禄勋咏》其二,同上注,第27 页。

⑦《舟次独流苦雨仍前韵》其一,同上注。

⑧《舟次独流苦雨仍前韵》其二,同上注。

秋风江上兼葭月,独坐渔矶学钓丝。①

女性行旅者乐享于此刻身处浩荡天地之间,夜泊勾留亦无妨,反而难得有机会学习垂纶闲钓。甚至是那些此前令人不快的同一意象置于目前的蛮荒莽苍之境,在主题表现上也更为淡定从容:

蛟鼍夜吼水声嗔,断岸荒芜夹去津。
露坐天高深夜寂,隔溪萤火解迎人。②

随着旅程继续,大自然狂暴与荒凉的面向(首联)逐渐褪却消散,幻化成自然生灵亲切近人("萤火解迎人")的静谧清幽之夜。正如此诗及它诗所示,伴随夫君及其僚友出行的李因将舟舸转化为文学生产场域,诗题中屡现"舟发""舟次"之词可见诗歌创作常常起兴于乘舟将行或泊船暂歇之际。交错时刻搭配移动空间使得行旅者感悟沉思日增精进。与男性同行的她,竭力于在漫长枯燥的途旅中通过合辙对仗诗律的仪礼化书写,来创制出一个次序井然、斯文雅致的文化空间。

结语

本章结语复归到"行旅书写"(travel writing)上述例证中所展现出的能动性问题上来。三部文学作品中,李因诗集中所表达的能动性或许最为隐晦。作为年轻妾室,多年来她"从"(followed)夫随行,同样置于中国传统社会与性别等级秩序中,较之另外两位女性,她的地位是最屈从顺服的,也深知留存个人文学集与生命史并非天经地义、理所应当之事。与王凤娴欲将诗稿付之祝融相反,李因则竭力将之刊刻

---

① 《舟发天津道中同家禄勋咏》六首其五,同上注。
② 《舟发天津道中同家禄勋咏》六首其六,同上注,第28页。

印行。她的能动性更大程度上是借由权尊势重男性的滤镜得以再现，¹²⁰这在晚年时她力邀黄宗羲为其作传表现得尤显昭著。然而，置于身为行旅者的主体位置，其所表现的能动性要更微妙委婉。李因把行旅主体置于社会性框束会被隐却或超越的审美立场之上，其行旅诗不仅通过诗歌技巧来展现出如何铭刻个人经历感与主体性，而且凭借文学传统把诗歌写作奉为一种多元且有效的方式来生成秩序规范。人至晚年、自力孀居的她以守贞故夫、奉忠亡明之念而赢得时人敬重。邢慈静的纪游文生动鲜明地呈现出其无畏果决嫠妇形象的能动性，她的主体性置于尽忠敬孝、人伦道义优先的约束性的性别与社会体系之中，其能动性在于为恪守妻道憔神悴力，不仅有扶柩还里之举，而且还以文载录其人其事，以传后世铭之。王凤娴的归途记事最为明确地例证了旅途特定环境与文学写作之间如何水乳交融而产生独树一帜的经验主体，这，既是作者意欲重温铭记，也让他人借助阅读能领略体认。

第四章　性别与阅读：女性诗歌批评中的范式、修辞和群体①

时至 16 世纪末到 17 世纪初，随着印刷文化的日愈繁荣，文本出版数量与流通程度更趋新高。女性的识字能力普及与文学创作追求变得越彰明较著，女性诗集付梓刊刻如雨后春笋般大量涌现，即是这一文化现象之零光片羽的表征。② 在此期间，女性之于他人文作的评注（critical reflections）也格外引人瞩目。相对前朝各代，士绅阶层女性拥有获悉、阅读及索得其他才媛文学作品的更多机会，她们既可以凭藉男性近亲的一臂之力，也可以通过女性之间的社交网络直接联系。在此过程中，她们愈发意识到身为读者所具有的批评观点与判断反应，而在读完一本诗集之中为其所写的私人诗作不胜枚举，也印证了这一趋势。有些女子以传统"论诗诗"的既有短章诗体形式发表妙论高见，有些则传书寄简与同性友伴们互通交流。由雄心壮志的文本批评女性读者肩负起编纂诗歌评点辑录选本这样持久全面、费神费力的任务，有些才媛还自撰诗话［这种广泛使用的非正式诗歌批评文体始兴于宋代（960—1279）文人，繁盛于有清一代］，③这在中国文学史上尚属首次。女性

---

① 本章初稿由黄一玫译。

② Dorothy Ko(高彦颐)，*Teachers of the Inner Chambers*，chapter 1. 魏爱莲对女性作为小说（及诗歌）读者的研究对厘清性别、刊印、辑录、文学修养之间的关系深具启发意义，参见 Ellen Widmer，*The Beauty and the Book*.

③ 蒋寅整理清代诗话书目现存六百余种，其中部分出自女性之手，参见蒋寅：《清 （转下页）

在文学批评上付诸如此心血，表明了她们对自己身为文学文化参与者的身份认知已不限于诗人这一富有创造性的角色，而有意涉足批评家的权威地位上了。

能够编选与评点他人文作，这意味着这位读者具有一定的批评判断的水平能力与阐述诠解的权威地位，此人深具文学造诣和知识学养，是读者同时也是批评家。但对女性而言，这一认知的预设与表达在本质上与女性卑谦内敛和深闭闺中的传统思想南辕北辙。物质基础与实际操作层面的重重阻碍也让女性跻身批评家之列难上加难。有些女子甚至就连以诗记录与表达她们的所思所感，都可能成为引爆家庭冲突与公众非议的导火索。① 鼓吹"沉默是金"与自谦自逊的文 *122* 化禁锢可怕到足以逼令女子尽焚诗稿成为贞妇烈女传记述略中的惯见桥段，且不必多提前文所论径直以"焚余"赋名别集的惯例。② 尽管我们不能只是从字面意义上直解其题，但这些字眼形塑出女性不应让其话语跨越私人空间步入公共领域的意图，却是跃然纸上。

因此，若以诗人与批评者的身份写作，女性就不得不克服解决或协商改易心理上、社会上及实践上的诸多障碍。除了冗繁琐务（已婚女子尤是如此），女子不能或很难获取文献资源——比如藏书楼或书斋书塾以及其他有裨读写的条件——皆是女性教育学习的暗礁险滩、荆路棘途。由此可见，许多名留青史的女文人与女批评家往往都拥有

（接上页）代诗学著作简目（附民国）》，载《中国诗学》，第 4 辑，1994 年，第 23—43 页；他另辑录清代诗话佚书目录两百余种，女性著作虽然占比不大却是显而易见的，参见蒋寅：《清诗话佚书考》，载《中国文学报》（*Chūgoku bungakuhō*），第 55 期，1997 年，第 61—83 页。女性所写诗话在亡佚著作中的数目表明了人们在保存她们作品上不太上心。

① 关于女性教育与文才的性质、功用与适宜及其之于妇德的关系讨论，参见 Dorothy Ko，"Pursuing Talent and Virtue"；Kang-i Sun Chang，"Ming-Qing Women Poets and the Notions of 'Talent' and 'Morality'"；Clara Wing-chung Ho（刘咏聪），"The Cultivation of Female Talent"；and William T. Rowe（罗威廉），"Women and the Family in Mid-Ch'ing Social Thought."

② 参见本书第二章以及第三章王凤娴诗集《焚余草》的叙述。

由双亲、丈夫、姻亲、昆季及近亲们鼎力相助的家族生活环境,这是保障女性阅读与写作必要的先决条件。此外,女性自身还必须以创造性的方式实现自己的文学追求,要在履行贤妻良母的角色规范之外寻求额外时间与空间资源,或者实现履行职责和读书学习两重任务,并行不悖。她们相当清楚社会限制与家族责任对其参与文学活动极为苛求,故而常有为自己与她人的文学书写论辩其合情合理的当务之急,便是明证之一。雷麦伦独具只眼地指出,无论是自序其稿还是为其他女性诗集撰序,女性屡以序言为重镇要地来强调她们对投身文学书写只是在家事操持、恪尽妇职之后,有些人则信而有征地论道说,儒家经典《诗经》赋予言志抒情的功能,当情动于中之时,女子同为有情之人亦有自我表达的天授特权。[1] 这正是甘立媃在己诗别集自序中的观点(详见第一章)。

为了阐释 17 世纪以来女性对文学权威精进拓深的认识,本章力图探讨本身既写诗作赋,又以批评家身份去评点其他女性诗文的才媛话语实践。在大多数情形下,她们的评点笺议仅限于同为女性的作家作品之上,以严守男女有别的性别意识形态铁规铁纪;然而这些女性亦能将其创设生成的性别化批评话语空间转化成一个彼此互联共通、表达更多特定女性指向文学观点的公共群体场域。

无论各自经历如何迥然有异,女性对其他才媛文学作品有意识的新关注,表达出一种对超越家族、年龄、阶层、宗教等诸面向的性别化群体的自我认同归属感。为了展现基于文学文本的女性之间互动交流的差异程度,本章先考察女诗人与女批评家采用论诗诗这种短章形式的情形,接着主体部分放在四部女性诗选评注本的范式与修辞(form and rhetoric)之上,其各以自己的方式勾勒出基于在文学选集

123

---

[1] Maureen Robertson(雷麦伦), "Changing the Subject."

中评骘品藻的权威性、能动性、共同体性的女性意识：文选类有季娴（1614—1683）的《闺秀集》（1652 年序）与王端淑（1621—约 1680）的《名媛诗纬》，诗话类有沈善宝（1808—1867）的《名媛诗话》，以及沈宜修（1590—1635）的才媛诗选小集《伊人思》，尽管集中并无品论评鉴，但仍可尊奉为才女编选闺秀诗作的开路先锋以及经由文学书写促成女性共同体亲密关系的典型范例。①

　　选择彼此时代各异、定位有差的上述文集为样本，旨在阐明女性批评方式的多样性，强调晚明至清一代历史中女性如何借助诗歌写作的技术手段来获取群体认同感。检视闺秀在辑录评注文集时的文本形式与修辞策略，我们亦可探讨置于更为广阔的文学话语与历史语境中女性如何认知她们自己的文学批评活动至何种程度，由此不妨继续追问——女性参与何种文学批评议题？如何参与？她们论断中是否沿袭既有的文学理论法则与批评品论概念？女性文人阅读才媛诗作所持的道德观与审美观有何相对意义？较之众所周知的男性文人在编选女性诗集时的惯常操作，女性有何异同？

文学批评阅读的个体形式：书信与诗歌

　　作为智识阶层的家族成员和士绅友僚之间寻常的交流媒介，书信也兼具多种其他功用。自汉代以来，翰札尺牍就开始在众领域的精英文人之间广泛用以言事陈情，互表共述。公元 6 世纪成书的《文选》，

---

① 男性文人为文集所作之序或许能构成诗学阐释的某种场域，但笔者并未将女性文人为其他才媛诗选作序单列为一种诗评类别，因其较多侧重强调女子在学诗写诗上所面临的困难以及颂扬为之作序的文人。例见胡文楷《历代妇女著作考》中收录的才女所作文序，部分序文英译收入 Chang and Saussy, eds., *Women Writers of Traditional China*, "Part Two, Criticism, Female Critics and Poets."

收入"书"体在内的诸多文类。① 男性文人的文学别集中往往收录书
简函札,以此似可以另样角度管窥男性同性社交(homosociality)(情
谊与圈子)以及文化与思潮。毋庸置疑,知识阶层女性当然会在各种
情形之下传书寄简,但她们的信札很少被认为值得留以传世。因此,
甘立媖寄与子女的箴诫家书算得上是慈母手中"信"(epistolary
communication)的宝贵记录了。② 我们也知道明清时期女性文人有时
也就感兴趣的文学话题寄笺相议。陆烜的妾妇才媛沈彩在她的《春雨
楼集》收录有一封她寄与同时代的年长友人、居于附近嘉兴县的诗画
家汪亮的回信。汪亮为沈彩写真画像(未系年)用作《春雨楼集》扉页
(本书亦用作封面)。从《与汪映辉(汪亮)夫人论诗书》可知沈彩曾将
己诗寄给汪亮,随后二人遂在札中对话论诗中相关的性别色彩与诗体
风格。汪亮以其清隽雅淡(unsentimental)的诗画风格为人所知,她在
回信中对少妇沈彩的诗艺大加称赞,但也批评其诗有"绮罗香泽之
习"。③ 沈彩在复书中率直地回应了年长友人的质疑:

> (夫人)之前者则来札,谓再得苍老高古,一洗绮罗香泽之习,
> 则竿头更进矣。窃以为此语犹有可商也。夫诗者,道性情也;性
> 情者,依乎所居之位也。身既为绮罗香泽之人,乃欲脱绮罗香泽

124

---

① 详情参见 James Hightower(海陶玮),"The *Wen Hsüan* and Genre Theory," pp. 161 -
162.

② 详见本书第一章。魏爱莲在其创新性研究论文中探讨了 17 世纪的女性金兰情谊纽带圈
子是如何通过三部亦收录了才女之间书信往复的文人尺牍选集得以展现的,参见 Ellen
Widmer,"The Epistolary World of Female Talent."

③ 沈彩诗研究详见本书第二章。汪亮的创作风格,参见俞剑华编:《中国美术家人名辞典》,
上海:上海人民美术出版社,1980 年,第 452 页;胡文楷:《历代妇女著作考》,第 353 页。
钱陈群(1686—1774)为其夫费雨坪所撰墓志中包括了汪亮性格、诗作、画作等诸多生平
细节,参见钱陈群:《香树斋文集续钞》,卷 2,第 25a—26b 页,附于其《香树斋诗集》后,收
入《四库未收书辑刊》,集 9—19,北京:北京出版社,1997 年。〔译者注:又见《清代诗文集
汇编》,第 262 册,上海:上海古籍出版社,2010 年,第 345 页〕感谢戴真兰(Janet Theiss)
为笔者指出这一参考文献。

之习，是其辞皆不根乎性情；不根乎性情，又安能以作诗哉！①

　　沈彩以"性情"一词（通常与"性灵"一词通用）来定义其诗。随着袁宗道（1560—1600）、袁宏道（1568—1610）、袁中道（1570—1624）"三袁"、尤以倡导"从自己胸臆流出"的真情实感、自然自发之诗的袁宏道为代表的公安派的兴起，此二概念在晚明诗学理论中成为了文学批评的流行术语。公安派在 17 世纪初风靡一时且影响深远，他们反对句拟字摹的泥古倾向，拒绝铸形宿模的盲从模仿，诸如较早一代文论家前后七子所倡的复古运动，即是以"诗必盛唐"作为诗歌创作的理论基础。② 公安派强调"独抒性灵"的普泛化诗学主张的余响遗绪（legacy），对渴盼写诗的女性会有怎样的吸引力是不言而喻的。甚至对于那些无暇或无缘于系统学诗的门外汉来说，这种诗法理论对实现情发内心、诗本天然的主张也是行之有效的。这一诗论为女性寻求一种传统悠久的媒介（一如封建时代的文学书写功能）来表达与展现自我欲望与需求洞开天地。从这一表述观的角度来看，诗歌可被视为与私密、个体经验脉脉相通，亦不受制于阶层、性别、文化程度的表达工具。事实上，袁宏道曾有名言如斯："其万一传者，或今闾阎孺子妇所唱《擘破玉》《打草竿》之类，犹是无闻无识真人所作，故多真声。不效颦于汉魏，不学步于盛唐，任性而发，尚能通人之喜怒哀乐嗜好情欲，是可喜也。"③

_____

① 沈彩：《春雨楼集》，卷 10，第 4b—5a 页，收入肖亚男编：《清代闺秀集丛刊》，第 15 册，北京：国家图书馆出版社，2014 年，第 231 页。

② 有关"三袁"的诗学理论，参见 Chih-ping Chou（周质平），Yuan Hung-tao；又见 James J. Y. Liu（刘若愚），_Chinese Theories of Literature_，pp. 79 - 81. 前七子所主张的前一阶段文学复古运动，以扛鼎角色李梦阳（1473—1529）与何景明（1483—1521）最为人熟知；后七子中的重要人物包括李攀龙（1514—1570）和王世贞（1526—1590）。这一复古派的概况参见 Chou, _Yuan Hung-tao_, pp. 3 - 14.

③ 袁宏道所指的是晚明的时调小曲/民间小令，参见袁宏道：《叙小修诗》（袁中道，字小修），袁宏道著，钱伯城笺：《袁宏道集笺校》，上海：上海古籍出版社，2008 年，第 188 页。

　　沈彩在覆信中"欲伸一说",强调"诗者,道性情也"的主张,实乃以文人谑习之举转求溯源于儒家经典《诗经》,引用个中诗篇,运用经典范例来展现这些诗中的男男女女如何表达各自性情与境遇。[1] 对于那种欲将女性诗作置于一个依照男性风格与实践打造的合宜模式中的女性诗歌批评,她并不苟同,而对其诘责指摘:"顾今之评妇人诗者,不曰是分少陵(杜甫)一席,则曰是绝无脂粉气。"[2]沈彩力扛压力,不去迎合当下批评家希冀巾帼诗文应有须眉气的偏颇之见,反行其道的是,她强调性别化敏感性与自我化表述欲来申明"绮罗香泽之习"是"本乎性情",拒绝效鐢以丈夫气为道德或审美优越感之诗风诗品的时代取向。当沈彩在乾隆中期(1770年代)写诗作赋之时,推崇女子诗才、广收女性弟子的导师袁枚(1716—1798)所力主的"性灵说"正大行其道方兴未艾。然而,似无证据表明沈彩与袁枚曾有过从往来,她与出现于袁枚晚年生活中的随园女弟子们也并无交集;正如本书前文所述,她在浙东的平湖过着一种相对僻远隐世的生活。沈彩未在文中援引任何男性文人批评家作为权威来为自己的观点背书,而是通过直接翻检《诗经》经典诗作来达到支撑己见之目的;她以此引经据典,于古有征,不仅为作诗填词本身辩白,而且也为以闺情脂粉诗风创作自圆其说。本书第二章曾有论述沈彩如何巧借善用闺情诗来建构一个主动活跃的女性主体作为其诗核心,她置于社会等级秩序中相对低下边缘的位置为自己的诗歌写作加以辩护,这也让她的文学能动性表达得以更为勇敢直率地呈现。

　　诸如沈彩与汪亮这样不属于圈子的金兰之交会彼此寄札还翰,那么我们不妨揣测,既有知名文学圈子——比如随园女弟子——当中定当有更多这类谈诗论道、书信往复的现象。诚如孟留喜的研究所示,

---

[1] 沈彩将这些"诗作者"(authors)与"诗中角色"(personae)视为等同。
[2] 沈彩:《春雨楼集》,卷10,第6a—6b页,收入《清代闺秀集丛刊》第15册,第233—234页。

随园女弟子这一引人关注的女诗人群体确以相互交流、彼此评注作为精炼诗艺的重要手段。他指出在袁枚的指导扶持之下,这群女诗人以诗互动互联、形成了一个女性"话语共同体"(discourse community)。① 她们兼任彼此诗作的读者与批评者。例如袁枚的得意门生之一屈秉筠(1767—1810),其所著《韫玉楼诗集》就附录其他女弟子以及导师本人袁枚对其诗作的评点笺语一并刊刻。② 随园女弟子信奉导师袁枚在诗学主张上率性任情,重中之重当属以"性灵"说自出机杼、自然清新、自适自发为圭臬。屈秉筠在一封寄与同为随园女弟子的席佩兰(1760—约1820)的信札中阐发其论诗观点,强调了抒写性灵:"诗之为道,以不著议论、自抒情感为工"。③ 席佩兰在《与侄妇谢翠霞论诗》亦以诗代简,同样表达了传承导师袁枚强调性灵衣钵的诗学观,节选如下:

> ……
>
> 性情其本根,辞意属枝节。
> 本根如不厚,花葩讵能结?
> 枝节如太繁,生理转不实。
> ……④

席佩兰以树及其"生理"(principle of natural growth)为喻阐明自己对侄妇诗中所蕴"性情"基本内涵的诗学批评观。满族女诗人多敏(生卒年不详)在寄赠其女弟子的诗作也同样重申诗"抒写性情"

---

① Liuxi Meng(孟留喜),"Qu Bingyun," p. 120. 孟留喜以"女性(feminist)"一词去限定"话语共同体"。
② 关于屈秉筠的诗集及其评注,参见 Meng, "Qu Bingyun," pp. 2 - 6; Chapter V. 又见胡文楷:《历代妇女著作考》,上海:上海古籍出版社,1985 年,第 392 页。
③ 引自钟慧玲:《清代女诗人研究》,台北:里仁书局,2000 年,第 343 页。
④ 席佩兰:《长真阁集》,上海:扫叶山房,1920 年,卷 4,7b—8a 页,收入《清代闺秀集丛刊》第 18 册,第 254—255 页。

(nature and feeling)的理法要旨,而不必一味摹唐拟宋,遵奉正统:

与素芳女弟子论诗

何必论唐宋？诗原写性情。

谴怀明似月,落管灿于星。

语夺千山绿,思灯一水青。

只今谁作者,空缅旧仪型。①

明清时期才媛之间论诗谈艺的诗歌交流标志着一种自觉意识,但同时也是一种群体性参与论诗现象,由此催生出首批由女性创作的诗话体(下文详述)。

一些才女则以"论诗诗"的批评体来表达自己对中国文学史传统中诗人诗作的看法。"论诗诗"的诗学批评文体始于杜甫评点庾信与初唐四杰其人其诗所作的《戏为六绝句》组诗;②时至金代诗人元好问(1190—1257)具有里程碑意义的名作《论诗三十首》问世,才为后世确定了可资借鉴的既定规范。但直到有清一代,论诗诗才成为靡然成风的流行习尚,从王士祯到袁枚,皆有创作效元好问体的论诗组诗。③"论诗诗"多为七绝组诗,一诗一议,或论诗艺诗格,或论诗人诗派。由于短小精干又限以诗体,故而"论诗诗"通常于方寸之间难以展开进行批评性话语与理论化阐释,或者发展为一派独立诗学;不过,其仍能以一种隽永精炼的形式彰显出诗人对诗学传统的熟稔与对诗歌批评的机敏。

尽管女性论诗的最早范例已无可考,但在清代(18—19 世纪)却蔚

---

① 徐世昌辑:《晚晴簃诗汇》,北京:中华书局,1990 年,第 10 册、卷 188,第 8596 页。

② 杜甫著,仇兆鳌注:《杜诗详注》,卷 11,北京:中华书局,1979 年,第 898—901 页。

③ 关于论诗诗史的研究,参见高利华:《论诗绝句及其文化反响》,载《文学评论》,2003 年第 1 期,第 80—88 页;〔译者:原书误为 80—99 页〕元好问论诗绝句笺注式英译与研究,参见 John Timothy Wixted(魏世德), *Poems on Poetry.*

然成风。比如沈彩，就有 49 首七绝组诗专论才媛闺秀之诗，抑或是（据传）赋诗的才女。[1] 她的组诗主题广泛，横跨各朝历代，纵贯尊卑贵贱，既有历史上的知名女诗人，比如六朝（4—6 世纪）才媛谢道韫、鲍令晖，唐代名妓李冶、薛涛，宋代闺秀李清照、朱淑真，晚明才女叶氏姐妹——叶纨纨、叶小鸾，也有传说中的佳人奇女子，诸如项羽的虞姬（公元前 3 世纪）、5 世纪的歌姬子夜，以及唐代名姜关盼盼。或许是因为沈彩自己身为侧室，所以她在论诗绝句中多对才妾艳妓吟咏颂赞。而这组论诗诗的单篇诗作不另赋诗题，这让个中部分对象主体显得晦涩难辨、扑朔迷离。这种"疑谜"（mystery）或许会在她的诗作阅读圈里平添些许神秘吸引力，读者们必得猜度推断所指为谁，这让阅读本身变成了一场展示她们各自传统学识与诗艺专长的竞智游戏或斗趣娱乐。

128

为了增添自己论诗组诗的权威性，沈彩开篇即云《诗经》开卷之章《关雎》：

> 诗三百首首关雎，淑女闺房窈窕思。
> 乐不淫兮哀不怨，原来诗首妇人诗。[2]

尽管沈彩对《关雎》的"解读"（reading）不脱传统阐释学的窠臼——"淑女闺房窈窕思"，淑女之思，温柔敦厚——但这里她所强调的事实是这首列为《诗经》之始的诗作实由女子所写。因此她以点评《关雎》来开启自己论诗绝句组诗，就以将女性声音崇奉为经典而使其极具象征意味。

除了前朝历代的传奇佳人或历史才媛之外，沈彩亦不厚古薄今，

---

[1] 沈彩：《论妇人诗绝句四十九首》，见其《春雨楼集》，卷 5，第 1a—6b 页，收入《清代闺秀集丛刊》，第 15 册，第 139—150 页。

[2] 沈彩：《论妇人诗绝句四十九首》其一，见其《春雨楼集》，卷 5，第 1a 页，收入《清代闺秀集丛刊》，第 15 册，第 139 页。

组诗中也对同时代的闺秀加以评介,比如她的诗画之交汪亮。论汪之诗侧重凸显出她俩在文学雅事上的同气相求,而非直接品藻汪诗:

> 采芝山不在天涯,烟火相邻吴若华。①
>
> 欲把奇文共欣赏,何时挟册上钿车。②

诗以汪亮雅号"采芝山人"破题。从诗意来看,尽管她们同居一地,相去不远,但彼此登门造访、谈诗论文的机会却寥若星辰,因此才要书信往复,论诗赏文。

据知在随园女弟子中,至少有两位——王倩与席佩兰也撰有组诗论诗。王倩沿袭唐代诗论家司空图备受推崇的名作《二十四诗品》的诗体诗法,③即采用古意盎然的四言诗体与玄妙形象的思辨语言来建构出一种"本乎天真"的深邃典型诗歌美学。席佩兰则在一组七绝论诗诗中力倡"清思自觉出新裁",即使"又被前人道过来",也能夺胎换骨,"居然生面能独开"。④ 钟慧玲曾指出,王倩与席佩兰皆"能张皇师说,发为议论","颇能得袁枚的意旨",同样"以学问与才力并重",重视后天学力的培养。⑤

才媛始拾"论诗诗"之文体持论品题,这不仅标志着女子阅读涉猎甚广,也意味着她们对诗文本末的一得之见能得以刻印传世信心满满。不过,确能如此的女性诗论家终究也只是屈指可数,只有诗艺超

---

① 此句遽以人名草草作结,"吴若华"为谁待考。〔译者注:吴若华或吴瑛,字雪湄,一字若华,钱塘人,河道总督嗣爵女,平湖屈作舟室,有《芳荪书屋词》。既归平湖屈家,当与沈彩、汪亮相识〕

② 沈彩:《论妇人诗绝句四十九首》其四十二,见其《春雨楼集》,卷5,第5b页,收入《清代闺秀集丛刊》,第15册,第148页。

③ 司空图《诗品》研究参见 Pauline Yu(余宝琳),"Ssu-k'ung T'u's *Shih p'in*". 王倩论诗诗参见《随园女弟子诗选》,收入袁枚著,王英志校:《袁枚全集》,集7,南京:江苏古籍出版社,1993年,第116页。

④ 席佩兰:《论诗绝句》其四,见其《长真阁集》,卷4,第1b页。收入《清代闺秀集丛刊》第18册,第242页。

⑤ 钟慧玲,《清代女诗人研究》,第340—343页。

绝、文才异秉之人才能长材小试，在这一论诗文体上初显身手。① 才女以诗论诗，往往趋向于表述她们的学诗经历而非直接评骘品析"她"人之作，②由此屡屡昭示出其诗歌写作的自传维度。清嘉庆道光年间（19 世纪）女诗人郭漱玉在她的《论诗》八首将诗论批评巧妙嵌于文言书面文本与日常个体经验相结合的语言之中，在对经典诗风旁征博引与语出天然击节称赏的同时，她也将自己的日常梳妆、针黹、庖厨之事为喻来写诗论诗。例如下引诗即以炊事来借喻阅读：

论诗（其五）

厨下调羹已六年，酸盐情性笑人偏。

近来领略诗中味，百八珍馐总要鲜。③

群读女性：评注诗集选辑

有明一代，男性文人对女性文学创作越发兴味盎然，遂开辑录女文人诗集选本风气之先。④ 一些编纂者重视女性诗作之"清"（purity），另一些则关注于其作品集的刊刻留存。笔者曾有拙文论述，正是基于文化与市场的"合力"助推了部分选集的付印刊行，这种刊刻之举意味着一种凸显性别差异的全新文化阐释学应运而生。这些文学选集反映出在

---

① "明清妇女著作数据库"中有 18 首"论诗"之作。

② 例如徐世昌：《晚晴簃诗汇》，第 9 册、卷 184，第 8183 页、第 8253 页；第 10 册、卷 188，第 8596 页。

③ 转引自钟慧玲：《清代女诗人研究》，第 352 页。〔译者注：原书"酸盐"作"酸咸"，"略领"作"领略"，"百八珍馐"作"百米珍羞"，据沈善宝《名媛诗话》清光绪五年鸿雪楼刻巾箱本卷 7，第 12b 页改〕郭氏论诗组诗英译参见 Chang and Saussy, eds., *Women Writers of Traditional China*, pp. 708 - 709.

④ 关于明代文学总集的基本概述，参见胡文楷：《历代妇女著作考》附录二，第 878—894 页；钟慧玲：《清代女诗人研究》，第 118—122 页。

一个更为广阔的文化语境中,女性书写是如何被接受、阅读与认知的,即使是以男性视角。① 然而到了明末清初之时,一批闺阁才媛的涌现,像是沈宜修、方维仪(1585—1668)、季娴、柳如是(1618—1664)、王端淑等,皆亲手纂辑文学总集,躬身文学批评活动。② 男性编者与女性编者在文集辑选中迥然有异之处在于选诗入集的编年时限——男性文选辑者倾向于无所不包,追溯历史长河,上启上古三代,下迄皇朝当下。③ 尽管一些清代的男性文选辑者,如汪启淑(详见第二章)就曾别开生面地拓宽闺秀诗作的选录范围,但文集编选的"历时性"(diachronic)总体趋势却始终如一。而女性文选辑者则偏好关注与她们生活在皇朝同代的女性诗选,尤为当代才媛留足空间。通常来说,男性文集选者所辑历代闺秀几乎千篇一律,这似乎意味着他们大致皆有赖于经典传世文本,也可能涉及市场营销的考量。而女性编纂闺秀选集最别有深意的地方,是以一种更为宏阔的理念将才媛诗作视为一种活跃当下的鲜活文化(living culture),而编者自己亦参与其中。为了抽丝剥茧地说明这一点,本章试图揭示女性编选文集之举是如何映现她们想象的或实际的彼此联结,特别关注文选收录诗人是与编纂者同时代人或乡里旧识,甚至闺中密友与族内嫡亲的情况。

《伊人思》:共情同感之选集

沈宜修于 1635 年香消玉殒,次年其夫叶绍袁(1589—1649)将其遗诗付之梨枣,雕版刊刻,名曰《伊人思》,是为史上第一部由才媛编选

---

① Fong, "Gender and the Failure of Canonization," pp. 129 - 149.

② 这些文学总集的概况,参见钟慧玲:《清代女诗人研究》,第 143—144 页。

③ 上述文学选集在编目与排布方面的更多细节,参见 Fong, "Gender and the Failure of Canonization," pp. 131 - 139.

闺秀诗的文学小集。沈宜修本将纂录闺秀诗视为缓缓图之的长久之计,然而在遍搜诸本、草创之初的数年内,她便溘然长逝。① 选集题名化自《诗经》名篇《蒹葭》(♯129),诗中叙述者追求所爱——"伊人"——"溯游从之,宛在水中央"。沈宜修以此典故来暗喻自己搜寻饱含情思、曲笔易佚的才女诗作以汇编成集的辑纂者身份,她在卷首小序中强调了她身为辑者异于惯常视角(即以男性视角)阅读之习的做法:

> 世选名媛诗文多矣,大都习于沿古,未广罗今。太史公(司马迁,约前145—前90)传管(仲)晏(婴)云:"其书世多有之,是以不论。论其轶事。"余窃仿斯意,既登琬琰者,弗更采撷。中郎帐秘,乃称美谭。然或有已行世矣,而日月湮焉,山川之阻,又可叹也。 *131* 若夫片玉流闻,并及他书散见,俱为汇集,无敢弃云。容俟博搜,庶期灿备尔。②

窃仿司马迁"论其轶事",使得官方正史忽略的文作重睹天日之私意,沈宜修亦致力于发掘与保存同时代的才媛诗作。《伊人思》这本文学小集收录了沈宜修所知所识所获的46位闺秀诗人的210首诗作,略归五类:(一)原有刻集得十八人,(二)未有刻集幸见藏本得九人,(三)传闻偶及得六人,(四)凡笔记所载散见诸书得十一人,(五)附乩仙二人。③

---

① 关于沈宜修、叶绍袁及其满腹诗书的三个女儿的家庭生活与文学生涯,参见 Ko, *Teachers of the Inner Chambers*, pp. 187 - 218.

② 沈宜修:《自序》,见其《伊人思》,收入叶绍袁编、冀勤校:《午梦堂集》,上册,第549页;英译选自余宝琳(Pauline Yu)译本,稍有润饰调整,参见 Chang and Saussy, eds., *Women Writers of Traditional China*, p. 683.

③ 参见叶绍袁辑《伊人思》目录及卷首,收入叶绍袁:《午梦堂集》,上册,第529—586页。最后一组"乩仙"是以通灵之仪获取亡者或仙人之诗,这在晚明时期文人文化中颇为常见,叶绍袁与沈宜修亦身与其中。

沈宜修自序未标年岁。她挚爱如宝的两位女儿,叶小鸾(1616—1632)和叶小纨(1610—1633)的相继离世令她心碎不已,悼亡之余开始着手编纂《伊人思》。① 据叶绍袁所作《〈返生香〉跋语》所言,沈宜修曾求"君当为我博搜海内未行(才女诗)者,暇时,手衰辑之,庶几未死,积之一二十年之后,总为表章,亦一美谭快事",深知留存才媛诗文乃任重致远之事。② 两年之后沈宜修撒手尘寰之际,此业显然草创未就。由于她亲纂此集的时间与爱女弃世相去不远,故而《伊人思》注入了某种亲近私密的维度。诚如沈宜修自言"既登琬琰者,弗更采撷",像是陆卿子与徐媛等最知名的晚明女诗人之作且不收入,"中郎帐秘,乃称美谭",若恰是通过丈夫交际圈所识名媛友人,比如黄媛介、吴山,则并加录载,她们曾为叶氏亡女写过挽诗。③ 沈宜修深陷于爱女红颜薄命的悲情之中,出于母爱的共情(maternal empathy)在"原有刻集得十八人"名下选诗中一览无遗。其中所录沈纫兰与王凤娴二位女诗人,皆有痛失幼女以诗寄哀的经历。王凤娴(详见第三章)在晚明已是声名赫赫,不合沈宜修"既登琬琰者,弗更采撷"的自选之道,故其选录时特别收入其《悲感元庆二女遗物》组诗,并自注云"余因两女载入"。④ 沈宜修也并录王凤娴二女张引元、张引庆以及沈纫兰女黄双蕙之诗。卷中还有几位才女亦如小鸾、小纨一般诗才过人却佳人薄命,比如名士屠隆(1542—1605)之女屠瑶瑟(1576—1601)、屠隆之媳

---

① 沈宜修为叶小鸾所作传记感人至深,参见沈宜修:《季女琼章传》,见其《鹂吹》,收入叶绍袁:《午梦堂集》,上册,第201—204页;英译参见 Idema and Grant, *The Red Brush*, pp. 400–406.

② 叶绍袁:《跋语》,见叶小鸾:《返生香》,收入叶绍袁:《午梦堂集》,上册,第356页。英译节选参见 Ko, *Teachers of the Inner Chambers*, p. 215.

③ 令人惊奇的是,《伊人思》黄媛介及其姊黄媛贞名下并无诗作,仅见黄媛介名下注云:"贞妹,诗详《彤奁续些》(专录友人家人所撰挽诗)",参见叶绍袁:《午梦堂集》,上册,第573页,下册,第677—686页。

④ 同上注,第551页。

沈天孙(字七襄,约 1580—1600),①以及沈天孙的邻里故友周慧贞(沈宜修与周慧贞虽素未谋面,在慧贞殁后沈为其《剩玉篇》撰有情真意切的序文一篇)②。值得留意的是,"未有刻集幸见藏本得九人"中有七位是其女眷近亲以及为其亡女寄赠挽诗的名媛。

由此可见,沈宜修在编选《伊人思》中的诗人诗作,优先考量作品留存与私人共情的面向,诗文品评赏鉴并不是她的主要侧重。从诸多方面来说,她编纂诗文选集的女性向(woman-centered)初衷很快就会在下文即将详论的三位女性文选辑者那里声应气求,并在诗论批评的维度上踵事增华。

《闺秀集》:一位闺秀诗论家的化育之选

辑选文集在选诗正文之前,往往先有序言与阐明编选原则的凡例(或选例),而这些副文本可能同样也蕴含着编纂者的批评观点与立场。③ 在诗人身份简介或生平小传通常置于辑录诗人的选诗之前,也有部分选集会将诗人小传汇总成编,单列于卷前。沈宜修在《伊人思》中标注诗人身份言简意赅,个人评述也仅见只言片语,其中多抒发她对于特定主体的情感共鸣。下文将要讨论的《闺秀集》与《名媛诗纬》,这两部文集的编纂者则更进一步,以不同的方式将所选诗人诗作与对其的评鉴品论融为一体。

季娴编选的《闺秀集》成书于清初,前附序文与选例,皆出季娴之

---

① 关于沈天孙与周慧贞的诗作及其文学友道研究,参见 Ann Waltner(王安) and Pi-ching Hsu(徐碧卿), "Lingering Fragrance."
② 译者注:胡文楷:《历代妇女著作考》,第 124—125 页。
③ 关于"副文本"(paratexts)作为"文本"的围绕指涉,参见热奈特的开山力作,Gérard Genette, *Paratexts*.

手。① 她在系于 1652 年的自序中开篇即慨叹女子投身文学写作面临
重重难关——既有繁重家务杂事,又有卫道士保守态度,接着嗟惜才
媛文作常被忽视及亡佚,致使闺秀才女湮灭难闻,于史不传。她对因
循守旧的儒家道学提出了尖锐的批评:

> 夫女子何不幸,而锦泊米盐,才湮针线。偶效簪花咏絮,而腐
> 儒瞠目相禁止曰:"闺中人,闺中人也。"即有良姝,自拔常格,亦凤
> 毛麟角。每希觏见,见或湮没,不传(名)者多矣。②

言毕才媛面临的普遍困境(后来成为女性诗集序文多会叙及的共
133 识)之后,季娴在自序中转而以一种私人化与自传性的语气来叙述自
己个人学诗写诗的经历,当忆及自己"髫龄侍家大人宦游驱驰"之时,
"觉喉吻间有格格欲出者,因取古人诗歌效之"。她又历数自己字人之
后更得维系培养自己文学兴趣的方方面面:"舅氏宗伯公藏书满架,缥
帙烂然,因得肆览焉";"时维章(夫)、犹子映碧,以予喜诵诗歌,且尤乐
观闺阁中诗也,衷所藏几百种畀予"。③ 她在自序近于尾声时表明自
己编纂才女诗集并非出于宏图大愿:

> 简览之暇,手录一编,遴其尤者,颜以《闺秀集》,用自怡悦兼
> 勖女婧。④

换言之,季娴坚称这不过是私意之举,权作自娱自乐与课女化育
而已;她随后说道:"俱凭臆见,浪为点乙,非敢问世也。"由此推测,这
些评注当是指点教导女儿习诗赏诗之用。事实上,这部选集是出于母

---

① 《闺秀集》在四库馆臣编纂总目之时仅见《存目》,原本无存;《四库全书存目丛书》重刊上
　海师范大学图书馆馆藏清钞本,见于《四库全书存目丛书》集部第 414 册,济南:齐鲁书
　社,1997 年,第 330—382 页。此本似将原本四卷(如《四库全书总目》所载)合为二卷。
② 季娴:《闺秀集》,收入《四库全书存目丛书》集部第 414 册,第 330 页。
③ 译者注:原书"犹子"误译为"子"son,实为"侄"nephew。
④ 季娴:《闺秀集》,第 330 页。

女联手协作之选,卷上、卷下之首皆注"昭易季娴静姎氏评选"与"女李婧安侣氏参较"字样。① 序尾以女性不可或缺的特有谦卑姿态来为自己付刻评注选集之事开脱,声言其夫"强付厥氏",因其所言"子既羡闺阁之多才,又每叹传人之绝少,曷不为诸才媛谋可传哉"。由此,她的语言修辞不得不徘徊于批评与谦卑之间。

自序之后,即为选例,分段有四。在第一段文字中,季娴展现出自己在明代才媛诗文传播上博古通今:

> 自景(景泰,1450—1456)、德(正德,1506—1521)以后,风雅一道,浸遍闺阁,至万历(1573—1620)而盛矣。启(天启,1621—1627)、祯(崇祯,1628—1644)以来,继起不绝。若徐小淑(徐媛)之七言长篇,吴冰蟾(吴朏)、陆卿子之五言,许兰雪(许楚姬,字景樊,朝鲜王朝女诗人)之七律,近日李是庵(李因)之五律,以迫沈(沈纫兰)、项(项兰贞)诸媛、桐城双节(方孟式、方维仪),温润和平,皆足以方驾三唐,诚巾帼伟观也。② 　　　　　134

这里所列出的才媛芳名,有些确为明末清初最为知名的女诗人。季娴从其诗文别集中严挑细选,徐媛选入 32 首而鳌头独占,方维仪 24 首,项兰贞与许景樊,各选 20 首,陆卿子 19 首;李因(详见第三章)17 首,其余诸媛选诗在一首到数首之间。季娴选诗合计才媛 77 家,从蜚声四海之角到籍籍无名之辈,皆有涉及。这其中有 44 位同见于被认为是钟惺(1574—1625)编选的大部头文学总集《名媛诗归》(约刊刻于 1625 年)中。截止于季娴时代,所有由男性文人编纂的选集在辑录晚明才媛时人这一点上,尤以《名媛诗归》最为广采博取。全书 36 卷,三

---

① 李婧之名,他本一作"李妍",参见胡文楷:《历代妇女著作考》,第 329—330 页。〔译者注:此段出处参见《闺秀集》,第 334、351 页〕

② 季娴:《闺秀集》,收入《四库全书存目丛书》集部第 414 册,第 331 页。

分之一整的卷帙（卷 25—卷 36）悉录明代女诗人 110 家；①它也是第一部保留对诗作诗句批点评注的女性诗选总集，标志着人们对闺秀诗评点兴致的萌生。② 相较于沈宜修的《伊人思》，季娴以一种相对不那么私密化的方式也同样表现出对当代才媛诗作的兴趣。《名媛诗归》未选录的 32 家，有不少可以确定是在《名媛诗归》刊印之后的晚明二十年及清初以降方才付梓诗集或诗名鹊起的才媛。因此，这些才女更接近于季娴所在的时代；除了选例中提及的才媛芳名之外，还包括有柳隐（又名柳如是）、沈宜修之女叶纨纨与叶小鸾，以及同见于《伊人思》中的九位闺秀。除了个别例外，季娴集中同一诗人的选诗与《伊人思》所辑判然有别，这表明她是从这些才女别集中亲自翻检选录而非从《伊人思》或其他闺秀诗选总集中照抄硬搬。

在第二段文字中，季娴指出许多选本"宫闺名媛，选不一种，大约盈千累牍"。在沈宜修嗟叹世选名媛诗文"习于沿古，未广罗今"二十余年之后，季娴也对男性辑者不加甄别、无所不包的编纂方式有类似的批评之声，称其"臧否并陈"。她对自己汰劣留良、去芜存精的选诗标准所言甚明。列举两则反面例证——宋氏金华驿壁诗"词甚俚恶"、王娇鸾（16 世纪人）之《长恨歌》"鄙秽已极"，季娴强调了其择诗入集时绝对不取言辞粗鄙、情述不雅之作："皆汰勿收，不欲令闺中人言诗道若是浅陋也。故诸集有诗将千首，帙成数寸，而可收止一二者，从此例。"③

季娴在第三段中指出男性文人评判才媛诗标准疏懈而导致选诗

---

① 关于《名媛诗归》具体内容讨论，参见拙文 Fong, "Gender and the Failure of Canonization," pp. 139 - 140, 144 - 146.

② 对《名媛诗归》中批点的文学批评观及其与钟惺诗学体系之关联的详细讨论，参见蔡瑶《试论〈名媛诗归〉的选评观》，收入吕妙芬、罗久蓉编：《无声之声：近代中国的妇女与文化（1600—1950）》，台北："中央研究院"近代史研究所，2003 年，第 1—48 页。

③ 季娴：《闺秀集》，收入《四库全书存目丛书》集部第 414 册，第 331 页。

质量平平，她提到"父兄矜喜情多，则谀悦心起"，故而他们"有赏鉴而乏讥弹"，同时还指责男性文选辑者在选录闺秀诗时敷衍了事："若纤细一种，诗家深忌，在闺阁中不妨收之。声美新莺，枝摇初带，犹胜于三家村妇青铅绿裙也。"[1]

行笔至末段，季娴重回才女作诗常不传于世或湮没无闻的宏观问题上来。"是编虽所阅百余集，每读集中赠遗，翻阅诸题，多有闺秀诗草，颇未经见"，她遂期待"倘有秘之帐中、未付梨枣，或杀青已久、湮没勿传者，幸同人捡搜邮寄，俟成续刻"。据梅尔清（Tobie Meyer-Fong）的研究所示，清初时候男性诗文选辑者常向读者提出这样模式化的请求，她将此举解释为清廷问鼎中原之后文人在参与社会重建与政治和解上的一种努力。[2] 王端淑同样在《名媛诗纬》续编中有类似的征求搜辑通告。[3] 魏爱莲有力地论述了王端淑的诗选总集中体现的遗民基调。[4] 季娴似乎规避了明清鼎革的王朝政治，她对才媛诗文的关注及对捡搜遗珠的吁求，与其在自序所陈"用自怡悦兼勖女婿"的纂书私愿并未言行相诡，这二者之间也不互斥。但是《闺秀集》中刻意保留了其诗评批点又似乎与其自序所欲持谦逊修辞背道而驰。

与此同时，《闺秀集》自序与选例中的修辞策略，不仅为其选集设定了道德基调，更是引起人们对纂者评家之于闺秀诗深入文学性考量的关注。事实上，文集编排的一些体例特征就证实了文学批评尺度的存在。首先，选集目次强调文类体裁，而不是着眼于朝代编年、地域划分、社会阶层以及其他非文学性的分类标准。卷中 77 位才媛之名及

---

① 季娴：《闺秀集》，收入《四库全书存目丛书》集部第 414 册，第 331 页。〔译者注：原书引文止于"声美新莺"，按句读语意不合，故补录后文〕
② Tobie Meyer-Fong（梅尔清），"Packaging the Men of Our Time," pp. 30 - 37.
③ 季娴与王端淑皆未将其选集续编付之雕板。
④ Ellen Widmer, "Ming Loyalism and the Woman's Voice," pp. 368 - 374.

其生平略记汇集于弁首，与正文选诗分而置之。① 第一部按照诗体分类编排的诗选总集出现在明代中叶，即高棅（1350—1423）所纂的重要选本《唐诗品汇》。② 时至晚明所编选的闺秀诗集，郑文昂刊于 1620 年的《古今名媛汇诗》亦遵从"分体"这一影响深远的体例。③ 按文类体裁分类编排成书倡导阅读过程中的审美关照。诗歌以某一特定文体形式作品来被加以阅读与比较，强调其诗体诗律特征的同时，淡化其背后的作者生平与道德指涉。《闺秀集》中的选诗完全按照诗歌各体分列，词体附录于末，目次如下：

> 上卷
>
> 乐府（计三十六章）
>
> 四言古诗（计三章）
>
> 五言古诗（计三十章）
>
> 七言古诗（计二十八章）
>
> 五言排律（计十二章）
>
> 下卷
>
> 五言律诗（计七十五章）
>
> 七言律诗（计四十四章）
>
> 五言绝句（计四十五章）
>
> 六言绝句（计三章）
>
> 七言绝句（计八十四章）
>
> 附诗余（计二十七调）

占比最多的是五言律诗（75 首）与七言绝句（84 首），不仅折射出

---

① 龙辅与王氏有诗入选，但未列名于弁首传略中。

② Pauline Yu, "Canon Formation in Late Imperial China," pp. 89 - 90.

③ 参见拙文，Fong, "Gender and the Failure of Canonization," pp. 142 - 144.

选纂者的个人偏好,而且也反映了当时女性在作诗实践中的总体偏向。

无论是批点整首诗文,还是针对某句某联,季娴对绝大多数诗作的精论妙评都集中于审美旨趣与文体风格之上。在329首诗作中(诗余未作评骘),季娴对其中三分之一强的作品(逾250首)皆有数语评点。正如她在自序中明言,此集编选亦为襄助爱女习诗之用(或许同样惠及士绅阶层闺中幼女)。可能正是基于此般考量,她的评点品析可谓真正"实用型"(practical)的批评话语,总在作品的诗风诗律上给出具体而微又极肇启发的评语。下引诸例即在方方面面上予以呈现:

论起句破题:

"起得亮。"(《感晚》,见《闺秀集》,第414册第340页)①

"欠自然。"(《读史》,见《闺秀集》,第414册第341页)

论结句收束:

"举体幽秀,结亦淡远。"(《西溪探梅》,见《闺秀集》,第414册第342页)

"三四联甚高亮,结太入套。"(《关山月》,见《闺秀集》,第414册第351页)

论承转过渡:

"转换劲捷,不沾滞。"(《乌栖曲》,见《闺秀集》,第414册第338页)

论时代风格:

"全在齐梁情艳诗中,摹写所以极深、极俏、极韵、极有情。"(《闺情》,见《闺秀集》,第414册第368页)

137

---

① 示例出处标明诗题、《四库全书存目丛书》册数与页码。

"宋人腐气。"（颈联）（《山居》，见《闺秀集》，第 414 册第 355 页）

"风度似晋魏。"（《相逢行》，见《闺秀集》，第 414 册第 335 页）

论个人风格：

"在昭明集中可方颜、谢。"（《悲歌行》，见《闺秀集》，第 414 册第 337 页）①

论结构错辞：

"结构谨严，音辞婉丽。……"（《真州偕李震庵看桃花》，见《闺秀集》，第 414 册第 359 页）

"后二语讽刺，颇蕴藉。"（《题贾似道湖山图》，见《闺秀集》，第 414 册第 370 页）

一以概之，季娴重视贯注诗歌风格与意脉之"气"，对选诗或褒或贬，并非一味吹捧，但负面评价往往直指一句一联、一体一面，而非针对全诗而论，其甄选出的每一首诗都有其特定的文学价值。由于专注文体风貌，她甚少提及诗人本身，但也有个别点评之语表明了她在辑录汰选中对所涉才媛诗作诗风的熟门熟路、烂若披掌。例如，她在徐媛（字小淑，活跃于 1590 年前后）的《重吊孙夫人》诗后评曰："小淑有才有识，故能每发奇响。"②又或在王凤娴某诗后论之曰："瑞卿集虽多，苦无佳句，此首赏其清脱。"③相较于选录徐媛诗多达 33 首之多，她在辑入王凤娴诗上略显严苛地仅录 3 首。相对来说，沈宜修汇辑王凤娴诗就不那么悭吝，她选录了五组诗题名下作品，其中《悲感元庆二女遗物》组诗就有五首之多，由此，季、沈二人在选诗倾向上的差异呼之欲出。

---

① "昭明集"即萧统（501—531）所编《文选》，英译参见 David. R. Knechtges（康达维），trans. , *Wen xuan, Or Selections of Refined Literature*.

② 季娴：《闺秀集》，收入《四库全书存目丛书》集部第 414 册，第 372 页。

③ 同上注，第 350 页。〔译者注：王凤娴诗为《七旬初度》〕

总之,季娴对文学性本身的看重很大程度上远超其对社会性与道德性的关注。她不录王娇鸾的《长恨歌》即因其内容及语言(*language*)皆"鄙秽已极"。值得注意的是,她承袭了选辑女妓诗的晚明传统,比如薛素素、王微(颇爱其诗)、马守真、景翩翩以及明末时期南京十里秦淮的一些等闲歌妓,皆有不少诗作入集,且与其他名媛淑女之作并存不悖,毋需单列。事实上,季娴的编选之业映现出在文学取向与伦理趋向之中正统观念与"自由"(liberal)价值之间的张力。不过,若就其自称化育之选的"勖女"目的来评判这部评注本选集的话,季娴将女儿培养成一名知名诗人就证明此乃水到渠成之举,母女二人皆有诗选入邓汉仪(1617—1689)于清初所刊的选集《诗观》之中。①

《名媛诗纬》:包罗万象的王端淑之选集

作为最早对《名媛诗纬》这部著名选集加以研究的学者之一,魏爱莲曾精要概述其里程碑式的意义所在:"《名媛诗纬》是现存最早且最具雄心的才媛诗文选集之一,在恽珠于1831年刊印《国朝闺秀正始集》这部同样出自女性之手、体量旗鼓相当的闺秀选集之前,其地位都未曾被撼动。"②《名媛诗纬》的辑评者王端淑比季娴略为晚出,这部文集亦刊刻于《闺秀集》面世十五年之后。事实上,王端淑也将季娴之诗收录集中并坦言其影响久远:"夫人名重淮南(今江苏扬子江以北),所

---

① 《诗观》李婧之名作"李妍",见邓汉仪:《诗观》,收入《四库禁毁书丛刊》集部卷1—3,北京:北京出版社,1997年,三集闺秀别卷,3b—4a页,第344—345页。〔译者注:邓汉仪《诗观》原书误作收入《四库禁毁书丛刊》集部卷41〕其别集《绿窗偶存》(或作《绿窗偶集》)似不存,参见胡文楷:《历代妇女著作考》,第329—330页。

② Ellen Widmer, "Wang Duanshu and her *Mingyuan shiwei*," p. 11. 不过与魏爱莲的假定相左,《名媛诗纬》卷31并未收录女性书写的小说,其目次"卷三十一 备集"自注:"此一卷出百家小说,嗣刻"。换言之,王端淑打算将小说作为其文献来源之一,不过只在其中择取女性作诗之例。我们应当谨记这部选集以选诗而非选文为主。

订《闺秀诗选》传播海内,非一日矣。诸名姝得夫人品定,可藉以不朽。"①沈宜修的《伊人思》也同列于王端淑选本的诸多文献来源之一。② 不过,较之前两部更早出现的、更具私人化与谦卑性的选集,《名媛诗纬》在选材范围、编排架构与评点倾向上均有天壤之别。

王端淑这部体量宏大、卷帙浩繁的选集共计 42 卷,是其数十年呕心沥血之力作。较之于沈宜修《伊人思》的 46 位诗人与季娴《闺秀集》的 77 位诗人,《名媛诗纬》囊括了逾千名才媛的诗作。正如王端淑在自序中所称,她也关注历史长河中才媛书写湮灭失传之厄:"予不及上追千古,而尤恨千古以上之诗媛,诗不多见,见不多人。"③因此她更为关注近世当代才女,从元明鼎革(14 世纪)到自己所居之时代。这部选诗纵贯三百年的大型总集的问世,也印证了明代女性识字率激增飙升的结果,这一趋势季娴曾明言之。不过这样规模浩大的编纂工作也是王端淑有意为之,她旁搜博采、爬罗剔抉,力图不失审慎地包罗万象,一如自序所言"搜罗毕备"。④

基于历史语境、个人境遇以及性情秉赋等各方面的综合原因,王端淑在明清易代之际前后均有广泛的社交网络。⑤ 正是如此,若较之更为私密个人(private)、家族背景的《闺秀集》和《伊人思》,《名媛诗纬》更像是置于庞大社交网络中的一部"公共"(public)之作。除王端淑的自序之外,围绕选集而衍生的丰富副文本包括四篇他人之序,其中一篇出自名士大儒钱谦益(1582—1664)之手,另一篇则由对其搜罗

---

① 《闺秀诗选》即《闺秀集》,王端淑引述时常用别名俗名。参见王端淑:《名媛诗纬》,北京大学图书馆馆藏清康熙六年(1667)清音堂刻本,卷 18,第 1a 页。

② 魏爱莲详列了王端淑引为文献来源的近三十部诗选总集,参见 Widmer, "Wang Duanshu and her *Mingyuan shiwei*," pp. 16 – 18.

③ 英译采苏源熙译本,参见 Chang and Saussy, eds., *Women Writers of Traditional China*, pp. 691 – 693.

④ Ibid., p. 692.〔译者注:原文见王端淑:《自序》,《名媛诗纬》,第 2a 页〕

⑤ 王端淑生平传略参见 Widmer, "Wang Duanshu and Her *Mingyuan shiwei*," pp. 1 – 6.

文献汇纂成书助力甚多的其夫丁圣肇(1621—约 1700)亲撰。① 另附王端淑传两篇,以及丁圣肇侧室陈嫒(素霞)传一篇,后者由王端淑女弟子高幽真执笔。② 接下来是说明编排架构、排布方案、辑选标准的凡例部分。在王端淑提出凡例十四条中,有三条对理解其文集的性质、排布与范围至关重要:

> 一、评阅凡一人予一评,或评其人,或评其诗,务求其当。凡一人必详其生平家世,未详者阙之,以备稽考云。(《凡例》其四,第 1b—2a 页)。
>
> 二、诗以人存。如一人而有岜集,则选其诗之臧否;如一人止有一首半首存者,虽有瑕疵,亦必录之,盖存其人也。(《凡例》其五,第 2a 页)。
>
> 三、诗之高绝老绝者,存之;幽绝艳绝者,存之;娇丽而鄙俚者、淫佚而谲诞者,亦存之。得无滥乎? 曰:不然。孔子删《诗》而不废郑卫之音。③ 且限于止一诗也,可以着眼。(《凡例》其六,第 2a 页)。

条例一确立了其评注标准与每一条目的具体内容。再拿仅就美学风格提一己之见的季娴对比,王端淑则表示视情况而定,"或评其人,或评其诗,务求其当",若有"生平家世"亦附之其后。就她评人评诗而言,生平传略自然是知人论世不必可少的;因此,选集中每一条目之下皆循例划分四部,分门别类,清晰可辨,排序如下:一、才媛芳名,二、生平略传(详略不一),三、编者按语(标以"端淑曰"),四、诗选正

¹⁴⁰

---

① 译者注:按王端淑夫名,诸本一作"丁肇圣",如《国朝画征录》《玉台画史》。而王端淑《名媛诗纬》丁序作"丁圣肇"。

② 高幽真的两首诗收于《名媛诗纬》,见王端淑:《名媛诗纬》,卷 13,第 24a—24b 页。〔译者注:原书误为卷 3;高幽真之名在《素霞传》作者中作"幽真",在录诗中作"幽贞"〕

③ 郑、卫乃春秋时期(前 770—前 476)的二诸侯国,二国礼乐被认为是淫于色而害于德的乱世之音。

文。这样排序对编者控制辑纂与评注的权威举足轻重,读者须经由数层信息作为中介才能直抵诗文本:先叙作者的生命历程,圈点某些特定事迹(尤其是孀居守贞),再接"端淑曰"之语介绍编者的简评略论,这一用法直接化用自《论语》("子曰")。通过这类文本装置(textual device),王端淑希冀于引导与形塑读者对诗作暨诗人的情感反应和阅读阐释。

条例二与三皆涉旨在应选尽选的辑录标准。王端淑与大众观点持有共识,认为诗歌具有镌刻个体于文化记忆的潜在影响力,诗人能以此立言不朽,因而她会不遗余力地搜辑裒集诗文甚至残句。[①] "如一人止有一首半首存者,虽有瑕疵,亦必录之,盖存其人也",她的愿景是让任一才媛的书写之迹不至于灰飞湮灭。[②] 从诗歌本身的角度来看,王端淑的编选也可谓是万象包罗式的(all-inclusive)。她借"孔子删《诗》而不废郑卫(靡靡)之音(sounds of decadence)"之典,来为自己选录在道德、题旨、风格上稍有瑕玷之诗辩白。因此,被季娴嫌其"鄙秽已极"的王娇鸾长篇艳情诗《长恨歌》,却能被《名媛诗纬》收录其中。[③]

我们是否能从这部卷帙浩繁、包括万象的鸿篇巨集中总结出什么评注标准呢?有两位学者对这一问题探源溯流,结论却南辕北辙。钟慧玲在其大作《清代女诗人研究》中通过梳理"端淑曰"中的按语之论来探求王端淑的批评主张与标准。她在《公安思潮的余波》一节中讨

---

① 与此相关,这种信念也是产生自杀主题写作的本源,详见拙文,Fong,"Signifying Bodies."自杀诗被认为是人格体现。

② 中国人把诗看作个人文才宝库与存世首选,相关研究参见蒋寅:《以诗为性命——中国古代对诗歌之人生意义的几种理解》,收入其《古典诗学的现代诠释》,第 12 章,北京:中华书局,2003 年,第 233—255 页。〔译者注:原书文献未加"以诗为性命"正题〕

③ 王端淑:《名媛诗纬》,卷 22,第 5a—5b 页。〔译者注:王娇鸾名下"端淑曰":《长恨歌》冗俚,存《闺怨》一首。"《名媛诗纬》并未收《长恨歌》入集。〕

论《名媛诗纬》指出，王端淑以强调"性情""趣"与"韵"承袭公安三袁诗学宗旨的衣钵，反对七子与竟陵复古一派"拟古"与"格调"的诗学观。王端淑与钱谦益有所过从更进一步印证了其对公安派心慕手追。[1] 然而，林玫仪对此并不认同，她同样列举"端淑曰"系列按语为例证，却与钟慧玲的看法截然相反；她认为王端淑诗论"近体取法三唐""五古诗格取晋"，其更近于拟古派。根据林玫仪的阐述，王端淑并不轻视诗律，而其所强调的"性情"在复古派看来亦兹事体大；因此她总结说王端淑诗学发展的历史观"就崇古卑今的大原则来看则并无不同"。[2]

鉴于上述两派研究的他山之石，笔者对"端淑曰"详加解读之后认为，王端淑作于清初的诗论诗评，广征博采明代诗学理论各派之说而熔铸为一种整合交融、因时制宜的诗学观。因此，她对诗歌优劣的评判并不总是一以贯之，有时甚至会首尾乖互。试举一例。王端淑在陈氏的略传载其"家贫。父负贩，仅通书识姓名，(陈)氏辄就其父问字；稍长，读骚赋古诗数十万言。早寡，抚子(孙标)成立"，接着在"端淑曰"中，王端淑简述了自己如何知晓陈氏之诗：

> 余向侍先君白门时，每言孙母之贤，以为能教子也，不知其能诗也。及订次之余，得其刻本一帙，皆可直追中盛。惜见之晚，不能多收耳。[3]

这里，显然盛唐、中唐被推崇为诗歌至臻之世。然而，她在《名媛诗纬》数页之后评吴中女子沈倩诗曰"苍健朴老，末二句直似古乐府竹

---

① 钟慧玲：《清代女诗人研究》，第 325—340 页(重点在 326—331 页)。正如前文已叙钱谦益曾为《名媛诗纬》作序，青年钱谦益与袁中道为友，他也力主唐宋兼宗而不偏废，反对诗学复古以唐为尊。

② 林玫仪：《王端淑诗论之评析——兼论其选诗标准》，《九州学刊》，第 6 卷第 2 期，1994 年，第 45—62 页。〔译者注：原书误为第 1—21 页〕

③ 王端淑：《名媛诗纬》，卷 4，第 19a 页。

枝词矣",又云"如此运笔,方许言诗。今之名士,动称汉魏、盛唐,视之定当愧服"。[1] 而在此,盛唐与古体诗格取法之汉魏,一并代表着她所处时代被过分推举、矫枉过正的诗风。[2]

《名媛诗纬》的女性向选诗内容也会考虑到与诗学观掺杂一体或掩其锋芒的面向,比如对才媛诗文的流传与保存,对妇德闺才德的昭显与垂范等。王端淑并未想要另立"闺秀"(female)诗学观,"雌柔"(feminine)之风、脂粉之气(powder and rouge)常被讥评贬抑;但她也常拿当时的丈夫之作与才媛诗文相提并论而对前者加以揭批或嘲讽。比如她批评"今之海内名流,动言盛唐,一趋门面,填塞古人名字,千篇一律,滔滔可笑;宁取此清薄(simple and natural style)一路,尚可救今日之失耳",[3]反对一味拟古必言汉魏三唐,不如女子作诗"清薄"、自然平淡之风。

尽管为保存诗媛文献而在编选时无所不包,王端淑《名媛诗纬》的首要考量仍是道德维度,她认为这一点在女子其人其品或其诗其文——这二者彼此交织,各寓褒贬——得到佐证。该选集的排布架构也夯实了这一道德维度:数卷归列于更大类别——标识女子社会地位和道德品性的门类之下,如"宫集""正集""艳集"等。"正集"诗收"夫人、世妇以及庶民良士之妻者",[4]而诸多贤妇、烈女、良媛、贞鳌诗作置于"正集"之始,以彰其志。[5] 此外,正如魏爱莲研究指出,王端淑在

----

① 王端淑:《名媛诗纬》,卷4,第22a页。
② 郭茂倩(活跃于1264—1269)称"《竹枝》本出于巴渝",但并未加以例证;又云"唐贞元中,刘禹锡(772—842)在沅湘(今湖南,古楚旧疆),以俚歌鄙陋,乃依骚人《九歌》作《竹枝》新辞九章",参见郭茂倩:《乐府诗集》,卷81,北京:中华书局,1979年,第1140页。王端淑所引"古乐府竹枝词"未详其具体所指。她的论诗评注多有模棱两可或前后矛盾之处。
③ 译者注:《名媛诗纬》,卷3,第13a页。
④ 英译参见 Chang and Saussy, eds., *Women Writers of Traditional China*, p. 692. 〔译者注:原文见王端淑:《自序》,《名媛诗纬》,第2b页〕
⑤ 例如,"正集"之首二卷(卷3—4)多收贤妇之诗。

明朝覆灭后所表现出浓重的遗民意识,其情感取向也会决定作品的遴选与表征。[①] 例如,《名媛诗纬》所载明遗民陈元淑略传云:"及烈皇(崇祯帝)烈后升遐,元淑闻而哭之……竟绝粒于朔九日,殁矣。""端淑曰"引论乡人孟子塞为元淑所写悼赞,简述其英烈殉国壮举。悼辞称"祯皇以身殉国,千载称烈","较诸人臣,以身殉君者,抑更异矣",讥其"举朝皆妇人"。[②] 王端淑于此下并未提及陈元淑诗作水平,对其关注的头等大事是此人的楷模德行,一如她点评守节孀妇方维仪所论:"予品定诸名媛诗文,必定扬节烈,然后爱惜才华。"[③]

《名媛诗话》:建构现实与想象中的共同体

1842 年春,一位五年前自家乡杭州北上京城,如今已是诗名远扬的才媛,开始着手编纂辑笺其不朽名作选集《名媛诗话》。她,就是沈善宝。[④] 此时她已嫁与武凌云为继室数载,视为己出地抚育亡故正室的遗孤。她历时五年之久,于 1847 年方告功成。

传统上的"诗话"是一种文类,作者能于浩如烟海的诗集、诗钞、诗论、诗韵上自如挥洒,就诗风与诗法来对具体的诗句、诗章、诗格、诗人加以圈点评议。尽管这一文类多采自野史逸闻,无论多么离开正题,但其话语兴趣总归直指(或至少也是关联)诗文本与诗本事。由于诗

---

① Ellen Widmer, "Ming Loyalism and the Woman's Voice," pp. 367 - 374.

② 王端淑:《名媛诗纬》,卷 4,23b 页。王端淑称孟子塞为"吾乡",其当为王端淑同里绍兴人。〔译者注:陈元淑亦是浙江山阴(绍兴)人〕

③ 同上注,卷 12,第 6a 页。〔译者注:原书误作第 6a—6b 页〕

④ 沈善宝曾于 1836 年在杭州刊刻其别集《鸿雪楼诗选初集》。对沈善宝诗集与《名媛诗话》中的自传式叙述研究,参见拙文,Fong, "Writing Self and Writing Lives.《名媛诗话》十二卷续集三卷,重刊于《续修四库全书》集部·诗文评论类,第 1706 册,上海:上海古籍出版社,1995—1999 年。关于《名媛诗话》的刊刻与版本,后详。对沈善宝《名媛诗话》研究的新近力作见王力坚:《清代才媛文学之文化考察》,台北:文津出版社,2006 年,第 152—164、166—178 页,此书是在本章先期发表后面世。

143

话的关注焦点在于诗歌本身,故而其不像诗选总集那样会标列作者名录。① 或许正源于此,沈善宝并未给出诗人目次与选诗标准——后者通常是文集"凡例"的功能属性,而是另以女子分属彼此不同又相互关联的社会与历史群体之意识,来编排构架这部皇皇巨著的个中条目。

然而,跟王端淑类似(实际上还可以算上沈宜修和季娴),沈善宝同样也将自己的编纂之计视为流传才媛文作的一种努力,尤为考虑到那些境况欠佳("生于蓬荜、嫁于村俗")的闺秀才女。正如其所自言,她希望以己之力弥补诗话体裁中诗媛之作不足之憾,声言"自南宋(1127—1279)②以来,各家诗话中,多载闺秀诗;然搜采简略、体备而已";"昔见如皋熊淡仙女史(熊琏,嘉庆年间人)所著《淡仙诗话》",这本据其所知唯一出自女性之手的诗话,"内载闺秀诗亦少"。③

沈善宝的开篇主旨重申了"闺秀之学与文士不同、而闺秀之传又较文士不易"的观点,才媛诗作传播与留存情形多变,这在女子别集与总集的序言中常言有道。沈善宝总结说她们"湮没无闻者不知凡几。余有深感焉,故不辞撷拾搜辑,而为是编。惟余拙于语言,见闻未广,意在存其断句零章;话之工拙,不复计也。"④她尽心尽力全面搜辑,以弥补男性选辑者在诗话体录之不足与性别偏见,从而形成一部包罗广泛、影响深远的女性向(woman-centered)文学文本。

恰如沈善宝所言"意在存其断句零章",以留存才媛文学遗产为

---

① 关于诗话的渊源,参见刘德重、张寅彭:《诗话概说》,北京:中华书局,1990 年,第 6—12 页。该书提及《名媛诗话》,但未展开讨论,仅作"专评妇女之作乃至某一地域妇女之作的诗话"一笔带过。

② 译者注:原书作 1126—1278。

③ 沈善宝:《名媛诗话》,卷 1,第 1a 页。熊琏弟熊瑚为《淡仙诗话》所序系于 1806 年,参见胡文楷:《历代妇女著作考》,第 699—700 页。〔译者注:胡著作《澹仙诗话》;原书页码误作第 1b 页〕

④ 同上注,第 1b 页。沈善宝自序的英译全文参见拙文,Fong, "Writing Self and Writing Lives," p. 295.

务,而文学批评退居其次,故而其评注之语往往简略乃至通俗,且不吝溢美之辞。正因如此,本章分析重点遂不聚焦于此,而旨在揭示催生裨益文集编纂体例与刊刻成书的各式女性文学群体——或实体,或想象。正如本尼迪克特·安德森(Benedict Anderson)在其经典名著中所论述的,现代印刷媒介使得人们意识到自己与他人之间联结为一个国家的主体同胞,这一运作过程在前现代亦应如是,从而为他广为人知的经典术语"想象的共同体"(imagined communities)提供依据,而本书借此观点来阐释明清时期女性诗歌话语场域中的关键功能也应可行。[①] 这一话语场域蕴含着诗歌的文化与社会功能,包括自我铭记与交流的技巧、围绕女性书写展开的讨论、女性诗歌作品创作,以及女性诗歌交流、传播与刊刻的多样形态,诸如此类。时至清代,诗歌作为一种话语场域已经发展至多元立体而蔚为大观,身在其中的士绅精英阶层知书达理的闺秀才媛,能够超越血缘关系与社会体系的既有限制,而以其能文善诗之技来想象自己与她人归属于同一族类。无论是现实存在的具体社群圈,还是出于想象的抽象共同体,才女这种归属感都能以"名媛"之称一言以蔽之——自晚明才女以文学书写越发彰显存在感伊始,"名媛"就多被女子(也包括男子)用作女性诗选总集之题名。

1846 年,士大夫陈光亨为《名媛诗话》作跋一篇。陈光亨之亡女陈敦蕙,生前曾在沈善宝迁居北京后随其习诗;[②]故在跋文中他围绕爱女短暂的一生(陈敦蕙殇于 28 岁)展开,云其"好弄笔墨","翻阅架上书而心知其意,熟于史","闻其(沈善宝)才而访之,读其诗,遂有意于诗",从沈善宝学诗。在这里,《名媛诗话》于这位父亲而言,其意义似乎在于"采其(亡女)零章断句,俾与海内闺秀并列",由此可见,这篇短

---

① Benedict Anderson, *Imagined Communities*.
② 沈善宝:《名媛诗话》,卷 12,27a—27b 页。收入陈敦蕙二诗于卷 11,第 13a 页。

跋极度私人化的性质也会模拟及反映这部文集的一重关键维度。卷十一以沈善宝的自跋结束全卷,她在其中阐述了更富个人色彩的编集情形,包括辑选动机、汇纂过程以及预期目标:

> 余自壬寅(1842 年)春送李太夫人(善宝义母李氏)回里,是夏温润清,又随宦出都,伤离惜别,抑郁无聊。遂假闺秀诗文各集、并诸闺友投赠之作,编为诗话。于丙午(1846 年)冬落成十一卷,复辑题壁、方外、乩仙、朝鲜诸作为末卷,共成十二卷。墨磨楮刻,聊遣羁愁,剑气珠光,奉扬贞德,讵敢论文乎?①

尽管《名媛诗话》书稿初成,但并未随即付梓刊刻。无论出于何种缘由,该书直到 1879 年——此时距离沈善宝殁世已有 17 年之久——方由其继子武友怡附以续集三卷与原著合刊付诸雕板。续集当是沈善宝编成原有十二卷之后、于 1847 年至约 1854 年之间辑录评注而成。②

《名媛诗话》遵循"诗话体"的文类风格,对收录其中上至清祚初始、下至沈善宝所在时代的六百余名才媛的诗文诗句加以片言只字的评骘臧否。如上所述,其中作为批评话语的评注之语多是司空见惯的套语俗论,然而,就其收录范围与编年排序来说,无不反映出这一时期以朝代框架作为才媛诗选文集排布模式的时代趋势,这意味着清代女

145

---

① 沈善宝:《名媛诗话》,卷 11,第 25b—26a 页。《名媛诗话》成书时间参见沈善宝《四十初度口占》(1847 年)诗中自注:"手编《名媛诗话》十二卷初竣。"参见沈善宝《鸿雪楼诗选》,浙江省图书馆馆藏钞本(刊于 1854 年后),卷 12,第 2a 页。〔译者注:参校沈善宝著,珊丹注:《鸿雪楼诗词集校注》,北京:中国社会科学出版社,2012 年,第 307 页〕

② 除了陈光亨的 1846 年的原跋之外,刻印版又收秦焕(1813—1892)光绪丙子(1876)年序于前,沈善宝继子武友怡光绪己卯(1879)年跋于续集末。检视《续修四库全书》翻刻的是中山大学图书馆馆藏本,而笔者在千禧年研究所用底本北京大学图书馆藏本未系年,但该版本晚出,页码与 1879 年版相同,或是使用的同一雕板。不过奇怪的是,晚出版本中陈光亨被移于文集之前,秦焕序、续集三卷及武友怡跋皆未见收入。

子对文学共同体的构建有着鲜明意识与严肃认知。[①]

　　作为一部"诗话"之作,《名媛诗话》可谓既符合又偏离这一行文松散、定义模糊的文类之诸多惯例。通过探寻沈善宝在构建选集时如何驾驭这一相对开放的文体形式,我们可以勾勒出隐含于创作《名媛诗话》文本之下的女性文学书写共同体的概念化细节。换言之,我们不妨说沈善宝正是善用这一散漫又随意的诗话文体,为留存才媛文学遗产之大计绘制一处杂糅空间(hybrid space)。通过检视《名媛诗话》的文本形式、内容目次与编排架构,笔者试图展现女性如何把握诗歌这一共享话语场域,将其逐步发展成一个同声相应、同气相求的宝地,并在她们彼此间创设出基于她们各自身为作者、读者和批评者身份之或现实或想象的共同体。就这方面来说,沈善宝在"诗话体"上的努力与其前辈、知名女学者诗人恽珠所编选的大型选集《国朝闺秀正始集》(刊于 1831 年,续集刊于 1836 年)的编纂动机与生成方式上判然有别——恽珠的目标在于通过收录遍布大清帝国各阶层、各地域的才媛诗作来呈现出一种天下大同的文化理想,其选诗标准主要取决于贤良淑德、女诫闺训。[②]

想象的共同体

　　《名媛诗话》收录的时间跨度大致可分两部分:卷一至卷五涵及清廷初立到沈善宝时代之前的闺秀,卷六至卷十一覆盖与沈善宝同时代的才女。列于前文所述沈善宝于卷十一末自跋之后的卷十二"复辑"

[①] "国朝"一词嵌于诗选总集题名中极为常见,参见胡文楷:《历代妇女著作考》,第 911—922、946 页。

[②] 关于恽珠选集的研究,参见 Mann Susan(曼素恩),*Precious Records*,chapter 4; Xiaorong Li(李小荣),"Rewriting the Inner Chambers," Chapter 2.

题壁、女妓、侧室、①方外、乩仙、朝鲜诸作，皆属边缘杂类。本章接下来重点关注在表现模式上貌同实异的两大类别。《名媛诗话》的前五卷专录生活于沈善宝出生之前，或是沈善宝成年前或有机会结交前便已香消玉殒的才媛们。换言之，这些女子属于"历史"（historical）人物，沈善宝以史传之模式加以呈现，赋予其历史化的意义。一如在地方志中列女传凡于人物志内单列成类的传统，沈善宝在引诗论文之前也惯常会于才媛芳名（姓氏＋表字，后附小号字体标识的闺名）之前标注其籍贯，之后接以其直系男性亲属（通常是其父、其夫、其子）之名姓官衔。然而，沈善宝通过闺秀之间创作与分享诗文所搭建起千丝万缕的密切联系，在某种程度上削弱了这种男权制度下的父系秩序（patrilineal）与夫系认同（patrilocal）；但家族世系仍然是《名媛诗话》中描绘的女性文学共同体最为基础的人际关系背景。"家学"一词在传略中迭见层出，女子多是通过聚族而居的女性至亲们传袭家学传统，诸如像是祖母、嫡母、继母、闺女、婆媳、姐妹、姑嫂、妯娌、堂表、姨婶、侄甥、侄媳等女眷，都曾在这些才媛略传中屡被提及。这种女性社群并未在文本一目了然地直接标示，却隐含在传略叙述细节所言传主与其他女性的关系中来轮廓初现。事实上，某闺秀与其他才媛全无联系的情况，在《名媛诗话》中当属异数而非常态。

　　一些才媛的传略与诗作在文集中并置相续的集合排布形成某种群姝并簇之势，但显然并非由于她们属于某一社会性、时间性或地域性上的共同体，尤以引人注目的是明清易代之际自杀殉节、绝笔留诗

①　并非所有侧室诸作皆列于此，例如毕沅之妾张绚霄即与毕氏与钱氏家族的女眷同归一处（卷3，第11a—12a页），知名画家、葛徵奇之妾李因（详见第三章）则单独评介（沈善宝称自己曾亲见李因的花鸟画与书法墨宝），奕绘之妾顾太清也是沈善宝的至交，则标以奕绘继室身份，即正妻亡故后续弦之妻（详见下文顾太清部分）。

的难女,①以及卷二开篇诸位坚拒字人、留侍双亲的孝女。② 这些群体中首次提及了"闺塾师",《名媛诗话》的传记中屡见这一职业为一些摄食艰难的女子所操持;而另一"自食其力"(self-supporting)的群体是仰仗售卖自创诗文字画以维生的女子们。这群"治生"(working)女子被沈善宝及其《名媛诗话》的预设读者想象成在文化与社会空间中的蕴意典范或是传统森严社会制度的可取备案,她们也代表着凭借一己之坚,另辟蹊径地做出别样选择的少数派。文集中也有不少才女是依据诗歌主题而被目别汇分,比如咏柳诗、悼亡诗等。当读者在阅读到后续目次遇到颠覆传统、特立独行的闺秀,或是工于某体、长于某律的才媛时,她总能发现与之类似的范例已有伏笔于文集前卷之中。举例 147 而言,皆归于咏柳诗一组的诗媛们当中,印白兰③别具意味的传记详情彰显出其与众不同:"为布衣李宝函室,……市隐虎邱,作雕竹器,老而无子,日以吟咏为乐,佳句为人传诵者颇多"。④ 因此,沈善宝按语强调了印白兰的诗才及这对鸳侣佳偶不依惯例的价值观与满足感。

　　栖身于社会底层、家境不佳或身份边缘的女性,如农妇村姐、蛋民渔姑、皮匠之女、庖厨之妻,乃至居于蛮荒边疆之地的女子们,沈善宝亦将之合为一组,相提并论。⑤ 这些簇并群姝是因其诗——作为其文学书写与成就的标志——而得以跻身更为广泛的才媛共同体之中。

　　沈善宝也对传主的道德素养与个性特征略加评骘。新寡孀妇、未嫁守贞、淑德贤母、⑥悌爱良姊、孝惠女媳,各自占有不少篇幅。若非

---

① 沈善宝:《名媛诗话》,卷1,第17b—18b页。将此组群姝置于整部文集的卷首标榜女子绝笔书写传统,该类在文集后卷中还有数例出现。笔者认为这一做法是表现女性能动性的标志之一,参见拙文,Fong, "Signifying Bodies."

② 沈善宝:《名媛诗话》,卷2,第1a—3b页。

③ 译者注:《国朝闺秀正始集》《嘉定县志》作"印白兰"。

④ 同上注,卷3,第19b页。

⑤ 例见同上注,卷3,第15a—16b、17a—17b页。

⑥ 例见同上注,卷2,第17b—22a页。

文集以载录诗文本为惯例的话,其传略读起来与方志或正史上的贤妇列传并无二致;事实上,沈善宝也的确提到她援引一些地方志作为该书的文献来源。① 这些略传与沈氏按语皆在强调妇德与才情,此乃一位名媛不可偏废的两大法宝。

这些条目更关注于诗才文采而去传记套路渐行渐远,以群姝簇并之势出现时尤为显著。诗学兴趣凌驾于道德关怀之上的情形,无论是在"历史"(historical)前卷还是"同代"(contemporary)后卷都并不少见。例如,在时事诗中有力批判社会的两位②才女被沈善宝合而论之,据她所言"古诗闺阁擅场者虽不甚少,而畅论时事恍如目睹者甚难",没有在外经验,题旨风格皆难把握。③ 另一组并论 13 位才媛的16 首诗作有云:"此十六章清词络绎,故并录之。"④其他如咏柳主题、颖悟主旨、悼亡文类或是天籁佳作,皆因其缘于真情实感,可令被时间空间、个人际遇、社会环境所阻隔的才女们联系在一起。⑤ 在这一诗学场域之中,女性得以跨越时空与阶层的限制想象式地紧密联结。

以文学作品强化才媛的群体身份的另一方式是闺秀诗集合刊,既可基于家族世系,也可联系社会背景,这在沈善宝这里都有如实记载,其中就包括知名闺秀诗社诗圈的合刊文集《吴中十子诗钞》⑥《随园女弟子诗选》及《碧城女弟子合刻》⑦等。《碧城仙馆女弟子诗》合刻士大夫诗人陈文述(1771—1843)席下江南闺秀之诗,这群才媛在沈善宝故

148

① 例如,《曲阜县志》见于沈善宝:《名媛诗话》,卷 1,第 15b 页;《一统志》见于卷 1,第 17a—17b 页;卷 2,第 3a—3b 页;《怀宁县志》,卷 2,1a—1b 页;《阳山县志》(广东),卷 3,第 7b—8b 页。其夫或家藏有上述方志。
② 译者注:原书误作三位。
③ 沈善宝:《名媛诗话》,卷 2,第 8a—9b 页。
④ 同上注,卷 3,第 3b—5a 页。
⑤ 同上注,分见卷 3,第 18b—19b 页;卷 3,第 20b—21b 页;卷 3,第 20a—20b 页;卷 7,第 23a—24b 页等。
⑥ 译者注:一题《吴中女士诗钞》。
⑦ 译者注:一题《碧城仙馆女弟子诗(十种)》。

里杭州彼此诗文往复,略带诗社气象,沈善宝认为她们并不逊色于袁枚的随园女弟子。[①] 沈善宝同样还记录了鲜为人知但更为常见的家刻合集,其中经典一例是收录了浙江归安叶氏一门闺秀风雅之作(尤存家母/家婆、三女、二媳之诗)的《织云楼合刻》[②]。[③]

现实的社交圈

《名媛诗话》的旨趣和意义在于如何通过历史女性视角来揭示女性文学活跃互动中复杂而细微的社交网络,这一点清晰地表现在沈善宝评注、保存与选录同时代的诗媛之作的选集后半部里,其中不少才媛,她都多多少少曾与之有过从或彼此相熟。从卷六起(尤以卷六至卷八为甚),叙述表现方式从前卷的传记模式为主导,渐变为带有浓厚自传性质的日记风格(journal style)。

叙述的兴趣焦点围绕两条主线交替进行。第一条线是沈善宝于1837 年迁居北京之前的最后一两年在杭州时交往亲密与情谊持久的闺友圈子。在卷 6 开篇她就枚举十位近世闺秀,如其自言"吾乡多闺秀";[④]其中着墨最多的是许延礽(字云林)以及颇负盛名的女词人吴藻(字蘋香,1799—1862)。关于许延礽她写道,"性情伉爽,与余最契密",提及她们曾数度携手同游杭城内外湖山胜处。许延礽随夫"先余(善宝)一年入都,次冬,余亦北至,云林(延礽)喜甚,招游天宁寺";善宝赠延礽七绝二首,延礽遂以步韵和之,四诗皆全录于集中。[⑤] 关于吴藻,她叙述了"丁酉(1837 年)秋仲,(吴藻)知余欲北行,约玉士(鲍

① 沈善宝:《名媛诗话》,卷 4,第 6a—9b,10a—13a 页;卷 10,第 11a 页等。
② 译者注:一题《织云楼诗合刻》,参见徐雁平:《清代家集叙录》,合肥:安徽教育出版社,2017 年。
③ 沈善宝:《名媛诗话》,卷 4,第 1a—3b 页。
④ 同上注,卷 6,第 1a 页。
⑤ 同上注,卷 6,第 1b—2b 页。

靓)饯于香南雪北庐(蘋香室名),时晚桂盛开,周暖姝携花适至,蘋香即留,共饮四人",她们即席走笔留别合章之作,悉录于集。①

　　沈善宝的条目也记录这些女性群体的诗作唱和雅事,包括诗歌创作的特定语境。而这些创作语境也包含一些纯文本的纸上交流(而不必是现实的社交场合),譬如十二位才媛为陈文述《兰因集》所收刻碑题咏之组诗。② 事实上,她在文集中对一些闺中友人传记缄口不言或仅提只字片言,最具代表性的例子是吴藻。沈善宝从未提及吴藻的家世背景,亦即不以其男性眷属身份来定义她的身份,而是强调她是一位词体名家:"吴蘋香最工倚声,著有《花帘词稿》行世。诗不多作,偶一吟咏,超妙绝尘(后续述其饯别宴饮之事)"。③ 吴藻才情横溢,于桃李之年即写有广受欢迎的单折戏《乔影》(1825 年),但我们对她身世知之甚少,仅知她出身于行商坐贾之家,曾被双亲许配与同出商贾之阶的黄姓夫家,琴瑟不调、伉俪难谐。④ 她没有留下很多诗作(诗,多被视为文人雅体的文类载体),或许这一事实正是其阶层出身与文学禀赋的映照。不过,吴藻却成功跻身于杭州最负盛名的精英文学圈,与名士名媛广泛结交。⑤ 她与沈善宝及钱塘地区诸才媛(包括许家姐妹及其母梁德绳等)皆为诗友至交。这些书香门第的士绅闺秀推许吴藻以才气纵横于世,而不必在乎其出身背景。

　　沈善宝编纂此书时人在北京,当她获悉远在杭州的昔日旧友音讯时,其诗话体记叙就多了一层时空维度。例如在论吴藻一段中,沈善

---

① 沈善宝:《名媛诗话》,卷 6,第 7b—9a 页。
② 同上注,卷 6,第 24a—25b 页;另如梁德绳"见有以夜来香穿成鹦鹉形者,茉莉为架,制绝工巧,遂作小启征诗",沈善宝撮录数首,参见卷 6,第 26b—27a 页。
③ 同上注,卷 6,第 7b—8a 页。
④ 关于吴藻的身世生平,参见 Idema and Grant, *The Red Brush*, pp. 685‑702.
⑤ 钟慧玲在几篇论文中考证了吴藻的社交网络,参见《吴藻与清代女作家交游续探》,载《东海学报》38 卷,1997 年,第 39—58 页;《吴藻与清代文人的交游》,载《东海学报》39 卷,1998 年,第 63—86 页。

宝先行叙述吴藻传略与别筵之后，又附录吴藻赠己的四阕尚未付梓的词作，因其"近闻（吴藻）奉道甚虔，忏除绮语（词），亟录于此"。[1]　此条之后接论著名的士大夫诗人龚自珍（1792—1841）之妹龚自璋，提到"故乡一别，忽而八年，近有书来"之事。龚自璋尺牍云"爱女吞金殉夫""尊人（父）长兄相继弃世"，随函附赠和韵沈善宝《寄怀》诗四章。[2]　这些闺友在后卷篇幅中还会再次出现（有的则已先见于前卷中），而这样浮出地表的内文性关联（intratextual）揭示了闺秀诗媛之间构建的强烈情感纽带与绵延闺私情谊，她们彼此守望相助，通过寄诗赠文来互通音信，维系联系。

　　叙述兴趣的第二条线是沈善宝对自己女性亲属其人其诗的个人记述，所及包括母亲吴世仁（字浣素）、幼妹沈善芳、从母吴世佑（字鬘云）、堂妹沈善禧及二位继女武友愉、武紫薇。[3]　这里沈善宝擅用行文灵活的诗话体建构个人叙事，为《名媛诗话》平添浓郁的传记/自传色彩。[4]　对姨母吴世佑的述记最能彰显沈善宝在描绘自家女眷生活时诗歌所发挥的核心意义。沈云："先慈姊妹五人，惟鬘云五从母世佑最耽吟咏。……为外大母所钟爱，不忍远嫁……年三十于归"，这于沈善宝而言最有戚戚焉，因为她自己就是年近而立方才字人。然而从母"临殁朗诵生平所作诗词，气息渐微，奄然化去时，举家患疫，稿遂失散不存"。沈善宝仅能从记忆中搜存其作残篇。[5]　凭借《名媛诗话》，沈

150

---

[1]　沈善宝：《名媛诗话》，卷6，第9a—10a页。

[2]　同上注，卷6，第10b—11b页。沈善宝在此条目中续云龚自璋"尊人闇斋观察上海，署中延归佩珊（归懋仪）授诗。故佩珊集中（《绣余续草》附刊（自璋）《灯花》二首，未著姓名；《正始集》（恽珠《国朝闺秀正始集》）选佩珊诗并及圭斋（龚自璋），注云未详里居姓氏也"。

[3]　沈善宝：《名媛诗话》，卷6，第13b—15b页，17b—18a页，第16b—19a页；卷11，第23b—25a页。〔译者注：原书漏卷6第13b—15b页码〕

[4]　对个中传记/自传条目的详论，参见拙文，Fong, "Writing Self and Writing Lives," pp. 294-301.

[5]　沈善宝：《名媛诗话》，卷6，第17b—18a页。

善宝从个人私记忆中铭记嫡亲女眷的生平事迹与旧笺遗编，使其免于湮灭于忘川之中。

卷七、卷八继续保持这种个人叙事脉络，不过在场域上则转移至京城而时间更接近于当下。在卷七中，沈善宝将其批评关注转向一些于她有恩的女施主以及入京后结交颇深的闺中友，其中最为突出的莫过于其义母史氏（书中它处又从其夫姓称李夫人），"太夫人抚之（善宝）为女，后闻先母弃养，复召至京寓相依，为择配遣嫁"于武凌云；又如潘素心太夫人，其丈乃沈善宝同乡。潘氏自1825年居于京城，沈善宝言己"入都之前，太夫人见余《秋怀》诗十五章，深为激赏，访问殷勤；迨余至晋谒，即蒙刮目，奖许过当。嗣后一诗脱稿，随录示之……未刻之稿甚夥"，沈善宝亦录数首之于文集中。① 二位皆为年过八旬且知书达理的耄耋太君。另有二记也富有深刻的个人情感意味，二位闺秀在进京暂留之际旋与沈善宝交善，但随即都在随夫外派赴任途中溘然长逝——郭润玉殁于1839年，温如玉卒于1842年。② 在论郭润玉籍出湖南湘潭之后，沈善宝尽录详叙郭润玉的六位女眷——女儿、姊妹、侄女（有一位嫁为其儿媳）、表亲——之诗，其诗选别集以家集合刻为《湘潭郭氏闺秀集》刊行。③

151 随着时间推移渐近，在沈善宝编纂《名媛诗话》稍前及过程当中，与之过从甚密、常有诗歌唱和往复的三位闺中密友，现身于卷八之中④：曾是杭州旧友（见卷六）、先于沈善宝一年入京的许延礽，奕绘（乾隆帝〔1736—1795在位〕曾孙）侧福晋、满族女诗人顾太清，以及学

---

① 沈善宝：《名媛诗话》，卷7，第4b—7a页。
② 同上注，卷7，第7a—9a页（郭润玉）；卷7，第12b—14b页（温如玉）。
③ 同上注，卷7，第9a—12a页。此集刊于道光十七年（1837年），参见胡文楷：《历代妇女著作考》，第574页。
④ 译者注：原书误作卷九。

士张琦(1764—1833)之女、张家四姝长姊张綗英(字孟缇)。① 顾太清的主条目下以其满名"满洲西林太清春"称之,②沈善宝在全书中皆不从现代学界的通行用法冠之以汉姓"顾太清"。③ 值得注意的是,沈善宝亦以奕绘"继室"而非用"侧室"或"妾"身份指称太清。1824 年,时年26 岁的顾太清为奕绘纳为妾室。正如本书第二章已有论述,正室元配逝世之后,侧室妾侍为其夫扶正填房,于情理于法理皆不容。尽管太清与奕绘琴瑟和鸣、鸳侣情深,但从 1830 年福晋妙华夫人殁世到 1838 年奕绘弃世的八年时间里,奕绘是否将太清扶为继室并未有文献记载;甚至在夫君逝世数月之后,顾太清被奕绘家族不明不白地扫地出门——这是侧室在夫亡之后极易遭遇的境地——孤儿寡母一度生活艰难竭蹶。④ 通过许延礽的中介,沈善宝与顾太清于 1837 年结缘,她们终其一生的友谊始于顾太清身陷难熬岁月之时,而值得留意的是沈善宝将其密友视为续娶孀妇,她对顾太清的描述表征与对吴藻身世婚嫁闭口不谈同出一辙,此举意在维护自己的友人,并表达出社会对女性污名化的声讨抵制。

　　另一闺中密友张綗英来自常州阳湖身世显赫的望族,沈善宝先是详载其父、其弟、其夫的大名与官衔,⑤接着记录张綗英诗作和家人共与的文学活动,并不吝笔墨于张家女眷,比如太夫人张母汤瑶卿有诗

---

① 綗英名之"綗"一字多音,qiè 或 xí。张綗英,字孟缇,其名其字或出于《楚辞》"缇綗"一词(采色鲜也),参见《汉语大词典》,第 9 卷,上海:上海辞书出版社,1988—1993 年,第 1012、938 页。〕〔译注:"缇綗"出自《楚辞·昭世》:"袭英衣兮缇綗,披华裳兮芳芬",参见洪兴祖:《楚辞补注》,北京:中华书局,1983 年,第 273 页,原书误作"綗缇"〕其父张琦是以考证见长的常州学派与常州词派的著名学者张惠言(1761—1802)之弟,关于张綗英的家世与文作,参见 Susan Mann, "Womanly Sentiment and Political Crises."

② 沈善宝:《名媛诗话》,卷 8,2b 页。

③ 顾太清(顾春)的出身与家世背景是学界关注与研究热点,例见刘素芬:《文化与家族——顾太清及其家庭生活》,载《新史学》7 卷,1996 年第 1 期,第 29—67 页。

④ 张璋编校:《顾太清奕绘诗词合集》,上海:上海古籍出版社,1988 年,第 3—5、743 页。

⑤ 沈善宝:《名媛诗话》,卷 8,第 4b 页。〔译注:原书误作 4a—6b 页〕

文创作,张繻英曾寄其诗与沈善宝,"云子可于诗话(《名媛诗话》)中纪之";又如论及张繻英的三姊妹、妯娌与侄女。① 这一组围绕张繻英诸女眷展开的论评笺语,行笔至张沈二友共写《念奴娇》词记录 1840 年英国发动的第一次鸦片战争事件而暂告一段落,沈善宝于 1842 年造访张繻英家中,续填下阕。沈善宝对此事日记体般的详述令我们得以瞥见 19 世纪晚清女子们的金兰之谊、社会生活、诗歌创作与时事政治是如何在闺秀文化中彼此交织缀连,同时也表现出《名媛诗话》中"日记体"(journal style)的一面:

152

> 孟缇(张繻英)词笔秀逸,真得碧山白云之神。② 壬寅(1842年)荷花生日,余过淡菊轩时,孟缇初病起,因论夷务未平,养疴成患,相对扼腕。出其近作《念奴娇》半阕,云后半未成,属余足之。余即续就。孟缇笑云:"卿词雄壮不减坡仙,③余前半章太弱,恐不相称。"余觉虽出两手,气颇贯串,惟孟缇细腻之致,予卤莽之状,相形之下,令人一望而知为合作也。今录于此云:

> 良辰易误,尽风风雨雨,送将春去。兰蕙忍教摧折,尽剩有漫空飞絮。塞雁惊弦,蜀鹃啼血,总是伤心处。已悲衰谢,那堪更听鼙鼓。

> 续云:

> 闻说照海妖氛,沿江毒雾,战舰横瓜步。④ 铜炮铁轮虽猛捷,岂少水犀强弩。壮士冲冠,书生投笔,谈笑擒夷虏。妙高台

---

① 沈善宝:《名媛诗话》,第 6b—13b 页。
② 碧山、白云是南宋(1127—1279)后期词人王沂孙(约 1240—约 1290)和张炎(1248—约 1320)之号,二人是这一时期清空骚雅词风最为驰名的词人。
③ 坡仙即苏轼(1037—1101)。
④ 在今南京六合区长江北岸。

畔，①蛾眉曾佐神武。②

　　又以《感事·念奴娇》见示（文略）……孟缇弱不胜衣，而议论今古之事，持义凛然，颇有烈士之风，与余尤为肺腑之交。③　　*153*

　　二友词风实际上大相径庭。张缙英的上阕用语全搬婉约词的阴柔意象（如风、雨、兰、絮），借春日风雨摧折之意境表达对战火纷飞、生灵涂炭的担忧；而沈善宝的下阕则尽显豪放词风，表现有四：一是尽展兵械甲仗、坚船利炮的军阀场面（arsenal）；二是化用苏轼同调名作《念奴娇·赤壁怀古》，剥离了原词中英才少将周瑜"羽扇纶巾谈笑间，强虏灰飞烟灭"的浪漫化形象；④三是投射自我对性别不平等特有的愤懑之情，暗指女性无法获得跟男性一样立功报国的机会；四是援引南宋名将韩世忠（1089—1151）夫人梁红玉之熟典，其曾助夫守卫镇江、力阻金兵越江进犯。⑤作为一名能够献计尽力、保卫江山的女子，沈善宝之于梁红玉的印象必定不可磨灭。尽管诗风迥异，两位闺中密友的情感表达，在共同关切大清帝国面对英国海军先进军事力量而岌岌可危之国家命运上却是百虑一致、不谋而合的。

才媛诗歌共同体：私密亦是批评一种

　　在沈善宝《名媛诗话》中保存与评注才媛诗作的诸多方式中，"私密化"（personal）表述亦是"批评"（critical）一种。对其亲朋挚友的诗歌作品日记式的记述品论，显然符合"私密化"（或个人化/私人化）的

---

① 妙高峰是江苏镇江金山之最高峰，历来为扬子天险的战略要地。
② 译者注：原书中文对照"猛捷"佚"捷"字。
③ 沈善宝：《名媛诗话》，卷8，第13b—14b页。〔译者注：原书误作第14a页〕
④ 唐圭璋编：《全宋词》，卷1，北京：中华书局，1986年，第282页。
⑤ 沈善宝在诗中频频表达性别不平等所带来的挫折感，例证参见拙文，Fong, "Writing Self and Writing Lives." 沈善宝早前以《满江红》词牌填就的一首豪放词也援引梁红玉典故，文本分析亦见拙文，Fong, "Engendering the Lyric," pp. 140‒142.

定义。"历史"名媛以及无从私人得交的闺秀,沈善宝只能从其诗作中
对其想象复构;作为文学批评者的她,置身于自己躬亲参与且不以地
域身份与阶层地位为限的宏大共享文学话语场域当中,通过才媛们相
互结交往复,传达特定诗情来构建彼此之间的联系。在众多场合里,
沈善宝通过分享体现在才媛以及自己诗文中的共同经历,在私人化层
面上表现出对她们的轸恤怜悯与嘉许认同。

　　但从另外更具体的一方面来说,《名媛诗话》的编纂本身也为诸才
媛提供了一个参与亲手谋划诗文辑选、联缀各家文本如百衲衣之合作
项目的具体场域。卷九卷十是文集编纂过程与进展(process and *in
process*)的典范,沈善宝始终是才女交往恢恢巨网中的枢纽中心。经
由不同渠道与路径采编的诗作源源不断向她涌来,既有仍在磨砺诗艺
的年轻诗媛之作,也有英年早逝的闺秀之诗,更有寄赠己诗、自荐收
入《名媛诗话》的情况。沈善宝在一系列连续的条目之中,记录了一个
盘根错节的大家族的成员是如何于己示见其另居或亡故亲友的诗集
的:沈善宝挚友许延礽之妹许延锦(字云姜)向沈善宝示其三位姑母庶
姑的诗集(即著名学者阮元之妻孔璐华及二妾谢雪与唐庆云),善宝从
中选诗辑录品论;①论许延锦之娣钱继芬(延锦丈夫阮福幼弟阮祜继
室),沈善宝记之曰:"云姜(许延锦)出李纫兰介祖题(顾)太清画册诗
数纸",李介祖乃钱继芬从嫂;而"伯芳(钱继芬)又出其从姊孟端德容
诗一册",钱德容乃阮祜原配,继室继芬又是原配的表妹!② 在丰富示
见如许诗集之后,沈善宝在她所选钱德容诗前论曰:"余尝闻屏山(项
纫)、云姜(许延锦)言孟端(钱德容)诗画皆佳,工容悉备。今读全稿,

154

----

① 沈善宝:《名媛诗话》,卷10,第1a页。这里提及阮元妾谢雪以其字"月庄"称之,并言
　其《咏絮亭诗草》,前见第二章。
② 同上注,卷10,第2b—3a页。

至性真挚，传语非虚。"①

　　沈善宝不时提及自己读毕别集全卷，或喟叹无由得窥诗集全豹，这表明她的选录基于细致全面阅读到她尽可能所能获取的钞本别集或选本全辑的基础之上。既有不少作品是沈善宝所识友人创作赠答，也有部分诗稿是她自己主动向其早有耳闻的名媛诗人传书索取。② 拥有咏雪之才、期颐之寿的徐蕴（字湘生），就是绝佳例证。③ 沈善宝如是记录："余闻（杭州旧友）瑟君（龚自璋）与南林（徐蕴）相识，因向瑟君觅其残稿。报书至，得古今诗一册，山水画数纸。诗笔清苍，画复古秀……惜无款识耳"。④

　　《名媛诗话》的书稿最终是由沈善宝的三位受业弟子校理完成：宗康（字穆君）、沈善宝闺友许延锦之媳俞德秀（字漱珊）与恽珠孙女完颜佛芸保（字华香）。沈善宝居于杭州时即与宗康、俞德秀相识。卷一至卷三、卷四至卷八、卷九至卷十二分由宗康、俞德秀、完颜佛芸保任"校字"。三位女弟子皆在《名媛诗话》中有所品论且有诗作入选文集。沈 155 善宝合论俞德秀与宗康，忆及在杭州与许延礽结伴同游之事：

　　　　同行者为云林子妇俞漱珊。漱珊诗笔秀雅……有《积翠轩诗草》，貌既富丽，人亦明慧。……会稽宗穆君康，美秀而文才复敏捷，精于岐黄，著有《采药斋诗草》。……穆君古风胜于近体，二人青年向学，笔致翩翩。见余执弟子礼甚恭。每以诗稿见质，偶为商榷一二字，莫不心折。他日青出于蓝亦可知也。⑤

---

① 沈善宝：《名媛诗话》，卷10，第3a页。
② 例如王筠香，同上注，卷9，第9b页。
③ 译者注：蕴音chāi，原书误作Ju。
④ 同上注，卷10，第7a页。这段按语似乎意味着有无落款题识之于画作而言，其相对的收藏价值与售卖交易或有不同。
⑤ 同上注，卷8，第17a—18a页。

第三位女弟子完颜佛芸保与其姊完颜妙莲保同担《国朝闺秀正始续集)(刊于 1836 年)的"编校"之职,这部书恰是本章前文提及的由二女祖母恽珠刊印于 1831 年的著名女性文集《国朝闺秀正始集》之续编,而妙莲保亦曾参与《国朝闺秀正始集》的校理工作。1846 年四月,沈善宝为恽珠侄女恽湘(字岫云)所邀赴半亩园赏花时初识佛芸保,是时其年方十四:[①]

> 吐属风雅,贤淑可亲。出《清韵轩诗稿》山水小幅见示。诗既娟秀,画亦清腴。家学能承,闺中罕遇。[②]

在不吝称赞之后,沈善宝继续叙述二人交往之谊:"遇余以癸卯(1843 年)梦中所作'杨柳四围山一抹,桃花红到竹篱边'诗,意嘱作小幅(画)。翌日寄来,潇洒可爱。余赋五古报谢"。此后,佛芸保遂向学于沈善宝;《名媛诗话》末四卷即是二人初遇后数月内佛芸保亲手操刀完成校订。

未完之续集

在未标卷号的续集三卷中,沈善宝几乎完全是以贯注于《名媛诗话》后半部的自传维度予以书写,文风变得极似日志碎记,记录也越发接近个人随笔。其中涉及 1847 年至 1850 年及稍后的时间范围中,她言及与她分享诗兴的闺秀友人,也记录在十二卷正集稿成之后又陆续收到的新作;有些是正集前卷中已有收录评注过其人其诗的旧雨才媛,有些则是她近来获诗加以品论或是新近结识的新知闺秀,与沈善

---

① 这样算来,佛芸保与长姊合校祖母的《国朝闺秀正始续集》时不过年方四、五而已,她身为文集校字或者只是某种象征意味。〔译者注:《名媛诗话》原文作"年才十五",作者按照中国传统历法虚岁减一。〕
② 沈善宝:《名媛诗话》,卷 11,第 19a 页。

宝相识于 1848 年张绹英家中的韩淑珍即是后者之代表例证。① 她后来也被看成是沈善宝的受业女弟子。② 沈善宝继女武友怡校字卷上,而韩淑珍校对续集全卷,卷上末尾自注:"戊申小春月,韩淑珍畹卿校读一过",可见在校勘整理中携手合作的情形,在续集编纂时仍沿其旧。

　　沈善宝在续集中所记意义最重大的事件,莫过于自己在去乡十二年之后于 1848 年到 1851 年间重访南方故土。③ 此行目的仍待考证,我们猜测或与其婆母仙逝有关,沈善宝仅在《名媛诗话续集》中卷论契友太清与张绹英"闻余南归有日,极尽稠缪,以诗宠行,情见乎词"的反应,后录众姝诗作与叮咛,末云"余时方寸已乱,不能酬和,为愧耳"。④ 此后下一条则云"余于己酉(1849 年)春莫(暮)返杭,重晤蘋香(吴藻)、玉士(鲍靓),诸闺友久逢暂聚,乐可知也"。⑤ 此条之后,《名媛诗话续集》尽录名媛们相互拜访、雅集、友聚、郊行及其他共与雅事,不过更多地辑存在这些雅会中创作的诗歌文本。通过吴藻的引荐,她又结交不少年轻一代的诗画才媛为文朋诗友,比如关锳(字秋芙)。1851 年春,沈善宝前往扬州拜访身为"居停主"(retired)的许延礽、许延锦姐妹,"班荆道故,旧雨情深"。⑥ 在沈善宝的描述中,诗歌创作、往复和结集仍是旧识新交情谊与联结的核心关键。沈善宝同样也挂

---

① 沈善宝:《名媛诗话续集》,卷上,第 9b—16b 页。
② 同上注,卷中,第 2a 页。
③ 笔者对这段行旅的重构也参考了沈善宝《鸿雪楼诗集》卷 13 与卷 15 的诗作信息:卷 13 收录 1848 年之诗,卷 15 收录 1851 年之诗,而 1849—1850 年之作别集中付之阙如。全收戊申(1848)年诗的卷 13 末二诗写她自己首次随夫归其桑梓之乡安徽来安,在坟头拜祭婆母;随后其夫或返回京城,而她则由继女陪同去往杭州。
④ 沈善宝:《名媛诗话续集》,卷中,第 1b—3a 页。
⑤ 同上注,卷中,第 3a 页。
⑥ 同上注,卷下,第 6a—7b 页。阮元告老致仕,归居扬州,有退隐别业。身为阮元之媳的徐延锦亦同在。

念远在京城的闺友顾太清，"经年之别，思不可支，幸其诗函常至，藉慰离怀"，所录四首七绝组诗与一首七律所述甚详，沈善宝评曰："直化去笔墨之痕，全以神行矣。"①

《名媛诗话续集》成书未毕，但据文推测，沈善宝在返回北京之后又前往山西，续集就在论陆萼辉其人其诗之后戛然而止。不过，沈善宝的诗歌别集却记录了她于 1851 年春去杭返京，在京城重启自己的闺秀社交与文学生活，亦不忘与南方才媛闺友保持联络，尤以吴藻为频。《鸿雪楼诗集》最后一首诗表明 1854 年她随夫赴任晋北某职，此后沈善宝就再无片鳞半爪文字传世。顾太清有一诗，题名《咸丰庚申重九，有感湘佩书来借居避乱，数日未到；又传闻健锐营被夷匪烧毁，家霞仙不知下落，命人寻访数日，未得消息，是以廿八字记之》，1860 年沈善宝（湘佩）曾寄书于太清"借居避乱"却"数日未到"。② 而从其挚友太清为善宝所写挽诗所知，沈善宝卒于 1862 年六月十一日，先于其夫殁世不足一月。③ 其继子武友怡所作《〈名媛诗话〉跋语》文风恭敬、得体且内敛：

> 太恭人幼秉异质，博通书史，旁及岐黄、丹青、星卜之学，无所不精，而尤深于诗。来归先大夫时，先祖慈尚在堂，承欢侍膳之余，不废吟咏。先大夫通籍后，历官中外，公暇课怡等诗赋，太恭人每从而讨论，指示作法，至今犹敬志不忘。太恭人生平撰著已付梓者有《鸿雪楼诗集》，待刻者尚有诗词、尺牍若干种。诗话之作，盖博采诸家记述，益以邮程所至，访辑成编，并附载节烈事实。海内名媛读是编者，知必有中心向往者矣。

① 沈善宝：《名媛诗话续集》，卷中，第 21b 页。
② 张璋：《顾太清奕绘诗词合集》，第 168 页。
③ 顾太清：《哭湘佩三妹》其三、《壬戌（1862 年）九月十九日妙光阁哭湘佩》，参见张璋：《顾太清奕绘诗词合集》，第 169—170 页。

光绪五年岁次己卯孟夏朔日男友怡谨识。①

尽管跋语对诸如卒时卒地、别集卷帙、付梓时间等我们想要了解的细节只字未提,但仍能让人们感慨唏嘘这位创作生命最为丰盛的晚清才媛待刻未刊之作多已亡佚。例如沈善宝在回杭暂居与诸名媛的一次诗会雅集中,其闺友吴藻曾提及"君有《南归日记》",该书惜未刊刻而未得传世。② 不过,武友怡将《名媛诗话》付诸梨枣的决定幸运地保留了明清时期女性文人编纂女性文集最珍贵的文献之一。《名媛诗话》的编纂、内容与形式,在多方面反躬自省地揭示出沈善宝如何通过诗歌书写来想象与建构过往女性的"共同体",这些想象的闺秀共同体展现并强化了沈善宝与同时代才媛在日常生活里的才女社交圈中体验自我与她人、彼此交互的方式。《名媛诗话》也铭刻了才媛们的群像,并以具体细节呈现女性日常生活中诗歌创作的私人维度。这令就是沈善宝的《名媛诗话》与沈宜修、季娴、王端淑、恽珠等前辈编修的个人化或丰碑式闺秀文集的关键区别之所在。

158

结语

我们不妨以概括女性诗歌批评研究语境中的关键要点来总结全章。首先,在明清时期身为读者与批评者的才媛,多在批评话语中——无论见于书信、诗作还是评注选集中——采用当时流行的"性灵"与"性情"概念来维护她们自己及彼此在于诗歌实践,甚或文人文化和文学传统中的位置。这些概念强调本乎性情,情本天然和自然感发。其次,就相当私人化的层面而言,闺秀诗文选集的辑纂者对诗媛

---

① 译者注:沈善宝:《名媛诗话续集》,卷下,第 19a—19b 页。
② 沈善宝:《名媛诗话续集》,卷中,第 4b 页。〔译者注:原文误作 4a 页〕

书写困境重重,诗作成稿、保存、流传变数奇多往往有着远见明察,因此,她们最为迫切的愿望是令闺秀的声名成就(既有道德上的也有文学上的)得以留存传世不至湮灭,这是文集选编的内驱动力与首要动机目的,因此倾向于以品藻人物为要务,而诗学美学则退而求次。即使像前文提到的季娴,在编纂《闺秀集》偏好于以结构性与批评性的纯诗学关照方式来排布体例——诸如以诗歌文体分门别类,生平传略集于弁首而不在诗前,对诗文句评要言不烦等——仍不免在自序中强调保存闺秀之作的必要性;一如王端淑前论,季娴亦"存此以不没其人耳",有些情况下首要考虑的也是将女性载之于史而非其诗艺高下。① 再次,女性文选辑者作为文学权威与道德楷模在"公共领域"(public sphere)中或有僭越之嫌,故而不得不在其中站位"端正"(correct)。无论她们所定凡例选例如何,在选诗实际操作中可能也会事与愿违(例如选录或排除王娇鸾"鄙秽"之作),女性批评者往往要比男性诗人编纂类似选集时要承担更多礼教上的焦虑。

　　本章对才媛在阅读与阐释闺秀诗歌时的批评实践的分析论述,表明了在帝制中国晚期文学生产中的性别差异意识日益渐增。才女们见证着她们通过文学选集编纂上的努力,为诗媛们创设出彼此扶持相互交流,既为读者又是作者的互促共有空间。在笔者看来,她们深具自觉意识的批评活动是一种开辟自我空间的尝试,在明清时期的文化传统中成功构建出——套用伊莲・肖华特(Elaine Showalter)的经典术语——"她们自己的文学"(a literature of their own)。②

---

① 参见季娴:《闺秀集》,"甄氏""马氏"目下评语,收入《四库全书存目丛书》集部第 414 册,第 343、361 页。
② 见其书题,*A Literature of Their Own.*

尾声

　　本书考察的文学文本与文集所涵盖的"中国帝制晚期"时间范围
是从 17 世纪初到 19 世纪中叶,在第一次鸦片战争(1840—1842)与太
平天国运动(1850—1863)之后中国发生翻天覆地、无远弗届的社会与
文化变革波及以前,这一时期的女性文学书写与自我表征可谓稳中有
续,一脉相承,但这并不意味着女性对其在社会中的性别身份的认知
墨守成规,一成不变。笔者认为,在 19 世纪末 20 世纪初中国的现代
性与国族主义转向建构的主体性新形式之前,文学写作与性别化能动
性之间存在着一种辩证关系,其逐渐形塑成对女性自我铭刻相对存在
与意义之自觉意识,或是通过文学书写来对女性自我与彼此"体认著
者身份"(authorize)之能力权力。她们之于排斥异己的男性霸权性别
陈规所发出不满不忿之声,越发频繁及清晰可辨。然而,正如本书导
言所论,她们在写作中所传达出性别化的能动性,并没有导向主张性
别平等的某种纲领性行动发展轨迹;笔者希冀这些平凡依从的女性既
可以,也确能凭借自我铭刻的具体个案来彰显个体身份与权威,这也
会在当代批评领域的讨论中对"著者"(author)身份概念重新认知考
量。本书将"能动性"视为贯穿全书的锚定概念,聚焦于明清女性所著
的一些优秀作品并对其加以整合呈现。文学传统无疑仍是闺秀诗文
的基础底色,但对能动性的强调能够扩充研究的畛域;才媛们也能对
从前专属于男性文人的文类文作——无论是诗歌、纪游写作,还是文

学批评——驾轻就熟、游刃有余。关注文学写作与能动性的关系，能够让我们以更为开阔的视野去走近女性文学文本生产丰富多元的面向维度。

本书关于明清时期女性文本生产的文学文化研究，旨在凸显有意模糊贬斥"她们"的性别体系中女性能动性与主体性之定位。女性孜孜不懈地从事文学书写，是想要通过自我铭刻的方式和作为历史中的主体，借自我与彼此之名，发个体与闺中之声，所做所为足以昭示其自觉自主意识。能动性的概念意味着隶属于依从卑微阶层的群体与个体（subordinated group or member），即使身处束缚限制性的意识形态与社会层级之中，也有勇气能力（尽管是以有限的方式）去协商改造，付诸行动，改变提升自我与她人。笔者相信，借助能动性与主体性的视角，能为这一时期雨后春笋般涌现的女性文学书写现象的意义探究提供卓有成效的学理性聚焦点。

尽管才媛们通过写作能够结成想象或现实中的"共同体"，但她们在跨家族、跨社群、跨阶层、跨地域的现实彼此接触上还是存在诸多掣肘限制。另外，晚清时期士绅阶层女性的文学活动研究仍属尚待开拓厘清的研究空白：她们亲自闺塾课女，而女儿们又连同她们生活于民国时期的孙女们，化身为社会意义、政治意义与思想意义上而非仅仅是文化意义上"从事（engaged）写作"的著者，这在帝制时期思想社会禁锢中无疑算得上是难以想象的天方夜谭。笔者希望今后有机会能对这些晚清才媛及其晚辈女眷的文学创作继续深耕细作。

附录一：甘立媃《六十生日述怀》

六十生日述怀

甘立媃(1743—1819)

曾闻产予有兆触，母梦玩月星化玉。①

阿爷吁嗟寝地卑，②阿兄叹未联手足。

五龄习字母执手，七岁学吟姊口授。

内则女戒膝前传，诸兄又教瑶琴抚。

拨弦方竟续手谈，绣罢挥毫绘茧蚕。

蓦传塞雁断归云，③内外荆花两枝委。④

忍泪强欢解亲郁，岁换星移触景物。

箫笛声悲曲怕吹，琴书几冷尘慵拂。

---

① 甘立媃，字如玉，取名或是缘于这一征兆。
② 此句化自《诗经·小雅·斯干》(♯189)"乃生女子，载寝之地"一句，表明女子自出生起即居于低下地位。
③ 这句指的是甘立媃的二哥卒于陕西任上之事。
④ "荆枝"代指兄弟，参见《汉语大词典》，第2卷，上海：上海辞书出版社，1988—1993年，第684页。"枝委"这里暗指甘立媃的兄姊皆已辞世。

那堪恶风连夜起，又陨金萱伤冻雨。①

恨抱终天痛碎心，哀号挥泪血盈指。

服除女身要为妇，廿一于归命遵父。

牢记鸡鸣戒旦篇，②伴读深宵下四鼓。

佐馂重帏幸免罪，大母翁姑恩似海。

只恨狂波接夕来，翻澜世事连朝改。

骑箕翁赴九天府，③弃养父辞六官部。④

贫弱书生云路迕，泮池水困车辙鲋。⑤

三年大比闱门开，挟策赴贡豫章材。

岂期病阻天衢返，转使修文地下催。⑥

霎时天倾地复裂，一汐舁回便永诀。

弥留对母执手时，视我指儿难尽说。

时予魂散昏扑地，遥见金神喝勿误。

彼既缘乖弃老亲，汝应顺逆消天怒。

醒弹血泪吞声哭，犹恐姑伤颜强肃。

送死事终礼无怨，养生心苦机声促。

高堂康泰邀天福，儿女依依遵教育。

闭户潜身课幼孤，谨言慎行避欺辱。

事姑窃博姑心喜，侍膝常蒙慰藉语。

清白传家世守贫，砚田督耕全赖汝。

163

---

① 此句言说其母亲的患病与离世。
② 《诗经·郑风·女曰鸡鸣》(＃82)通常被阐释为良妇贤妃劝促主君赶早上朝。
③ 箕伯，风神。
④ 此句指其父卒于京官任上。
⑤ 游过泮池(孔庙中的泮宫之池)意味着通过科举考试最低一阶。甘立媃之夫未能通过县试，故云"泮池水困"。
⑥ 甘立媃丈夫被召阴间做官，亦即他英年早逝、壮志未酬。

训儿未冠游胶庠，奉我揣心进甘旨。

媳兼子职十四春，为妇如汝无所愧。

勉谕谆谆犹在耳，哀哉又痛姑长逝。

经营马鬣安窀穸，想像螽斯择昏配。

二子牵丝有室家，两娃结帨宜夫婿。①

穿篱竹笋成林易，倚砌兰芽迟征瑞。②

自嗟幼小遭磨折，骨肉摧残肠百结。

内外尊亲久凋零，仅存一弟官京阙。

北南羽信情亲切，三千里外书连接。

今朝寿予周甲子，去岁喜儿拜圣主。

名继祖翁徐太史，志申赴召玉楼父。

表予课子功略就，泥金帖子光生牖。

将昔愁魔渐扫讫，握卷频看兴多逸。

或闭双扉理七弦，或拱双手诵千佛。

供花瓶几吐芳馥，映草庭阶摇影绿。

一片山光列竹窗，四时村景环松屋。

闲敲棋谱寻静局，偶绘云笺写幽菊。

心如井水绝尘滓，好向三光滋涅注。③

焚香敛衽酹天恩，喜庆今朝蒙锡付。

得慰先人泉下志，予欣谢罪将怀诉。④

164

165

---

① 甘立媟写下此诗时究竟是在其幼女夫婿亡故之前，还是她刻意在诗中对婿亡避而不谈，尚待考证。参见第一章。
② 甘立媟外嫁他家的（"穿篱"）女儿已生子，但其子尚未诞下传代血脉。
③ "三光"指太阳、月亮与星辰。
④ 甘立媟：《咏雪楼稿》，卷3，第35a—37a页。

附录二：邢慈静《追述黔途略》

追述黔途略

邢慈静（生活于 17 世纪初）

黔之役，周戚暌识，百尔辍其辖。先大夫笑谓辽不必菀于黔也。当途者，或以宜辽必宜黔耳。余而辍行，将余为避事乎？妄意未叙于辽者，或叙于黔，此先大夫意中事，默不以发也。竟成行。载途之苦，虽从先大夫后，即觉步步鬼方，未必生还。谓氏积疴在身，积瘁在心，不用为先大夫疑也。

抵任则败石支床，绉木为案，茶铛毁耳，药灶折梁，匕箸长短参差状。先大夫微哂相对曰："节钺遐方，供帐器释，不减王者居。人言不尽然矣。若用为调实，用为啸云。"会苗议违心，不视事者几月。月中支费，悉属氏簪珥及箧中赍为往费余者。

乃四月一日，所天见背矣。氏思万里殊荒，携一弱小儿，安得妥榇还也？一恸倒地，不知身之在远，即微息脉脉喉间，妪婢不能嘘吸探也。王媪从傍泣曰："浃日不获听微息，而冀生致是惑矣。即不克备下里一切，何至一簪不得著身？"仓皇间贯颠以钗，强作寸入。数日苏，以诘媪。媪曰："向虞著之不坚耳，何知今日？"相持而泣。①

　　竟月水浆不入口，昕夕督仆上食。哭临涕竭血继者，屡矣。轻尘之身，不惜一死，即弱小儿，亦付无可奈何。独此亡丈夫之樏，不手厝家寝，死且不瞑，何妇人为？乃厌厌扶樏还。沿途有死无生之状，百口不能摹。危山险水，魄震魂摇者，千口不能摹。封豕长蛇之怒，豺号虎啸之威，俾母子瞬不及顾者，万口不能摹。痛定思痛，姑条分其概，俾后世子孙，知余之苦，远谢一死万万耳；如曰敢以布之大人长者，则妄矣。

---

① 簪钗是由金银制成的，一端饰有珠宝玉石，另一段尖锐锋利的细长柄体。女性佩戴簪钗既为了装饰美观，也用以固定发髻。这位仆媪正是借簪子代为针灸来让邢慈静恢复神智。针状的簪子要比两端分叉的发钗更适合用作针灸。当邢慈静发现"一簪不得著身"之时，读者们就会明白，她已经典当了诸多簪珥珠钗来度日常开销。

附录三：王凤娴《东归记事》

东归记事

王凤娴（生活于 17 世纪初）

庚子孟冬，将及入觐。[1] 是月二十一日，夫壻挈余从江东归。[2] 晨起治装，暂别宜春官舍。窗前花柳，俱自手栽。去情系焉，口占一绝，留订会盟：

> 庭花手植已三春，别去依依独怆神。
>
> 明岁东风莫摇落，可留颜色待归人。

即乘轿陆行，日晡至分宜县。明日偕舟水行，[3]过昌山洪，其泉澄碧，屡有石碍，咸谓险道。过此四围山绕，一望天连。白云时出时飞，寒烟常凝常散。野花不识其名，香气袭衣可爱，山鸟不知其韵，清音入耳娱人。前程若无去路，盘旋仍有通津。应接无涯，不能悉记，真浮生

胜游也。

---

① 其夫张本嘉（1595 年进士）任江西宜春知县三年期满，参见第三章。
② 他们故里松江位于华东沿海、长江以东地区，故云"江东"。
③ 赣江朝东北向汇入江西北部的鄱阳湖。〔译者注：分宜水路是赣江之一的袁河，在樟树汇入赣江，原书误作在分宜沿赣江而行〕

三日抵临江府，留三日复行，不十里，舟师报水涸舟巨，难于前进。接舟过滩，其隘仅可盘膝，夫妇子女，局蹐于内。狂风复作，几覆几定。申刻至樟树镇，登大舟，不啻仙凡矣。夫婿往谒监司，连留六日。① 已越十一月，初三日，发舟三十里，泊杨子洲。明日过丰城县，至市汊镇，风狂浪涌，屡栖野村。初六上午，始抵南昌府，发舟则风不息而难行矣。夫婿恐违觐限，欲得便策。余陈家眷换舟浙行，君即买鞭北上，夫婿欣然称善。理棹整鞍，又停四日，初十各行，相对泣别。歧路日晡，无情金戈，舟车各东西矣。暮霭苍茫，寒鸦惊止，子女辈呜咽俛首，猿闻断肠。② 漫成一绝，以记怆情：

> 停桡江上东西别，执手依依各断魂。
>
> 极目马蹄尘雾隔，蓬窗凄冷怕黄昏。

明日过地名赵家围，傍午至鄱阳湖。传云我高祖与伪陈王决胜负于此。③ 景色满前，恨不能拾于奚囊，徒发兴亡之感，抚流泉而吟曰：

> 一战功成帝祚昌，伪王此日挫锋芒。
>
> 英雄霸业皇图巩，血杵谁怜怨恨长。

复闻过雁数行，叫落沙浦，顿思亡弟，泣成短章：

> 手足叹离群，征鸿忍复闻。
>
> 临风无限恨，挥泪洒江沄。

171

---

① 监司是有监察州县之权的地方长官，即"道台"。参见 Charles Hucker（贺凯），*A Dictionary of Official Titles*，p. 150. 这一官位要高于张本嘉之职，因此他们不得不周全礼数、接受地主之谊。

② 这里用的是"巴东三峡巫峡长，猿鸣三声泪沾裳"的文学典故。

③ 明太祖朱元璋与陈友谅在九江附近的鄱阳湖上的水战发生在 1363 年夏末，参见 Frederick W. Mote（牟复礼）and Dennis Twitchett（崔瑞德），eds.，*Cambridge History of China*，vol. 7，p. 55.

行仅数里,日已衔山,是夕宿瑞洪镇。次日百里至龙津驿,即余干县。夜色清佳,月明如镜。儿辈推蓬欣玩,乐人弄笛幽扬,宛然仙境,不知身在尘寰也。明逾百里之程,带月荡桨,抵安仁县。漏下二鼓,忍孤佳景,漫赋俚言:

> 江静寒沙迥,帆轻夜色幽。
>
> 棹歌和笛韵,清彻白云头。

行二日,至贵溪县。值长至,乃望日也。住舟与儿女坐谭,思老父望余悬切。夫壻独客长途,弟妹萦情,不能遣释,拾楮寄怀云:

> 浪迹长途岁已徂,佳晨无奈客中过。
>
> 倚门目断今宵永,陟岵愁添此夜何。
>
> 池草梦回魂暗结,①紫箫声杳恨偏多。
>
> 残更催落蓬窗月,野寺鸣钟起棹歌。

越二日,至弋阳县,日将午。儿辈登岸游览,余独坐无聊,凭槛吟唐人句云"飞鸟不知陵谷变,朝来暮去弋阳溪",遂思此日至今,人世不知几回,怀古凄然,不能成句。过县廿里,泊金花村宿。曙色将动,闻报雨作,启蓬遥望,烟凝云结。山麓栖住人家,樵夫渔父,披蓑往来,俨然画图。口占一绝,以足胜游:

> 烟雨霏霏烟水湲,乱云深处启柴门。
>
> 渔翁换酒临溪立,笑指山妻远旆村。

行五十里,至铅山县。河口住舟,僮仆言此舟水浅,不能前矣。闻之惊笑,且不以为然。明日买小舟装行李,令夫役挽此舟强进,仅行五里。遇浅滩不得过,觅舟盘换,就野宿焉。其舟止可容膝,伸立则发系

---

① 此指诗人谢灵运(385—433)梦弟醒后赋有"池塘生春草"名句的著名轶事。王凤娴借用此典泛指梦见弟妹之事。

于蓬,伸卧则足限于板;梳洗甚艰,止以巾束发,盘屈于中,其苦非言可罄。幸余素性,不为劳逸所移,惟发长笑耳。是日乃二十日也,明日复如是。用唐人韵占一绝自遣:

> 蚁舟漂泊盼乡关,山外云连云外山。
>
> 命酒聊舒愁默默,呼蒲怕听水潺潺。

适稚子戏吹芦笛,命长女联句二绝,一笑。[①] 首作起句、三句余倡,二句、末句女和;次作前二句余倡,后二句女和:

> (其一)
>
> 雁落沙头夕照悬,一声芦管度寒川。
>
> 惊栖倦鸟归飞急,罢钓渔翁欸乃还。
>
> (其二)
>
> 夕阳影里片帆轻,夹道梅花伴去程。
>
> 恼得行人归思切,酒旗悬处杜鹃鸣。

傍晚过广信府,十里而泊。明日至玉山县,投客店楼房暂息。而余忽病,彻夜不寐,书记一绝:

> 客舍萧条客病深,无眠隐几梦还惊。
>
> 多情惟有穿窗月,相送清光伴五更。

住一日,雇舆马陆行。晨起冰霜凝道,寒气烈(裂)肤。病质劳瘁,漫成二绝,少展穷途之叹:

> (其一)
>
> 病质霜朝泣路歧,西风砭砺透人肌。

---

① 王凤娴的女儿张引元卒时二十六岁,在 1600 年她应该尚在待字之年。参见 Kang-i Sun Chang(孙康宜)and Haun Saussy(苏源熙),eds.,*Women Writers of Traditional China*,p. 292.

倍尝跋涉穷途味，始悟先贤阮籍悲。

（其二）

敝裘无奈朔风寒，马足冰联欲进难。

回道袁山天际外，望中故国路漫漫。

近午至草萍驿，观扁（匾）额，孙忠烈、王文成留作。不胜感叹，①次忠烈韵一律：

圣驾南巡岂易当，堪怜四海若苇航。

忠臣死难千秋恨，大将功成一瞬忙。

奏凯昔年金鼓震，凄凉今日岭云苍。

徘徊不尽伤心意，挥笔留题寄草堂。

追伤贞妃娄氏，谏宁王不听；后败亡，妃投水死节，哀赋短章：

忠言高节羡双全，玉质沉江万古传。

欲吊芳魂招不返，寒云苍树锁愁烟。

行四十里至常山县。不免路贫之景，戏和主人壁间韵一绝：

渴有流泉饥有山，风吹落叶可遮寒。

惭余非是烟霞侣，怎得瓢分百炼丹。

明日登舟，是夜泊城下。向晨发棹，水浅滩连，日行廿里，西风狂作。余尚卧病，不能开蓬隙。霜绘枫林，益多佳致，真梦中过耳。行三日，始至衢州府。逾数里，泊鸡鸣山，闻鸡鸣有感：

鸡鸣山下鸡鸣早，听彻凄然百感新。

举世尽能夸侠概，中流击楫是何人。

---

① 此首诗与下一首诗皆涉 1519 年的宁王（宸濠）之乱、杀巡抚孙燧谋反及其为由王守仁（号阳明、谥文成）所平定之事，参见张廷玉：《明史》，卷 195，北京：中华书局，1974 年，第 5162—5164 页；王守仁：《王阳明全集》，卷 2，上海：上海古籍出版社，1992 年，第 1223 页。

复行三日,历龙游、兰溪、严州三处,乃十二月朔日也。去五十里,至子陵滩,追念昔贤古迹。[①] 虽不登览,访知尚有后裔。读书堂中,随占一绝:

> 钓台寂寂枕寒波,烟水依然客再过。
>
> 千古山灵封世泽,汉家宫阙黍离多。

日晡至桐庐县,明日过富阳县。泛钱塘江,云山横翠,雪浪漾金,烟水连天,真大观也。望怒涛而思子胥,不胜愤恨,[②]短作投江吊之:

> 忠骨沉江万世哀,怒涛犹似报仇回。
>
> 属镂未洗英雄血,回首姑苏台已灰。

明日至武林,投旧主人马姓者,款余园楼,其居四围山绕、松竹掩映,好鸟弄晴、新梅舒玉。纵目逞怀,留恋忘归意,漫赋二绝:

(其一)

> 四围山色护郊居,松竹联阴映简书。
>
> 夕照景中霜月里,令人忘忆故乡鱼。

(其二)

> 游子重来暂解轮,江舒梅玉绘先春。
>
> 无端岁暮归心切,囊乏黄金谢主人。

明旦陆行,从正阳门至武林门,四十里下舟,薄暮解缆,过关而泊。俟曙即行,抵暮野宿,次早带霜发棹,历崇德县、陡门镇、桐乡县、皂林镇,至石门系舟。明晨二十里至嘉兴府,过三塔寺、五龙桥,登烟雨楼。

---

① 子陵,东汉隐士严光,其生平传记参见范晔:《后汉书》,卷83,北京:中华书局,1965年,第2763—2764页。〔译者注:原书误作卷10〕

② 《伍子胥列传》见司马迁:《史记》,卷55,北京:中华书局,1982年,第2171—2183页;英译参见"The Biography of Wu Tzu-hsü, in Burton Watson(华兹生). tr., *Records of the Historian*, pp. 16 - 29.

凭阑眺望,娱目怡情,朗吟记胜,挥翰留题:

> 危楼百尺倚重霄,缥缈江天四望遥。
>
> 树色湖光当槛落,嫦人不惜解金貂。①

是夜泛舟鸳鸯湖,波平月白,倒浸浮图;雁叫寒汀,舟横古渡。旧游在目,风景依然,百里家山,夹日可到,喜赋一律:

> 昔年倚棹清秋夜,今日重来岁已残。
>
> 三塔寺局霜月冷,五龙桥枕玉波寒。
>
> 骚人策马寻梅里,渔父移舟傍钓滩。
>
> 赋就归与愁顿解,乡音声里似家山。

明午至枫泾,远望来舟,见苍颜白发翁,傍列一少年。注视,乃老父、大弟也。喜不能禁,命舟趱上,把袂欣慰,悲喜交集。是夜傍舟泖桥,明发近城廿里。叔壻亲旧,连棹接至,各慰别情。下午至西关,乘轿返舍,敝庐如故,三径不殊。姑舅欢迎,各睹颜色,拭泪叙阔,殷殷相对。止失小弟,难免痛心。至晚挑灯,与弟辈拥炉谈酌,喜赋五言十六句:

> 系舫傍江城,寒梅夹道迎。
>
> 老亲欢会面,幼弟慰离情。
>
> 篱菊垂残穗,庭松挺故茎。
>
> 拂却征衣垢,重开匣镜明。
>
> 怅睹红颜改,惊看白发生。
>
> 人异他乡语,莺同客里声。
>
> 倚窗堪寄傲,卧榻可消酲。

---

① 此处化用李白饮酒名作《将进酒》之意,参见彭定求编:《全唐诗》,北京:中华书局,1985年,卷5,第1682—1683页。

尽醉今宵酒，休辞百斗倾。

随地记事，愧不成文，特以烟水云山、所历州郡，或遇穷途艰苦、怀 178
古兴亡，或遇日暖风和、波澄月皎，怡情觇眺，得失异同，俱不忍忘去。
书此备后日展观，宛然胜游在目，且可当重来程记也。

参考文献

古籍文献

* 班固:《汉书》,北京:中华书局,1962年。

* 陈维崧:《妇人集》,收入张廷华辑:《香艳丛书》一集,卷2,第15a—35a页,北京:人民文学出版社,1994年。

* 《春秋左传正义》,收入阮元辑:《十三经注疏》,北京:中华书局,1980年。

* 邓汉仪:《诗观》,清康熙慎墨堂刻本,收入《四库禁毁书丛刊》,集部卷1—3,北京:北京出版社,1997年。

* 杜甫著,仇兆鳌注:《杜诗详注》,北京:中华书局,1979年。

* 段成式:《酉阳杂俎》,北京:中华书局,1981年。

* 范晔:《后汉书》,北京:中华书局,1965年。

* 房玄龄:《晋书》,北京:中华书局,1974年。

* 《奉新县志》,收入《中国地方志集成·江西府县志辑》,第43册,南京:江苏古籍出版社,1996年。

* 甘立媃:《咏雪楼稿》,徐心田半偈斋1843年刻本,①收入方秀洁主编:"明清妇女著作"(*Ming Qing Women's Writings*)数字化项目。

* 《光绪宿州志》,1889年刻本,收入《中国地方志集成·安徽府县志集》,第28册,南京:江苏古籍出版社,1998年。

* 郭茂倩:《乐府诗集》,北京:中华书局,1979年。

* 黄宗羲著,陈乃乾编:《黄梨洲文集》,北京:中华书局,1959年。

* 季娴:《闺秀集》,上海师范大学图书馆馆藏清钞本,收入《四库全书存目丛

---

① 译者注:原书误作1840年。

书》集部第 414 册,济南:齐鲁书社,1997 年,第 330—382 页。

＊李商隐著,冯浩注:《樊南文集详注》,收入《续修四库全书》,集部别集类第 1312 辑,上海:上海古籍出版社,1995—1999 年〔冯浩注,钱振伦、钱振常笺:《樊南文集》,上海:上海古籍出版社,1988 年〕。

＊李淑仪:《疏影楼吟草》(一名《梦云吟草》),附于其《疏影楼名姝百咏》后,馆藏于康奈尔大学图书馆〔收入肖亚男编:《清代闺秀集丛刊》,北京:国家图书馆出版社,2014 年,第 41 册〕。

＊李冶、薛涛、鱼玄机著,陈文华校:《唐女诗人集三种》,上海:上海古籍出版社,1984 年。

＊李因著,周书田校:《竹笑轩吟草》,沈阳:辽宁教育出版社,2003 年。

＊李因:《竹笑轩诗钞》,清钞本,馆藏于浙江图书馆。

＊刘向著,梁端注:《列女传校注》,台北:广文书局,1987 年。

＊刘义庆著,余嘉锡注:《世说新语笺疏》,北京:中华书局,1983 年;上海:上海古籍出版社,1993 年。

＊冒襄:《影梅庵忆语》,收入宋凝编:《闲书四种》,武汉:湖北辞书出版社,1995 年。

＊"明清妇女著作"(*Ming Qing Women's Writings*)数字化项目,方秀洁主编,http://digital.library.mcgill.ca/mingqing。

＊张廷玉:《明史》,北京:中华书局,1974 年。

＊《民国海宁州志稿》,1922 年版,收入《中国地方志集成·浙江府县志集》,上海:上海书店出版社,1993 年。

＊《南陵县志》,收入《故宫珍本丛刊》,第 104 册,海口:海南出版社,2001 年。

＊彭贞隐:《铿尔词》,序于 1775 年,系年不详,馆藏于浙江图书馆。①

＊《平湖县志》,清光绪十二年(1886)刊本,收入《中国方志丛书·浙江省》,第 189 卷,台北:成文出版社,1974 年。

＊袁宏道著,钱伯城笺:《袁宏道集笺校》,上海:上海古籍出版社,1981 年。

＊钱陈群:《香树斋文集续钞》,附于其《香树斋诗集》后,收入《四库未收书辑刊》,集 9—19,北京:北京出版社,1997 年〔《清代诗文集汇编》,第 262 册,上海:上海古籍出版社,2010 年〕。

＊钱谦益、柳如是编:《列朝诗集》,收入《四库禁毁书丛刊》,集部,卷 95—97,北京:北京出版社,1997 年。

＊赵尔巽编:《清史稿》,北京:中华书局,1977 年。

＊唐圭璋编:《全宋词》,香港:中华书局,1977 年〔北京:中华书局,1986 年〕。

＊彭定求编:《全唐诗》,北京:中华书局,1985 年。

＊《然脂百一编》,收入《古今说部丛书》,第五集、第十卷,上海:中国图书公

---

① 译者注:原书误作 Hangzhou University Library。

司,1913年。

＊《尚书正义》,收入阮元辑:《十三经注疏》,北京:中华书局,1980年。

＊沈彩:《春雨楼集》,上海图书馆藏1782年刻本〔收入肖亚男编:《清代闺秀集丛刊》,第15册,第63—314页〕。

＊沈善宝:《鸿雪楼诗选》,刊于1854年后,浙江图书馆馆藏钞本。

＊沈善宝:《鸿雪楼诗选初集》,1836年刻本,影印本馆藏于北京、上海和南京的诸家图书馆。

＊沈善宝编:《名媛诗话》,重刊于《续修四库全书》,集部·诗文评论类,第1706册,上海:上海古籍出版社,1995—1999年。

＊沈宜修编:《伊人思》,收入叶绍袁编、冀勤校:《午梦堂集》,北京:中华书局,1998年,第527—590页。

＊阮元辑:《十三经注疏》,北京:中华书局,1980年。

＊苏轼著,王文诰辑,孔凡礼校:《苏轼诗集》,北京:中华书局,1982年。

＊苏轼著,孔凡礼注:《苏轼文集》,北京:中华书局,1986年。

＊王端淑:《名媛诗纬》,1667年刻本,馆藏于北京大学图书馆;收入"明清妇女著作"(Ming Qing Women's Writings)数字化项目。

＊王凤娴:《东归记事》,收入周之标辑:《女中七才子兰咳二集》,日本内阁文库本;节本收入《然脂百一编》,收入《古今说部丛书》,第五集、第十卷,上海:中国图书公司,1913年。

＊王慧:《凝翠楼诗集》,收入蔡殿齐编:《国朝闺阁诗钞》,嫏嬛别馆1844年刻本;收入"明清妇女著作"(Ming Qing Women's Writings)数字化项目。

＊汪启淑辑:《撷芳集》,乾隆飞鸿堂刻本(1785年),藏于上海图书馆〔汪启淑辑,付琼校:《撷芳集校补》,北京:人民文学出版社,2019年〕。

＊王守仁:《王阳明全集》,上海:上海古籍出版社,1992年。

＊王叔岷:《列仙传校笺》,台北:"中央研究院"中国文哲研究筹备处,1995年〔北京:中华书局,2007年〕。

＊吴本泰:《南还草》,见于其《吴吏部集》重刻收入《四库禁毁书丛刊》,集部第84册,北京:北京出版社,1997年,第385—401页。

＊席佩兰:《长真阁集》,清嘉庆十七年(1812)刻本,上海:扫叶山房,1920年〔肖亚男编:《清代闺秀集丛刊》,第18册,北京:国家图书馆出版社,2014年,第131—364页〕。

＊邢慈静:《追述黔途略》,收入《然脂百一编》,第6a—9a页,收入《古今说部丛书》,第五集、第十卷,上海:中国图书公司,1913年。

＊徐陵编,吴兆宜注,程琰删补,穆克宏校:《玉台新咏笺注》,北京:中华书局,1985年。

＊徐世昌辑:《晚晴簃诗汇》,北京:中华书局,1990年。

＊叶绍袁编,冀勤校:《午梦堂集》,北京:中华书局,1998年。

* 袁枚著,王英志校:《袁枚全集》,南京:江苏古籍出版社,1993 年。

* 恽珠编:《国朝闺秀正始集续集》,清道光十六年(1836)红香馆刻本;收入"明清妇女著作"(*Ming Qing Women's Writings*)数字化项目。

* 张璋编:《顾太清奕绘诗词合集》,上海:上海古籍出版社,1998 年。

* 钟惺编:《名媛诗归》,中国人民大学图书馆藏明刻本,收入《四库全书存目丛书》,集部第 339 册,济南:齐鲁书社,1997 年,第 1—421 页;收入"明清妇女著作"(*Ming Qing Women's Writings*)数字化项目。

* 周之标辑:《女中七才子兰咳二集》,日本内阁文库本。

*《周礼注疏》,收入阮元辑:《十三经注疏》,北京:中华书局,1980 年。

* 左锡嘉:《冷吟仙馆诗稿》,清光绪辛卯(1891)刻本;收入"明清妇女著作"(*Ming Qing Women's Writings*)数字化项目。

中文研究文献

* 蔡瑜:《试论〈名媛诗归〉的选评观》,收入吕妙芬、罗久蓉编:《无声之声:近代中国的妇女与文化(1600—1950)》,台北:"中央研究院"近代史研究所,2003 年,第 1—48 页。

* 孙康宜(Chang, Kang-i Sun):《寡妇诗人的文学声音》,收入其《古代与现代的女性阐释》,台北:联合文学,1998 年,第 85—109 页。

* 陈东原:《中国妇女生活史》,上海:上海文艺出版社,1990 年影印 1928 年初版本。

* 陈寅恪:《柳如是别传》,上海:上海古籍出版社,1980 年。

* 钟慧玲:《清代女诗人研究》,台北:里仁书局,2000 年。

* 钟慧玲:《吴藻与清代女作家交游续探》,载《东海学报》38 卷,1997 年,第 39—58 页。

* 钟慧玲:《吴藻与清代文人的交游》,载《东海学报》39 卷,1998 年,第 63—86 页。

* 邓红梅:《女性词史》,济南:山东教育出版社,2000 年。

*《佛学大辞典》,北京:文物出版社,1984 年。

* 高利华:《论诗绝句及其文化反响》,载《文学评论》,2003 年第 1 期,第 80—88 页。①

*《汉语大词典》,上海:上海辞书出版社,1988—1993 年。

* 胡文楷:《历代妇女著作考》,上海:上海古籍出版社,1985 年。

---

① 译者注:原书误为 80—99 页。

＊蒋寅:《清诗话佚书考》,载《中国文学报》(*Chûgoku bungakuhô*),第 55 期,1997 年,第 61—83 页。

＊蒋寅:《清代诗学著作简目(附民国)》,载《中国诗学》,第 4 辑,1994 年,第 23—43 页。

＊蒋寅:《以诗为性命——中国古代对诗歌之人生意义的几种理解》,收入其《古典诗学的现代诠释》,第 12 章,北京:中华书局,2003 年,第 233—255 页。

＊林玫仪:《王端淑诗论之评析——兼论其选诗标准》,《九州学刊》,第 6 卷第 2 期,1994 年,第 45—62 页。①

＊刘德重、张寅彭:《诗话概说》,北京:中华书局,1990 年。

＊刘素芬:《文化与家族——顾太清及其家庭生活》,载《新史学》7 卷,1996 年第 1 期,第 29—67 页。

＊刘义庆著,余嘉锡注:《世说新语笺疏》,北京:中华书局,1983 年。

＊刘增贵:《魏晋南北朝时代的妾》,载《新史学》卷 2,1991 年第 4 期,第 1—36 页。

＊梅新林、俞章华:《中国游记文学史》,上海:学林出版社,2004 年。

＊王力坚:《清代才媛文学之文化考察》,台北:文津出版社,2006 年。

＊王书奴:《中国娼妓史》,上海:生活书店,1935 年〔北京:团结出版社,2004 年再版〕。

＊严迪昌:《清词史》,南京:江苏古籍出版社,1999 年。

＊叶嘉莹:《清词丛论》,石家庄:河北教育出版社,1997 年。

＊俞剑华编:《中国美术家人名辞典》,上海:上海人民美术出版社,1980 年。

＊张宏生:《性别诗说》,收入其《中国诗学考索》,南京:江苏教育出版社,2005 年,第 349—433 页。

＊张鉴等撰,黄爱平校:《阮元年谱》,北京:中华书局,1995 年。

＊臧励龢编:《中国人名大词典》,上海:商务印书馆,1921 年,上海:上海书店,1980 年影印。

＊朱启钤:《女红传征略》,上海:神州国光社,1928 年。

外文研究文献

＊Anderson, Benedict. *Imagined Communities：Reflections on the Origin and Spread of Nationalism*. New York：Verso, 1991.〔中译本:【美】本尼迪克特·安德森著,吴叡人译:《想象的共同体:民族主义的起源与散布》,上海:上海人

---

① 译者注:原书误为第 1—21 页。

民出版社,2003 年〕

* Armstrong, Isobel. "The Gush of the Feminine: How Can We Read Women's Poetry of the Romantic Period?" In *Romantic Women Writers: Voices and Countervoices*, ed. Theresa M. Kelley and Paula R. Feldman, 13—32. Hanover, NH: University Press of New England, 1995.

* Atwell, William. "The T'ai-ch'ang, T'ien-ch'i, and Ch'ung-chen Reigns, 1620—1644." In *Cambridge History of China*, Vol. 7: *The Ming Dynasty, 1368—1644, Part I*, ed. Frederick Mote and Denis Twitchett, 585—640. Cambridge: Cambridge University Press, 1988.〔中译本:【美】艾维四:《泰昌、天启、崇祯三朝,1620—1644 年》(第 10 章),见【美】牟复礼、【英】崔瑞德编,张书生、黄沫、杨品泉、思炜、张言、谢亮生译:《剑桥中国明代史》(上卷),北京:中国社会科学出版社,1992 年,第 632—691 页〕

* Backscheider, Paula. *Eighteenth-century Women Poets and Their Poetry: Inventing Agency, Inventing Genre*. Baltimore, MD: The Johns Hopkins University Press, 2005.

* Barlow, Tani(白露). "Theorizing Woman: *Funü, Guojia, Jiating* (Chinese Women, Chinese State, Chinese Family)." In *Body, Subject, and Power in China*, ed. Angela Zito(司徒安) and Tani Barlow, 253—289. Chicago: The University of Chicago Press, 1994.

* Bernhardt, Kathryn(白凯). *Women and Property in China, 960—1949*. Stanford: Stanford University Press, 1999.

* Bhabba, Homi. *The Location of Culture*. London: Routledge, 1994.

* Birrell, Anne（白安妮）. *New Songs from a Jade Terrace*. Harmondsworth: Penguin Books, 1986.

* Bourdieu, Pierre. *Distinction: A Social Critique of the Judgement of Taste*. Trans. Richard Nice. Cambridge, MA: Harvard University Press, 1984. 〔中译本:【法】皮埃尔·布尔迪厄著,刘晖译:《区分:判断力的社会批判》,北京:商务印书馆,2015 年〕

* Bray, Francesca. *Technology and Gender: Fabrics of Power in Late Imperial China*. Berkeley: University of California Press, 1997.〔中译本:【美】白馥兰著,江湄、邓京力译:《技术与性别:晚期帝制中国的权力经纬》,南京:江苏人民出版社,2021 年〕

* Broude, Norma, and Mary D. Garrard. *Reclaiming Female Agency: Feminist Art History after Postmodernism*. Berkeley: University of California Press, 2005.

* Burke, Seán. *Authorship: From Plato to the Postmodern, A Reader*. Edinburgh: Edinburgh University Press, 1995.

﹡ Butler，Judith. *Gender Trouble*：*Feminism and the Subversion of Identity*. London：Routledge，1990.〔中译本：【美】朱迪斯·巴特勒著，宋素凤译：《性别麻烦：女性主义与身份的颠覆》：上海：上海三联书店，2009 年〕

﹡ Cao，Xueqin. *The Story of the Stone*（红楼梦）. Trans. David Hawkes（霍克思） and John Minford（闵福德）. Harmondsworth：Penguin Books，1973—1986.

﹡ Chang，Kang-i Sun. *The Late Ming Poet Ch'en Tzu-lung*：*Crises of Love and Loyalism*. New Haven，CT：Yale University Press，1991.〔中译本：【美】孙康宜著，李奭学译：《陈子龙柳如是诗词情缘》，台北：允晨文化，1992 年；《情与忠：陈子龙、柳如是诗词因缘》，北京：北京大学出版社，2012 年〕

﹡ Chang，Kang-i Sun. "Ming-Qing Women Poets and the Notions of 'Talent' and 'Morality.'" In *Culture and State in Chinese History*：*Conventions*，*Accommodations*，*and Critiques*，ed. Theodore Huters（胡志德）et al.，236—258. Stanford：Stanford University Press，1997.

﹡ Chang，Kang-i Sun. "Ming and Qing Anthologies of Women's Poetry and Their Selection Strategies." In *Writing Women in Late Imperial China*，ed. Ellen Widmer（魏爱莲） and Kang-i Sun Chang，147—170. Stanford：Stanford University Press，1997.

﹡ Chang，Kang-i Sun，and Haun Saussy（苏源熙），ed. *Women Writers of Traditional China*：*An Anthology of Poetry and Criticism*. Stanford：Stanford University Press，1999.

﹡ Chou，Chih-ping. *Yuan Hung-tao（1568—1610）and the Kung-an School*. Cambridge：Cambridge University Press，1988.〔中译本：【美】周质平著，康凌译：《晚明公安派及其现代回响》，北京：中华书局，2021 年〕

﹡ De Groot，Jan Jakob Maria. *The Religious System of China*，*Its Ancient Forms*，*Evolution*，*History and Present Aspect*，*Manners*，*Customs and Social Institutions Connected Therewith*. *Published with a Subvention from the Dutch Colonial Government*，vol. 3. 1892；Taipei：Ch'engwen Publishing Co.，1969.〔中译本：【荷】高延著，芮传明等译：《中国的宗教系统及其古代形式、变迁、历史及现状》，广州：花城出版社，2018 年〕

﹡ Dissanayake，Wimal，ed. *Narratives of Agency*：*Self-making in China*，*India*，*and Japan*. Minneapolis：University of Minnesota Press，1996.

﹡ Dudbridge，Glen. "Women Pilgrims to T'ai-shan：Some Pages from a Seventeenth-century Novel." In *Pilgrims and Sacred Sites in China*，ed. Susan Naquin（韩书瑞）and Chun-fang Yü（于君方）. Berkeley：University of California Press，1992.〔中译本：【英】杜德桥：《泰山的女性进香——一部 17 世纪小说的篇章》，收入韩书瑞、于君方编，孔祥文、孙昉译：《进香：中国历史上的朝圣之地》，北

京：九州出版社，2023 年〕

* Ebrey，Patricia（伊沛霞）. "Concubines in Sung China." *Journal of Family History* 11（1986）：1—24.

* Ebrey，Patricia. *The Inner Quarters：Marriage and the Lives of Chinese Women in the Sung Period.* Berkeley：University of California Press，1993.〔中译本：【美】伊沛霞著，胡志宏译：《内闱：宋代妇女的婚姻和生活》，南京：江苏人民出版社，2004 年〕

* Egerton，Clement（艾支顿），trans. *The Golden Lotus.* Singapore：Graham Brash，1979.

* Fong，Grace S(方秀洁). "Alternative Modernities，or a Classical Woman of Modern China：The Challenging Trajectory of Lü Bicheng's（1883—1943）Life and Song Lyrics." *Nan Nü：Men，Women and Gender in China* 6.1（2004）：12 - 59.

* Fong，Grace S. "Engendering the Lyric：Her Image and Voice in Song." In *Voices of the Song Lyric in China*，ed. Pauline Yu（余宝琳），104 - 144. Berkeley：University of California Press，1993.

* Fong，Grace S. "Female Hands：Embroidery as a Knowledge Field in Women's Everyday Life in Late Imperial and Early Republican China." *Late Imperial China* 25.1（2004）：1 - 58.〔中译本：【加】方秀洁著，王文兵译：《女性之手：清末民初中国妇女的刺绣学问》，载《国际汉学》，2015 年第 4 期，第 87 - 108 页〕

* Fong，Grace S. "Gender and the Failure of Canonization：Anthologizing Women's Poetry in the Late Ming." *Chinese Literature：Essays，Articles，Reviews* 26（December 2004）：129 - 149.〔中译本：【加】方秀洁著，聂时佳译：《性别与经典的缺失：论晚明女性诗歌选本》，载《南阳师范学院学报》，2010 年第 2 期，第 73—81 页〕

* Fong，Grace S. "Inscribing a Sense of Self in Mother's Family：Hong Liangji's（1746—1809）Memoir and Poetry of Remembrance." *Chinese Literature：Essays，Articles，Reviews* 27（2005）：33—58.〔中译本：【加】方秀洁著，王晚名译：《铭记在母家的自我意识：洪亮吉的回忆录与追忆诗》，收入叶晔、颜子楠辑：《西海遗珠：欧美明清诗文论集》，北京：北京大学出版社，2022 年，第 441—469 页〕

* Fong，Grace S，ed. *Ming Qing Women's Writings*（http://digital. library. mcgill. ca/mingqing).

* Fong，Grace S. "Reclaiming Subjectivity in a Time of Loss：Ye Shaoyuan （1589—1648）and Auto-biographical Writing in the Ming-Qing Transition." Paper presented at the workshop "Of Trauma，Agency and Texts：Discourses on Disorder in Sixteenth- and Seventeenth-century China，" Montréal，McGill

University, April 23 - 25, 2004.

＊Fong, Grace S. "A Recluse of the Inner Quarters: The Poet Jixian (1614—1683)." *Early Modern Women: An Interdisciplinary Journal* 2 (2007): 29 - 41.

＊Fong, Grace S. "'Record of Past Karma' by Ji Xian (1614—1683)." In *Under Confucian Eyes: Texts on Gender in Chinese History*, ed. Susan Mann(曼素恩) and Yu-yin Cheng(程玉瑛), 134 - 146. Berkeley: University of California Press, 2001.

＊Fong, Grace S. "Signifying Bodies: The Cultural Significance of Suicide Writings by Women in Ming-Qing China." *Nan Nü: Men, Women and Gender in Early and Imperial China* 3.1 (2001): 105 - 142.

＊Fong, Grace S. "Writing from Experience: Personal Records of War and Disorder in Jiangnan during the Ming-Qing Transition." In *Military Culture in Chinese History*, ed. Nicola Di Cosmo. Cambridge, MA: Harvard University Press, 2011.〔中译本:【美】狄宇宙著,袁剑译:《古代中国的军事文化》,北京:社会科学文献出版社,2023 年待出〕

＊Fong, Grace S. "Writing Self and Writing Lives: Shen Shanbao's (1808—1862) Gendered Auto/Bio-graphical Practices." *Nan Nü: Men, Women and Gender in Early and Imperial China* 2.2 (2000): 259 - 303.〔中译本:【加】方秀洁著,邱于芸、王志锋译:《书写自我、书写人生:沈善宝性别化自传/传记的书写实践》,收入姚平编:《当代西方汉学研究集萃·妇女史卷》,上海:上海古籍出版社,2012 年,第 201—234 页〕

＊Furth, Charlotte. *A Flourishing Yin: Gender in China's Medical History, 960-1665*. Berkeley: University of California Press, 1999.〔中译本:【美】费侠莉著,甄橙译,吴朝霞校:《繁盛之阴:中国医学史中的性(960—1665)》,南京:江苏人民出版社,2006 年〕

＊Genette, Gérard. *Paratexts: Thresholds of Interpretation*. Trans. Jane E. Lewin. Cambridge: Cambridge University Press, 1997.

＊Grant, Beata(管佩达). *Mount Lu Revisited: Buddhism in the Life and Writings of Su Shih*. Honolulu: University of Hawai'i Press, 1994.

＊Grant, Beata. "Who Is This I? Who Is That Other? The Poetry of an Eighteenth-century Buddhist Laywoman." *Late Imperial China* 15.1 (1994): 47 - 86.〔中译本:【美】管佩达著,沈梅洁译:《"孰为是我孰为渠":一位 18 世纪佛教善女人的诗作》,收入叶晔、颜子楠辑:《西海遗珠:欧美明清诗文论集》,北京:北京大学出版社,2022 年,第 167—199 页〕

＊Hightower, James(海陶玮). "The *Wen Hsüan* and Genre Theory." In *Studies in Chinese Literature*, ed. John Bishop, 142 - 163. Cambridge, MA: Harvard University Press, 1966.

* Ho, Clara Wing-chung(刘咏聪), ed. *Biographical Dictionary of Chinese Women: The Qing Period, 1644—1911*. Armonk, NY: M. E. Sharpe, 1998.

* Ho, Clara Wing-chung. "The Cultivation of Female Talent: Views on Women's Education in China during the Early and High Qing Periods." *Journal of the Economic and Social History of the Orient* 38.2 (1995): 191 - 223.

* Hu, Ying. *Tales of Translation: Composing the New Woman in China, 1899—1918*. Stanford: Stanford University Press, 2000. 〔中译本:【美】胡缨著,龙瑜宬译:《翻译的传说:中国新女性的形成(1898—1918)》,南京:江苏人民出版社,2009 年〕

* Huang, Qiaole(黄巧乐). "Writing from within a Women's Community: Gu Taiqing (1799—1877) and Her Poetry." MA thesis, McGill University, 2004.

* Hucker, Charles. *A Dictionary of Official Titles in Imperial China*. Stanford: Stanford University Press, 1985. 〔影印本:【美】贺凯:《中国古代官名辞典》,北京:北京大学出版社,2008 年〕

* Hummel, Arthur, ed. *Eminent Chinese of the Ch'ing Period (1644—1912)*. New York: Paragon Book Gallery, 1943. 〔中译本:【美】恒慕义编,中国人民大学清史所译:《清代名人传略》,西宁:青海人民出版社,1990 年〕

* Idema, Wilt L.(伊维德), and Beata Grant. *The Red Brush: Writing Women of Imperial China*. Cambridge, MA: Harvard University Asia Center, 2004.

* Judd, Ellen. "*Niangjia*: Chinese Women and Their Natal Families." *Journal of Asian Studies* 48.3 (Aug., 1989): 525 - 544. 〔中译本:【加】朱爱岚著,王毅平、崔树义译:《娘家:中国妇女和她们的生育家庭》,载《民俗研究》,1993 年第 4 期,第 16—20、64 页〕

* Kamuf, Peggy. *Signature Pieces: On the Institution of Authorship*. Ithaca, NY: Cornell University Press, 1988.

* Knechtges, David, trans. *Wen xuan, or Selections of Refined Literature*. 3 vols. Princeton, NJ: Princeton University Press, 1982—1996. 〔中译本:【美】康达维著,贾晋华、白照杰、黄晨曦译:《康达维译注〈文选〉(赋卷)》,上海:上海古籍出版社,2020 年〕

* Ko, Dorothy. *Cinderella's Sisters: A Revisionist History of Footbinding*. Berkeley: University of California Press, 2005. 〔中译本:【美】高彦颐著,苗延威译:《缠足:"金莲崇拜"盛极而衰的演变》,新北:左岸文化,2007 年;南京:江苏人民出版社,2009 年〕

* Ko, Dorothy. "Lady-scholars at the Door: The Practice of Gender Relations in Eighteenth-century Suzhou." In *Boundaries in China*, ed. John Hay,

198 – 216. London：Reaktion Books，1994.

* Ko，Dorothy. "Pursuing Talent and Virtue：Education and Women's Culture in Seventeenth- and Eighteenth-century China." *Late Imperial China* 13. 1（1992）：9 – 39.

* Ko，Dorothy. *Teachers of the Inner Chambers：Women and Culture in Seventeenth-century China.* Stanford：Stanford University Press，1994.〔中译本：【美】高彦颐著，李志生译：《闺塾师：明末清初江南的才女文化》，南京：江苏人民出版社，2005 年〕

* Kutcher，Norman（柯启玄）. *Mourning in Late Imperial China：Filial Piety and the State.* Cambridge：Cambridge University Press，1999. ①

* Larsen，Jeanne. *Brocade River Poems：Selected Works of the Tang Dynasty Courtesan Xue Tao.* Princeton，NJ：Princeton University Press，1987.

* Lee，Yu-min（李玉珉）and Brix，Donald（蒲思棠）. *Visions of Compassion：Images of Kuan-yin in Chinese Art*（观音特展）. Taipei：Guoli gugong bowuyuan，2000.

* Legge，James（理雅各），trans. *The Chinese Classics. Vol. 4：The She King.* 1876；Taipei：Wenshizhe chubanshe，1971.

* Lentricchia，Frank，and Thomas Laughlin，eds. *Critical Terms for Literary Study. Second Edition.* Chicago：The University of Chicago Press，1995.〔中译本：【美】Frank Lentricchia、Thomas McLaughlin 编，张京媛等译：《文学批评术语》，香港：牛津大学出版社，1994 年〕

* Lewis，Mark Edward（陆威仪）. *Writing and Authority in Early China.* Albany：State University of New York Press，1999.

* Li，Ruzhen. *Flowers in the Mirror*（镜花缘）. Trans. Lin Tai-yi（林太乙）. Berkeley：University of California Press，1965.

* Li，Xiaorong（李小荣），"Rewriting the Inner Chambers：The Boudoir in Ming-Qing Women's Poetry." Ph. D. diss，McGill University，2006.〔Idem.，*Women's Poetry of Late Imperial China：Transforming the Inner Chambers*，Seattle：University of Washington Press，2012〕

* Li，Xiaorong. "Woman Writing about Women：Li Shuyi（1817—?）and Her Gendered Project." MA thesis，McGill University，2000.

* Lin，Shuen-fu（林顺夫）. "The Nature of the Quatrain from the Late Han to the High T'ang." In *The Vitality of the Lyric Voice：'Shih' Poetry from the Late Han to the T'ang*，ed. Lin Shuen-fu and Stephen Owen，296 – 331. Princeton，NJ：Princeton University Press，1986.

---

① 译者注：原书 Mourning 误作 Death。

＊Liu，James J. Y. *Chinese Theories of Literature*. Chicago：University of Chicago Press，1975.〔中译本：【美】刘若愚著，杜国清译：《中国文学理论》，台北：联经出版公司，1980 年；南京：江苏教育出版社，2006 年〕

＊Liu，Yiqing. *A New Account of Tales of the World*（世说新语）. Trans. Richard Mather（马瑞志）. Ann Arbor：Center for Chinese Studies，University of Michigan，2002.

＊Mann，Susan. "'Fuxue'（Women's Learning）by Zhang Xuecheng（1738—1801）：China's First History of Women's Culture. " *Late Imperial China* 13. 1（1992）：40 - 62.〔中译本：【美】曼素恩著，李国彤译：《章学诚的〈妇学〉：中国女性文化史的开篇之作》，收入姚平编：《当代西方汉学研究集萃·妇女史卷》，上海：上海古籍出版社，2012 年，第 187—200 页〕

＊Mann，Susan. *Precious Records：Women in China's Long Eighteenth-century*. Stanford：Stanford University Press，1997.〔中译本：【美】曼素恩著，定宜庄等译：《缀珍录：十八世纪及其前后的中国妇女》，南京：江苏人民出版社，2005 年〕

＊Mann，Susan. "The Virtue of Travel for Women in Late Imperial China. " In *Gender in Motion：Divisions of Labor and Cultural Change in Late Imperial and Modern China*，ed. Bryna Goodman（顾德曼）and Wendy Larson（文棣），55 - 74. Lanham，MD：Rowman & Littlefield Publishers，Inc. ，2005.〔中译本：【美】曼素恩：《明清妇女的载德之旅》，收入卢苇菁、李国彤、王燕、吴玉廉编：《兰闺史踪：曼素恩明清与近代性别家庭研究》，上海：复旦大学出版社，2021 年，第 225—242 页〕

＊Mann，Susan. "Womanly Sentiment and Political Crises：Chang Ch'ieh-ying's Poetic Views of the Mid-nineteenth Century. " Paper for the International Symposium on Women，Nation and Society in Modern China（1600—1950），Institute of Modern History，Academia Sinica，Taipei，August 23 - 25，2001.

＊Mann，Susan，and Yu-Yin Cheng（程玉瑛），eds. *Under Confucian Eyes：Writings on Gender in Chinese History*. Berkeley：University of California Press，2001.

＊Mao，Xiang. *The Reminiscences of Tung Hsiao-wan*（影梅庵忆语）. Trans. Pan Tze-yen（潘子延）. Shanghai：The Commercial Press，1931.〔Wai-yee Li（李惠仪）trans. *Plum Shadows and Plank Bridge：Two Memoirs About Courtesans*，New York：Columbia University Press，2020，1 - 64〕

＊McMahon，Keith. *Shrews，Misers，and Polygamists：Sexuality and Male-Female Relations in Eighteenth-century Chinese Fiction*. Durham，NC：Duke University Press，1995.〔中译本：【美】马克梦著，王维东、杨彩霞译：《吝啬鬼、泼妇、一夫多妻者：十八世纪中国小说中的性与男女关系》，北京：人民文学出

版社,2001 年〕

* McNay, Lois. *Gender and Agency: Reconfiguring the Subject in Feminist and Social Theory*. Cambridge: Polity Press, 2000.

* Meng, Liuxi. "Qu Bingyun (1767—1810): One Member of Yuan Mei's Female Disciple Group." PhD diss., University of British Columbia, 2003. 〔Idem., *Poetry as Power: Yuan Mei's Female Disciple Qu Bingyun (1767—1810)*, Lanham, MD: Rowman & Littlefield Publishers, Inc., 2006;中译本:【加】孟留喜著,吴夏平译:《诗歌之力:袁枚女弟子屈秉筠(1767—1810)》,南京:江苏人民出版社,2020 年〕

* Meyer-Fong, Tobie. "Packaging the Men of Our Times: Literary Anthologies, Friendship Networks, and Political Accommodation in the Early Qing." *Harvard Journal of Asiatic Studies* 64.1 (2004): 5 - 56.〔中译本:【美】梅尔清著,李泊汀译:《囊括时人:清代初期的文学总集、友谊网络与政治和解》,收入叶晔、颜子楠辑:《西海遗珠:欧美明清诗文论集》,北京:北京大学出版社,2022 年,第 286—333 页〕。

* Mote, Frederick W. and Denis Twitchett, eds. *Cambridge History of China*, Vol. 7: *The Ming Dynasty, 1368—1644, Part I*. Cambridge: Cambridge University Press, 1988.〔中译本:【美】牟复礼、【英】崔瑞德编,张书生、黄沫、杨品泉、思炜、张言、谢亮生译:《剑桥中国明代史》(上卷),北京:中国社会科学出版社,1992 年〕

* Owen, Stephen. *The Poetry of Meng Chiao and Han Yü*. New Haven, CT: Yale University Press, 1975.〔中译本:【美】宇文所安著,田欣欣译:《韩愈和孟郊的诗歌》,天津:天津教育出版社,2004 年〕

* Owen, Stephen. "The Self's Perfect Mirror: Poetry as Autobiography." In *The Vitality of the Lyric Voice:* '*Shih' Poetry from the Late Han to the T'ang*, ed. Shuen-fu Lin and Stephen Owen, 71 - 102. Princeton, NJ: Princeton University Press, 1986.〔中译本:【美】宇文所安著,陈跃红、刘学慧译:《自我的完整映象——自传诗》,收入乐黛云、陈珏编:《北美中国古典文学研究名家十年文选》,南京:江苏人民出版社,1996 年,第 110—137 页〕

* Qian, Nanxiu(钱南秀). "Revitalizing the *Xianyuan* (Worthy Ladies) Tradition: Women in the 1898 Reforms." *Modern China* 29.4 (October 2003): 399 - 454.

* Reed, Bradley. *Talons and Teeth: County Clerks and Runners in the Qing Dynasty*. Stanford: Stanford University Press, 2000.〔中译本:【美】白德瑞著,尤陈俊、赖骏楠译:《爪牙:清代县衙的书吏与差役》,桂林:广西师范大学出版社,2021 年〕

* Robertson, Maureen(雷麦伦). "Changing the Subject: Gender and Self-

inscription in Authors' Prefaces and *Shi* Poetry." In *Writing Women in Late Imperial China*, ed. Ellen Widmer and Kang-i Sun Chang, 171 - 217. Stanford: Stanford University Press, 1997.

* Robertson, Maureen. "Voicing the Feminine: Constructions of the Gendered Subject in Lyric Poetry of Medieval and Late Imperial China." *Late Imperial China* 13. 1 (June 1992): 63 - 110.

* Rowe, William T. (罗威廉). "Women and the Family in Mid-Ch'ing Social Thought: The Case of Ch'en Hung-mou." In *Family Process and Political Process in Modern Chinese History: Part 1*, ed. Institute of Modern History, Academia Sinica, 489 - 539. Taipei: Institute of Modern Chinese History, Academia Sinica, 1992.

* Roy, David T. (芮效卫). *The Plum in the Golden Vase* (金瓶梅), 5 vols. Princeton, NJ: Princeton University Press, 1993 - 2013.

* Samei, Maija Bell (钟梅佳). *Gendered Persona and Poetic Voice: The Abandoned Woman in Early Chinese Song Lyrics*. Lanham, MD: Lexington Books, 2004.

* Scott, Joan. "Experience." In *Feminists Theorize the Political*, ed. Judith Butler and Joan Scott, 22 - 40. London: Routledge, 1992.

* Showalter, Elaine. *A Literature of Their Own: British Women Novelists from Brontë to Lessing*. Princeton, NJ: Princeton University Press, 1999. 〔中译本:【美】伊莱恩·肖瓦尔特著,韩敏中译:《她们自己的文学:从勃朗特到莱辛》,杭州:浙江大学出版社,2012 年〕

* Smith, Paul. *Discerning the Subject*. Minneapolis: University of Minnesota Press, 1988.

* Song, Ci. *The Washing Away of Wrongs: Forensic Medicine in Thirteenth-century China* (洗冤录). Trans. Brian E. McKnight (马伯良). Ann Arbor: Center for Chinese Studies, University of Michigan, 1981.

* Spivak, Gayatri Chakravorty. *In Other Worlds: Essays in Cultural Politics*. New York: Methuen, 1987. 〔中译本:【印】盖雅翠·史碧瓦克(佳亚特里·斯皮瓦克)著,李根芳译:《在其他世界:史碧瓦克文化政治论文选》,台北:联经出版公司,2021 年〕

* Strassberg, Richard (石听泉). *Inscribed Landscapes: Travel Writing from Imperial China*. Berkeley: University of California Press, 1994.

* Thatcher, Melvin (沙其敏). "Marriages of the Ruling Elite in the Spring and Autumn Period." In *Marriage and Inequality in Chinese Society*, ed. Rubie S. Watson (华如璧) and Patricia Buckley Ebrey, 25 - 57. Berkeley: University of California Press, 1991.

* Tseng, Yu-ho(曾佑和). *Wen-jen hua*: *Chinese Literati Painting from the Collection of Mr. and Mrs. Mitchell Hutchinson*, ed. Howard A. Link(林皓文). Honolulu: Honolulu Academy of Arts: 1988.

* Waley, Arthur(魏理), trans. *The Book of Songs*(诗经). New York: Grove Press, 1978.

* Waltner, Ann(王安), and Pi-ching Hsu(徐碧卿). "Lingering Fragrance: The Poetry of Tu Yaose and Shen Tiansun." *Journal of Women's History* 8. 4 (Winter, 1997): 28 – 53.

* Watson, Burton(华兹生), trans. *Records of the Historian*: *Chapters from the Shih chi of Ssu-ma Ch'ien*(史记). New York: Columbia University Press, 1969. 〔Nienhauser, William H. Jr.(倪豪士)trans. *The Grand Scribe's Records*, 9 vols. Bloomington: Indiana University Press, 1995—2020〕

* Watson, Rubie S(华如璧). "Wives, Concubines, and Maids: Servitude and Kinship in the Hong Kong Region, 1900—1940." In *Marriage and Inequality in Chinese Society*, eds. Rubie S. Watson and Patricia Buckley Ebrey, 231 – 255. Berkeley: University of California Press, 1991.

* Watson, James L. (华琛), and Evelyn S. Rawski(罗友枝), eds. *Death Ritual in Late Imperial and Modern China*. Berkeley: University of California Press, 1988. ①

* Wei, Betty Peh-T'i. *Ruan Yuan, 1764—1849*: *The Life and Work of a Major Scholar-Official in Nineteenth-century China before the Opium War*. Hong Kong: Hong Kong University Press, 2006. 〔中译本:【美】魏白蒂著,朱已泰、朱茜译:《清中叶学者大臣阮元生平与时代》,扬州:广陵书社,2017 年〕

* Weidner, Marsha(魏玛莎). *Views from Jade Terrace*: *Chinese Women Artists, 1300—1912*. New York: Rizzoli, 1988.

* Widmer, Ellen. *The Beauty and the Book*: *Women and Fiction in Nineteenth-century China*. Cambridge, MA: Harvard University Asia Center, 2006. 〔中译本:【美】魏爱莲著,马勤勤译:《美人与书:19 世纪中国的女性与小说》,北京:北京大学出版社,2015 年〕

* Widmer, Ellen. "The Epistolary World of Female Talent in Seventeenth-Century China." *Late Imperial China* 10. 2 (December 1989): 1-43.〔中译本:【美】魏爱莲:《17 世纪中国才女的书信世界》,收入【美】魏爱莲著,赵颖之译:《晚明以降才女的书写、阅读与旅行》,上海:复旦大学出版社,2016 年,第 3—34 页〕

* Widmer, Ellen. "Ming Loyalism and the Woman's Voice in Fiction after *Hong lou meng*." In *Writing Women in Late Imperial China*, ed. Ellen Widmer

---

① 译者注:原书误作 William L. Watson.

and Kang-i Sun Chang，366－396. Stanford：Stanford University Press，1997.

＊Widmer，Ellen. "Wang Duanshu and Her *Mingyuan shiwei*：Background and Sources."①In *Proceedings of the First International Symposium on Ming-China Literature*（首届明代文学国际研讨会论文集），ed. Yongkang He(何永康) and Shulu Chen(陈书录)，436－455. Nanjing：Nanjing Normal University Press，2004.

＊Widmer，Ellen. "Xiaoqing's Literary Legacy and the Place of the Woman Writer in Late Imperial China." *Late Imperial China* 13.1（June 1992）：111－155.〔中译本：【美】魏爱莲：《小青的文学遗产与帝制中国后期的女作家》，收入【美】魏爱莲著，赵颖之译：《晚明以降才女的书写、阅读与旅行》，上海：复旦大学出版社，2016 年，第 35－68 页〕

＊Wixted，John Timothy(魏世德). *Poems on Poetry：Literary Criticism by Yuan Hao-wen，1190—1257*. Wiesbaden：Steiner，1982.

＊Wu，Jingzi. *The Scholars*（儒林外史）. Trans. Yang Hsien-yi(杨宪益) and Gladys Yang(戴乃迭). Beijing：Foreign Languages Press，1957.

＊Wu，Pei-yi（吴百益）. *The Confucian's Progress：Autobiographical Writings in Traditional China*. Princeton，NJ：Princeton University Press，1990.

＊Wu，Yenna（吴燕娜）. *The Chinese Virago：A Literary Theme*. Cambridge，MA：Council on East Asian Studies，Harvard University，1995.

＊Xu，Sufeng（徐素凤）. "The Rhetoric of Legitimation：Prefaces to Women's Poetry Collections from the Song to Ming." *Nan Nü：Men，Women and Gender in China* 8.2（2006）：255－289.

＊Yates，Robin D. S（叶山）. "Slavery in Early China：A Socio-cultural Approach." *Journal of East Asian Archaeology* 3.1－2（2002）：283－331.

＊Yoshikawa，Kōjirō（吉川幸次郎）. *An Introduction to Sung Poetry*. Trans. Burton Watson. Cambridge，MA：Harvard University Press，1967.〔中译本：【日】吉川幸次郎著、郑清茂译：《宋诗概说》，台北：联经出版公司，1993 年；骆玉明译，上海：复旦大学出版社，2012 年；北京：新星出版社，2022 年〕

＊Yü，Chün-fang. *Kuan-yin：The Chinese Transformation of Avalokitesvara*. New York：Columbia University Press，2001.〔中译本：【美】于君方著，陈怀宇、姚崇新、林佩莹译：《观音：菩萨中国化的演变》，台北：法鼓文化，2009 年；北京：商务印书馆，2012 年〕

＊In Yu，Pauline（余宝琳）. "Canon Formation in Late Imperial China." *Culture and State in Chinese History：Conventions，Accommodations，and*

---

① 原书作 Unpublished paper.

Critiques, ed. R. Bin Wong(王国斌), Theodore Huters(胡志德), and Pauline Yu, 83 - 104. Stanford: Stanford University Press, 1997.

＊ Yu, Pauline. "Ssu-k'ung T'u's *Shih p'in*: Poetic Theory in Poetic Form." In *Studies in Chinese Poetry and Poetics*, ed. Ronald C. Miao(缪文杰), 81 - 103. San Francisco: Chinese Materials Center, 1978.

索　引

（索引中的页码为本书页边码）

Account of the Homeward Journey East, An.
    See Wang Fengxian, *Donggui jishi*
agency: of Chinese writers, 4; of concu-
    bines, 62, 67–69, 84; of Gan Lirou, 40;
    gendered, 6–7; meaning, 5; subjectiv-
    ity and, 6; in travel writing, 8, 95, 120;
    of women writers, 5–6, 12, 159–160
Anderson, Benedict, 143
anthologies of women's poetry: biographi-
    cal entries, 132, 140; chronological
    scope, 129–130; contemporary poets,
    130, 131, 134; cultural and market
    forces, 129; motivations of compilers,
    132, 133, 139, 158; paratexts, 132, 139;
    poems by concubines, 63–65, 66–67,
    82, 190n33; preservation aims, 139,
    140, 141, 143, 158; quality of poetry,
    135; selection of poems, 135, 158. *See*
    also critical writings; Ji Xian, *Guixiu*
    ji; *Liechao shiji*; *Mingyuan shigui*;
    Shen Yixiu, *Yiren si*; Wang Duanshu,
    Mingyuan shiwei; *Xiefang ji*
anthology compilers and editors: concu-
    bines, 62; men, 129–130, 134, 135;
    women, 62–63, 121, 129–130, 158
Anthology of Poetry through Our Dynasty.
    See *Liechao shiji*
Anthology of Talents of the Women's Quar-
    ters. See Ji Xian, *Guixiu ji*
archaist movement (*fugu*), 124, 140, 141,
    142, 201n11
Armstrong, Isobel, 2
authors, women as, 4, 6
autobiographical poetry, 9–15, 129, 150,
    155–156. *See also* Gan Lirou, *Yong-*
    xuelou gao

Ban Zhao, 1, 71, 193n2

Bao Liang, 148, 156
Bao Linghui, 127
Barlow, Tani, 5
Bernhardt, Kathryn, 56
Book of Odes (*Shi jing*), 122, 125, 140;
    Great Preface, 4; poems, 9, 12–13, 35,
    128, 130
boudoir-erotic style, 76, 77–78, 80–81, 82
bound feet, 79–80
Buddhism, 44, 46, 86, 92
burials, 99. *See also* coffins, journeys with
Burke, Seán, 6

cainü. See talented women
calligraphers, 81, 91–92; Shen Cai, 69–70,
    74–75, **74**, 77–78, 81–82, 83; Xing
    Cijing, 91–92, 93
canon formation, 3
Chang, Kang-i Sun, 2
Chao Linzheng, "On the Scenery Seen
    from the Homeward-Bound Boat," 90
Chen Duansheng, *Zaishengyuan* (Karmic
    Bonds of Reincarnation), 49
Chen Guangheng, 144
Chen Susu, 191n42
Chen Wenshu, 148, 149
Chen Yuanshu, 142
Chen Zilong, 102
children: of concubines, 57, 59, 67, 73; elegies
    for, 30; poems written to, 35–36, 59
Chongzhen emperor, 109, 111, 115–117, 142
Chung Hui-ling, 3, 128, 140
Chunyulou ji. See Shen Cai, *Chunyulou ji*
ci. See song lyrics
coffins, journeys with, 95, 98–99, 196n47,
    197n62
Collection of Spring Rain Pavilion. See
    Shen Cai, *Chunyulou ji*

communities: discourse, 126; imagined, 143–144, 145–148, 157–158; of women writers, 92, 126, 143–144, 145, 148–154, 160

concubinage: criticism of, 55–56; history of practice, 54, 55

concubines: agency, 62, 67–69, 84; ages, 64; anthologies compiled by, 62; children of, 57, 59, 67, 73; fictional, 55–56; former courtesans, 62, 64, 108; isolation from natal families, 57, 59–61; legal status, 56; legends, 66, 68; marginality, 54, 66, 67, 151; marital relationships, 64, 108, 117; poetry collections, 48, 62–63, 112; poetry in anthologies, 63–65, 66–67, 82, 190n33; poetry topics, 59–61; principal wives and, 55, 57, 59, 64–65, 66, 68–69, 71–72; publication of writings, 65–66; purchased, 59, 64; reasons for writing, 61; side rooms, 58–59, 67–69; social status, 7, 54, 57–58; stereotypical images, 56; subjecthood, 7, 54, 66, 84; terms used for, 58; travels, 86, 108; widows, 57–58; writers, 54, 56–58, 59–67, 83–84. See also Liu Rushi; Li Yin; Shen Cai

Confucianism: filiality, 51, 68; gender roles, 5, 13, 85, 132; social and ethical values, 44; tension between family and state, 45–46

courtesans: interactions with gentry women, 199n103; literary and artistic skills, 62; marriages as concubines, 62, 64, 108; poetry in anthologies, 63, 138; poets, 1, 127, 191n42, 193n2; travels, 86, 193n2

critical writings: gender segregation, 122; letters, 123–127; obstacles to women writers, 121–122; shihua (remarks on poetry), 121, 142–143. See also anthologies of women's poetry; Shen Shanbao, Mingyuan shihua

de Groot, J. J. M., 95

Deng Hanyi, Shiguan (Prospects of Poetry), 109, 138

Deng Hongmei, 3

Ding Shengzhao, 139

Dong Bai, 62, 64

Donggui jishi. See Wang Fengxian, Donggui jishi

Dong Qichang, 91, 102

Drafts from the Pavilion for Chanting about Snow. See Gan Lirou, Yongxuelou gao

Du Fu, 9, 125, 127

Duomin, "Discussing Poetry with My Female Disciple Sufang," 126–127

emotions: grief, 19–20, 21, 30, 32–35; homesickness, 61, 114, 118–119; nature and (xingqing), 124–125, 126, 140, 158; in travel poetry, 90, 114, 118–119

families: duties to state and, 45–46; groups of women writers, 146, 154; poetic images of siblings, 105–106; publication of women's writings, 103, 148, 150; social hierarchy, 58–59; women's obligations, 9, 11. See also marriages; natal homes

Fang Weiyi, 57, 129, 133, 134, 142

Fan Zhaoli, 48

filiality, 20, 51–52, 68

footbinding, 79–80

Former and Latter Seven Masters (Qianhou Qizi), 124, 201n11

friendships, male, 123. See also communities

Gan He, 15

Gan Ligong, 18, 22

Gan Lirou: adolescence, 18–22; as author, 52–53; awareness of other women's poetry, 47–48; birth, 39, 49; childhood, 15–18, 39; children, 30, 35–36, 41, 50–51, 123; death, 51; deaths of family members, 15, 18–22, 29, 30, 38, 40, 49–50; education, 15, 17, 39, 52; grandchildren, 36–37, 45; husband's family and, 22–23, 24, 25, 29, 40–41; isolation from literary women, 47; journeys to Nanling, 41–43, 46, 51; journey to Fengxin, 44, 51, 186n123; letters, 123; life stages, 14–15; maid, 30–31; marriage, 13, 17, 22–23, 40; married life, 24–34; as mother of magistrate, 12, 38, 41, 44–

48, 51; natal family, 12, 15, 16–17, 18–22, 23, 29, 38, 51; protests against gender inequity, 48–49; relationship with husband, 24–26, 28, 29; sister-in-law (Madam Li), 21, 29–30, 47; tenant farmers and, 38–39, 50; tomb inscription, 22, 41, 51; visits to natal home, 29, 43, 50; widowhood, 32–41, 49–50, 57

Gan Lirou, *Yongxuelou gao* (Drafts from the Pavilion for Chanting about Snow): autobiographical aspects, 11–15; birthday poems, 22, 39–41, 49–50; chronological arrangement, 11; epistolary poems, 29; "Jiuyang cao" (Drafts by one who lives in retirement with her son), 14, 41–48; "Kuiyu cao" (Drafts after cooking), 14, 24–32; "Letter to Console My Younger Daughter," 37–38; linked verses, 17–18, 26–28; "Narrating My Thoughts on My Sixtieth Birthday," 39–41, 161–165; organization, 14–15; poems for children, 35–36; poetic links to natal home, 28–30; poetic style, 52; preface, 12–13, 52–53; publication, 12, 13, 14, 51–52; selection of poems, 14; song lyrics, 15; "Weiwang cao" (Drafts by the one who has not died), 14, 32–41; "Xiuyu cao" (Drafts after embroidering), 14, 15–23

Gan Liyou, 29, 38

Gan Rulai, 15, 45

Gan Yue'e, 15, 17–20

Gao Bing, *Tangshi pinhui*, 135

gender: of critical writers, 122; differences in travel experience, 71; inequities, 48–50, 153; in literary production, 158; spaces associated with, 85. *See also* men; women

gendered agency, 6–7

gender roles: burials of family members, 99; Confucian, 5, 13, 85, 132; evolution, 159; in wartime, 110, 153; women's sphere, 71, 85, 132

gentlewomen (*guixiu*), 1, 144, 148

gentry women: interactions with courtesans, 199n103; literary communities, 144, 148–154, 160; primary wives, 57; as readers, 121; travels, 85, 86; travel writing, 42

Ge Xiuying, 48

Ge Zhengqi: death, 111; Li Yin as concubine, 57, 197n78; Li Yin's travels with, 87, 108, 109, 114, 118, 119; official career, 109, 110–111, 113, 115–117, 198n85; preface of poetry collection, 109, 111–112

Gong'an School, 124–125, 140

Gong Zizhang, 149

Grant, Beata, 2–3, 91

grief, 19–20, 21, 30, 32–35

guining. See natal homes, visits to

guixiu. See gentlewomen; talented women; talents of the inner quarters

Guixiu ji. See Ji Xian, *Guixiu ji*

Gu Mei, 62, 64

Guo Shuyu, "On Poetry," 129

Gu Taiqing, 57–58, 151, 156–157, 188n13

Hangzhou, 107, 148–149, 151, 154, 156

Han Shuzhen, 156

Homeward Journey East, The. See Wang Fengxian, *Donggui jishi*

Hong Liangji, 11

houses, space occupied by concubines, 58–59, 68

Huang Zongxi, biography of Li Yin, 108, 112, 120

Hu Peilan, 64, 65

Hu Wenkai, *Lidai funü zhuzuo kao*, 62, 63, 65, 75

Idema, Wilt, 2–3, 91

imagined communities, 143–144, 145–148, 157–158

immortality, 4, 93, 140

Jade Terrace style. *See* boudoir-erotic style

Jia Jingwan, 48

Jiang Lan, 64–65

Jiangnan region: male literary societies, 103; Songjiang, 101, 102, 107; women poets, 103; women's literary communities, 92

Jin ping mei, 56

Ji Xian: childhood, 133; daughter, 133, 138; married life, 133; poetry, 11, 138; religious aspirations, 11; travels, 133

Ji Xian, *Guixiu ji* (Anthology of Talents of

the Women's Quarters): commentary, 136–138; influence, 138; organization, 135–136, 158; poets included, 102, 109, 133–134; preface, 132–133, 135, 158; "Principles of Selection" (Xuanli), 132, 133–135; purpose, 133, 135, 158

Ko, Dorothy, 1–2

letters: critical writings, 123–127; epistolary poems, 29, 101, 126; functions, 123; of Gan Lirou, 123; to natal families, 57, 101; of Shen Cai, 124–125
Lewis, Mark Edward, 4–5
Liang Desheng, 63, 149
Liang Honyu, 153
Liang Qichao, 14
Liechao shiji (Anthology of Poetry through Our Dynasty), 62, 92, 93, 102
Li He, 107, 112
Li Jing, 133
Li Luoxiu, 83
linked verse, 17–18, 26–28, 32
Lin Meiyi, 140–141
Li Qingzhao, 1, 72, 127
Li Ruzhen, Jinghua yuan (The Destiny of Flowers in the Mirror), 55–56
Li Shuyi, 68–69
literary criticism. See critical writings
literati: shihua genre, 121; travel poetry, 87–88, 89
Liu Binshi, 22, 41, 51
Liu Rushi: as concubine, 62, 64; literary activities, 68; Li Yin and, 198n81; poetry in anthologies, 134. See also Liechao shiji
Li Wen, 196n47
Li Xiaorong, 69
Li Yin: background, 108; biography, 108, 112, 120; as concubine, 57, 197n78; homeward journey, 115–119, 116; Liu Rushi and, 198n81; local revolt and, 110–112, 117–118; paintings, 109; poetry, 109–110, 113–114; poetry collections, 57, 108–109, 197–198nn78–79; poetry in anthologies, 109; social movement, 113; travel poetry, 87, 113, 114–119, 120; travels with husband, 87, 108, 109, 114, 118, 119; widow-

hood, 57, 120; Zhuxiaoxuan yincao (Recited Drafts from Laughing Bamboo Studio), 108–120
lunshi shi (poems discussing poetry), 121, 127–129
Lu Qingzi, 103, 199n103
Lu Xuan: children, 73, 192n67; interest in travel, 70–71; preface to Chunyulou ji, 69, 82–83; Shen Cai as concubine, 7, 69, 76; support of Shen Cai's writing, 72, 81

Mann, Susan, 2
Mao Xiang, 62
marriages: arranged, 29, 84; companionate, 28, 64, 86, 108, 151; compulsory, 93; dowries, 59; patrilocal, 29; principal wives, 55, 57, 59, 64–65, 66, 68–69, 71–72; wedding rituals, 23, 31. See also concubines
matching verses, 16–17, 32
Ma Zheng, 93–94
men: homosociality, 123; proper place in outer sphere, 85. See also gender; literati; officials
Meng, Liuxi, 125–126
Meyer-Fong, Tobie, 135
Midnight (Ziye), 127
Mi Fu, 69–70
Ming-Qing transition, 11, 87, 89, 109–112, 117–118
mingyuan (notable women), 144, 147
Mingyuan shigui (Sources of Notable Women's Poetry), 103, 134
Mingyuan shihua. See Shen Shanbao, Mingyuan shihua
Mi Wanzhong, 91–92

natal homes: concubines' isolation from, 57, 59–61; married women's contacts with, 57, 101; visits to (guining), 28, 29, 43, 50, 59, 86
natural sensibility and inspiration (xingling), 124, 125, 126–127, 158
nature and emotion (xingqing), 124–125, 126, 140, 158

officials: concubines, 60, 66, 109, 117; female family members accompanying on travels, 86, 133; supportive wives,

24–25; travels, 43, 85, 86; wives accompanying on postings, 93–94, 99–101, 150
Opium War, 151, 158
Ou Long, 59–60
Ouyang Xiu, 81, 82
Owen, Stephen, 9, 10, 17

Peng Zhenyin, 7, 71–72, 75, 81, 192n61
poetry: autobiographical, 9–11, 129; discursive field, 144, 145; as embodiment or extension of person, 65; feminine images, 153; functions, 52; masculine images, 153; natural sensibility and inspiration (*xingling*), 124, 125, 126–127, 158; nature and emotion (*xingqing*), 124–125, 126, 140, 158; occasional, 9; poems discussing poetry (*lunshi shi*), 121, 127–129; of self-representation, 9; travel, 87–90. *See also* anthologies of women's poetry; travel writing
poetry collections: autobiographical aspects, 10–11; editing, 10; groups of women, 147–148, 150; organization, 10–11; prefaces, 201n6; sizes, 11
Pu Yinglu, 103

Qianhou Qizi. *See* Former and Latter Seven Masters
Qian Qianyi, 68, 139, 140. See also *Liechao shiji*
Qin Liangyu, 110
Qu Bingyun, *Yunyulou shiji* (The Poetry Collection of Concealed Jade Tower), 126

Raise the Red Lantern, 56
Remarks on Poetry by Notable Women. See Shen Shanbao, *Mingyuan shihua*
Republican period, women writers, 160
Robertson, Maureen, 5, 6, 75, 87–88, 122
Ruan Yuan, 62, 154

Saussy, Haun, 2
scholar-officials. *See* officials
Scott, Joan, 5
seclusion, 117
self-writing, 10. *See also* autobiographical poetry

servants, 30–31, 68, 77
Shao Shi, 190n35
Shen Cai: calligraphy, 69–70, 74–75, **74**, 77–78, 81–82, 83; childhood, 69–70; coming-of-age ceremony, 76; as concubine, 7, 69, 127; critical writings, 125, 127–128; education, 7–8, 71–73; family, 69, 70; friendships, 124–125; marriage, 70–71, 76; poetry in anthologies, 82; relationship with Peng Zhenyin, 71–72, 81; roles, 6; self-representation in poetry, 75, 83, 84; sheltered life, 69, 70, 82, 125
Shen Cai, *Chunyulou ji* (Collection of Spring Rain Pavilion), 6, 73–83; boudoir-erotic style, 76, 77–78, 80–81, 82, 125; female body images, 78–80, 82; language, 76–77; letters, 124–125; preface, 69, 82–83; publication, 74–75; woodblocks, **74**, 75
Shen Renlan, 131
Shen Shanbao: burials of family members, 99; death, 157; female kin, 11, 149–150; friendships, 11, 148–149, 150–153, 154, 156; marriage, 142, 150; *Nangui riji* (Diary of Returning to the South), 157; poetry, 11, 99, 150; poetry collection, 156–157, 205n86; students, 144, 154–155; unpublished writings, 157
Shen Shanbao, *Mingyuan shihua* (Remarks on Poetry by Notable Women), 142–158; autobiographical aspects, 150, 155–156; biographical information, 147; chronological scope, 145; colophon, 144; compilation and editing, 142, 154–155, 156; imagined communities, 145–148, 157–158; journal style, 151–152, 153, 155–156; *juan* 1 to 5, 145–148; *juan* 6 to 10, 145, 148–154; literary networks, 148–154; motives, 144; organization, 143, 145; personal as critical, 153–155; poems by concubines, 145, 206n96; preservation of poetry as aim, 143; publication, 144–145; selection of poets, 154; sequel, 144–145, 155–157; sources, 208n138
Shen Yixiu: daughters, 131, 134; death, 130; female kin, 132; husband, 103; poetry, 103

Shen Yixiu, *Yiren si* (Their Thoughts),
130–132; commentary, 132; influence,
138; poets included, 134; preface,
130–131; Wang Fengxian's poems,
102, 131, 138

shihua (remarks on poetry), 121, 142–143.
See also Shen Shanbao, *Mingyuan
shihua*

Shi jing. See *Book of Odes*

Showalter, Elaine, 158

side room (*ceshi*), 58–59, 67–69

Sikong Tu, *Ershisi shi pin* (Twenty-four
Modes of Poetry), 128

Sima Qian, 130, 131

solitude, 25–26, 117

Songjiang, 101, 102, 107

song lyrics (*ci*): writers, 102, 149; Yunjian
school, 102

Strassberg, Robert, 85

subjecthood: agency and, 6; of concubines,
7, 54, 66, 84; of poets, 9–10; in travel
writing, 114; of women writers, 4, 5

successor wives (*jishi*[b]), 143, 151, 155,
206n96

*Summary of the Journey from Qian Writ-
ten in Retrospect*. See Xing Cijing,
Zhuishu Qiantu lüe

Su Shi, 42–43, 93, 153, 191n57

Sùzhou, local revolt, 110–112, 117–118

talented women (*cainü*), 13–14, 20, 64

talents of the inner quarters (*guixiu*), 1,
134, 144, 148

Tang China: linked verse, 17; poetry, 142;
women writers, 1, 127, 193n2

Tao Qian, 9, 87

tenant farmers, 38–39, 50

Their Thoughts. See Shen Yixiu, *Yiren si*

travel: dangers, 87, 95, 96–98; Gan Lirou's
journeys, 41–43, 46, 51; gendered
division, 71; hardships, 118–119;
journeys with coffins, 95, 98–99,
196n47, 197n62; Lu Xuan on, 70; by
scholar-officials, 43, 85, 86; Shen Cai
on, 71; by women, 8, 43, 86, 87, 133

travel writing: accounts of journeys with
coffins, 91, 93–96, 98–99; agency, 119–
120; conventions, 87–90; emotions, 90,
114, 118–119; images, 90; Li Yin's po-

etry, 87, 113, 114–119, 120; by men, 85,
87–88, 114; poetry, 87–90, 193n2;
prose, 85, 90–91; subjecthood, 114; by
women, 42, 85–87, 88–90, 119–120.
See also Wang Fengxian, *Donggui
jishi*; Xing Cijing, *Zhuishu Qiantu lüe*

Wang Duanshu: social network, 139

Wang Duanshu, *Mingyuan shiwei* (Classics
of Poetry by Women of Note), 138–142;
biographical information, 140; com-
mentary, 93, 139–142; organization,
142; poets included, 92, 93, 102, 109,
138; preface, 138–139; preservation of
poetry as aim, 139, 140, 141; proposed
sequel, 135; scope, 139; selection crite-
ria, 139, 140, 142; sources, 138

Wang Fengxian: daughters, 102, 103, 106,
108, 131; *Fenyu cao* (Drafts Leftover
from Burning), 102, 108; natal family,
101, 103, 105–106, 107–108; poetry, 5–
6, 99–101, 102, 104–106, 107, 108,
196n48; poetry in anthologies, 102,
109, 131, 137–138, 196n48; reputation,
102; sons, 107–108; threat to burn
writings, 108, 119–120; widowhood,
107–108

Wang Fengxian, *Donggui jishi* (An Ac-
count of the Homeward Journey
East), 91, 101, 103–107; lyricism, 103–
104; map of journey, **100**; poetry
composed on journey, 104–106; pur-
pose of writing, 120; structural de-
vices, 103–104; subjecthood, 106–107;
translated text, 169–178

Wang Hui, "On the Shanyin Road," 88–89

Wang Jiaoluan, "Song of Everlasting Re-
gret," 134, 138, 140

Wang Liang, 124–125, 128

Wang Qian, 128

Wang Qishu, 63–64, 65, 130

Wang Wei[a], 93

Wang Wei[b], 108, 138

Wang Yuru, 60–61

Wang Yuyan, 113

Wanyan Foyunbao, 154–155

Warring States period: roles of writing, 4–
5; terms for concubines, 58

warriors, 110

wartime, gender roles in, 110, 153

Watson, Rubie S., 56, 59

wedding rituals, 23, 31. *See also* marriages

Wei, Bette Peh-T'i, 62

Wen xuan, 123

Widmer, Ellen, 135, 138, 142

widows: concubines, 57–58; Gan Lirou as, 32–41, 49–50, 57; Li Yin as, 57, 120; Wang Fengxian as, 107–108; Xing Cijing as, 94, 96

women: age of maturity, 76; conflicts between religious aspiration and family obligations, 9, 11; deaths before marriage, 20; education, 106, 122, 138; frequency of travel, 85; funeral arrangements made by, 40–41; inner sphere of home, 71, 85, 132; literacy increases, 64, 86, 121, 139; modesty and propriety, 112, 121, 158; roles in families, 5, 13; teachers, 146; "three followings," 38. *See also* concubines; courtesans; gender; gentry women

women writers: agency, 5–6, 12, 159–160; as authors, 4, 6; burning manuscripts, 65, 108, 122; communities and networks, 47, 86, 92, 126, 143–144, 145, 148–154, 160; conflicting views of, 13–14; education, 3–4; family groups, 146, 154; family publications, 103, 147–148, 150; "historical," 146; imagined communities, 145–148, 157–158; joint publications, 147–148; literati-feminine persona, 75–76; notable (*mingyuan*), 144, 147; propriety of publishing writings, 65–66; protests against gender inequity, 48–50, 153, 159; scholarship on, 1–3; self-consciousness, 4, 159; social and family demands on time, 122, 132; status in imperial China, 1; subjecthood, 4, 5; works preserved by male family members, 103; Yuan Mei's disciples, 13, 47, 125–126, 128, 148. *See also* anthologies of women's poetry; critical writings; poetry; travel writing

Wu Bentai, 111, 112, 117, 118, 199n94

Wu Cailuan, 83

Wu Jingzi, *Rulin waishi* (The Scholars), 55–56

Wu Jun, 65

Wu Lingyun, 142, 150, 157

Wu Shan, 131; "Mooring the Boat at Xiangkou," 89

Wu Shiren, 149–150

Wu Xiao, 103

Wu Youyi, 144–145, 157

Wu Zao, 149, 156, 157

Xiang Lanzhen, 133, 134

Xiaoqing, 66, 68

Xie Daoyun, 13, 127, 182n20

Xiefang ji (Anthology of Gathered Fragrances), 63–65, 66–67, 82

Xie Xue, 62–63, 190n31

Xing Cijing: Buddhist devotion, 92; calligraphy, 91–92, 93; journey with husband's coffin, 95, **97**; marriage, 93–94; paintings, 92, 93; poetry, 92–93; talents, 91–92, 93; widowhood, 94, 96; writings, 92

Xing Cijing, *Zhuishu Qiantu lüe* (Summary of the Journey from Qian Written in Retrospect), 91; agency expressed in, 120; entries, 96–98; map of journey, **97**; preface, 93–96; purpose, 95–96; state of mind, 101–102; timing of writing, 96; translated text, 167–168

xingling (natural sensibility and inspiration), 124, 125, 126–127, 158

xingqing (nature and emotion), 124–125, 126, 140, 158

Xing Tong, 91–92

Xi Peilan, 126, 128, 184n79

Xu Jingfan, 133, 134

Xu Xintian: examinations, 37, 38, 41; as magistrate of Nanling county, Anhui, 12, 14, 38, 41–48, 50, 181n14, 186n123; mother's advice on governing, 45–47; official career, 37; publication of *Yongxuelou gao*, 12, 13, 14, 51–52; wives, 45

Xu Yanjin, 154, 156

Xu Yanreng, 148, 151, 154, 155, 156

Xu Yaocao, 64–65

Xu Yuan, 103, 133, 134, 137, 199n103

Xu Yuelü: death, 32, 40; funeral, 40–41; linked verses, 26–28, 32; marriage, 22–23, 24–26, 28, 29; preparation for civil service examinations, 24–25, 27, 32

Xu Zhuyuan, 66–67

Yang Xin, 81
Ye Shaoyuan, 11, 103, 130, 131
Yihui, 57, 151
Yin Bailan, 147
Yiren si. See Shen Yixiu, *Yiren si*
Yongxuelou gao. See Gan Lirou, *Yongxue-lou gao*
Yuan Haowen, "Thirty Quatrains Discuss-ing Poetry," 127
Yuan Hongdao, 124–125
Yuan Mei: female disciples, 13, 47, 125–126, 128, 148; poetry, 125, 127
Yuan Qian, 66
Yuan Zhongdao, 124–125
Yuan Zongdao, 124–125
Yu Dexiu, 154–155
Yunjian school, 102
Yun Zhu, 154; *Guochao guixiu zhengshi ji* (Anthology of Correct Beginnings by Boudoir Talents of Our Dynasty), 145, 155
Yutai xinyong (New Songs from a Jade Terrace), 75, 76

Yu Xuanji, 48
Yu Zunyu, 103

Zhang Benjia, 99, 107
Zhang Hongsheng, 3
Zhang Wanying, 98–99, 197n62
Zhang Xiying, 151–153
Zhang Xuecheng, *Fuxue* (Women's Learn-ing), 13
Zhang Yimou, 56
Zhang Yinqing, 102, 108, 131
Zhang Yinyuan, 102, 108, 131
Zhiyong, "Spring Rain," 76
Zhong Xing, *Mingyuan shigui* (Sources of Notable Women's Poetry), 103, 134
Zhou Zhibiao, *Nüzhong qicaizi lanke erji* (Orchid Utterances of Seven Talents among Women: Second Collection), 102, 103, 108
Zhuang Bi, 64
Zhuishu Qiantu lüe. See Xing Cijing, *Zhui-shu Qiantu lüe*
zithers, 26, 45
Zong Kang, 154–155
Zuo Xijia, 99

作者后记与致谢

　　首先，我由衷感谢陈昉昊与周睿二位青年学者对敝著《卿本著者：明清女性的性别身份、能动主体和文学书写》一书的博学而文雅的翻译工作。我可以这样说，他俩的翻译完全是出于学术兴趣而"为爱发电"。我希望这本书中译本的面世，能够让我在书中对明清闺秀们的解读于英文原著出版十五年后重新"回到"中国读者视野之中。"能动主体"对于华夏内外那些处于社会、经济与政治边缘化地位的女性而言，仍然深具重要意义。而在学术研究领域中，我们将继续努力推动这些问题来与时代同声共气，并以不同的方式倡导平权和正义。就在今年，我与王国军教授合编学术期刊《中国文学文化》（*Journal of Chinese Literature and Culture*）一辑特刊（第 10 卷，第 1 期，2023年），题为《对著者身份与能动主体的再思考：明清时期的女子与性别》（*Rethinking Authorship and Agency：Women and Gender in Late Imperial China*），正是我在这一方向上的最新学术成果之一。最后，我还要感谢我的学生何灵亨和王晚名博士对书稿的通读细校。

方秀洁

2023 年 12 月

译后记

这本中译本能呈现目前,是由很多"想不到"机缘巧合编织而成的。

想不到,我们两位译者对于这本书的阅读经历"似曾相识"、如出一辙。周读过这本书是在十二年之前。2010年他在俄勒冈大学东亚系访学,初识汉学研究,他的导师王宇根教授给他开列的十几本入门书单中,方秀洁老师的这本书出版未久就已赫然在列。那个时候他的英文和文献都很差,读得一知半解,勉力而行,写有只言片语的阅读笔记,此后,这本书除了在他研读或讲授女性文学研究时有所提及以外,慢慢地淡出了视野之外。陈读这本书的时候恰好在九年前思考博士论文写作选题之时。当时他在美国圣路易斯华盛顿大学攻读博士学位,正好在知名汉学家管佩达教授(Beata Grant)的女性文学课程中接触到这本书。特别是书中《著写行旅:舟车途陌中的女子》这一章,开启了他专攻旅行文学与文化研究的旅程,也成为了将来博士论文的选题。

想不到,能有机会重新细读并担任汉译之职是通过当年稚嫩的读书笔记和回忆当年越洋求学时光。江苏人民出版社的选题编辑康海源在豆瓣上这条书目下"读过"的用户中找到周,问他有没有兴趣接这本书的翻译。一个玩了十几年的书影音网站,我俩十几年如一日地都在记录着自己的书影音记录,也在这一平台结缘相识,竟然以这样的方式肯定了彼此持续读书的努力(无用?),真是意外之喜。

想不到,我们两位译者彼此互为 soulmate 第一本严肃的学术合译会以这本书为标志而开始。考虑要不要接受任务挑战的时候,二人手头都有一大堆科研、教学、系所工作等等要应付,但我们商议之后,觉得江苏人民出版社"海外中国研究丛书"的金字招牌的诱惑真的很难抵抗,性别研究又是近期我俩共同关注的热点,亦幻想着跻身学术翻译"名伶"的行列,本着时间挤一挤总是会有的想法,我们还是决定签下合译合约。尽管之前已经合译过一些商业图书、合写过一些学术论文/书评,但这本书的合译是影响深远、里程碑式的。

想不到,这本书的翻译会让我们走上不同于主流的学术之旅。接下这本书翻译之时,我们一人刚拿下国家社科基金中华学术外译项目,手头也还有三四本英译汉的汉学专著正在翻译进展或等待出版;一人刚从美国博士毕业回国不久,获得留学人才计划奖励资助,手头也刚签下一部独立译著,慢慢开始熟悉国内学术生态。学术评价体系中,翻译是不具原创性的二手货,书评也差不多身份卑微。但有趣的是,我们二位译者都乐此不疲。不必把某些考量看得太重,或许可以更轻松,未来我们也还会继续在这条路上大步流星。

想不到,这本书的进展如此神速。由于一些匪夷所思的原因,翻译进程意外地流畅顺利,惟以行动、对抗虚无,耗时约四个半月完成初稿,我们要感谢我们的研究生朱雪宁、张志文、董舒璇、陈驰及嫡系学妹黄一玫在初稿翻译时所做的努力与贡献,以合作研究式的实践探索,确能教学相长、彼此受益。原作者方秀洁教授对此书的关心也是促成我们加快进度的动力之一,原著出版要等十五、六年方待中文版面世,似乎错过了研究原有的尖端性、创新性与敏锐性,我们所能做的,就是快马加鞭,尽快将这本女性文学研究的扛鼎之作介绍给全球华语读者。江苏人民出版社的康海源编辑和周丽华编辑极为高效地编辑、排版、校对,也为此书的出版保驾护航。有心要做成一件事,总能找到办法而不是理由。

　　想不到,这本书最后也成为了我们两位译者灵与肉、身与心交融的见证。天日昭昭、不畏流言。跨越山海、奔赴热爱。还有更多的挑战与机遇在等着我们去共同谱写。当然,希望我们的儿子也能够快乐健康成长,克服语言学习的困难勇往直前,希望他以后也能够享受文学阅读所带来的资讯与快乐,或者也可以接续我们的学术使命?

周睿@泰国孔敬大学

陈昉昊@上海师范大学

2023.9.19

"海外中国研究丛书"书目

1. 中国的现代化 [美]吉尔伯特·罗兹曼 主编 国家社会科学基金"比较现代化"课题组 译 沈宗美 校

2. 寻求富强:严复与西方 [美]本杰明·史华兹 著 叶凤美 译

3. 中国现代思想中的唯科学主义(1900—1950) [美]郭颖颐 著 雷颐 译

4. 台湾:走向工业化社会 [美]吴元黎 著

5. 中国思想传统的现代诠释 余英时 著

6. 胡适与中国的文艺复兴:中国革命中的自由主义,1917—1937 [美]格里德 著 鲁奇 译

7. 德国思想家论中国 [德]夏瑞春 编 陈爱政 等译

8. 摆脱困境:新儒学与中国政治文化的演进 [美]墨子刻 著 颜世安 高华 黄东兰 译

9. 儒家思想新论:创造性转换的自我 [美]杜维明 著 曹幼华 单丁 译 周文彰 等校

10. 洪业:清朝开国史 [美]魏斐德 著 陈苏镇 薄小莹 包伟民 陈晓燕 牛朴 谭天星 译 阎步克 等校

11. 走向21世纪:中国经济的现状、问题和前景 [美]D. H. 帕金斯 著 陈志标 编译

12. 中国:传统与变革 [美]费正清 赖肖尔 主编 陈仲丹 潘兴明 庞朝阳 译 吴世民 张子清 洪邮生 校

13. 中华帝国的法律 [美]D. 布朗 C. 莫里斯 著 朱勇 译 梁治平 校

14. 梁启超与中国思想的过渡(1890—1907) [美]张灏 著 崔志海 葛夫平 译

15. 儒教与道教 [德]马克斯·韦伯 著 洪天富 译

16. 中国政治 [美]詹姆斯·R. 汤森 布兰特利·沃马克 著 顾速 董方 译

17. 文化、权力与国家:1900—1942年的华北农村 [美]杜赞奇 著 王福明 译

18. 义和团运动的起源 [美]周锡瑞 著 张俊义 王栋 译

19. 在传统与现代性之间:王韬与晚清革命 [美]柯文 著 雷颐 罗检秋 译

20. 最后的儒家:梁漱溟与中国现代化的两难 [美]艾恺 著 王宗昱 冀建中 译

21. 蒙元入侵前夜的中国日常生活 [法]谢和耐 著 刘东 译

22. 东亚之锋 [美]小R. 霍夫亨兹 K. E. 柯德尔 著 黎鸣 译

23. 中国社会史 [法]谢和耐 著 黄建华 黄迅余 译

24. 从理学到朴学:中华帝国晚期思想与社会变化面面观 [美]艾尔曼 著 赵刚 译

25. 孔子哲学思微 [美]郝大维 安乐哲 著 蒋弋为 李志林 译

26. 北美中国古典文学研究名家十年文选 乐黛云 陈珏 编选

27. 东亚文明:五个阶段的对话 [美]狄百瑞 著 何兆武 何冰 译

28. 五四运动:现代中国的思想革命 [美]周策纵 著 周子平 等译

29. 近代中国与新世界:康有为变法与大同思想研究 [美]萧公权 著 汪荣祖 译

30. 功利主义儒家:陈亮对朱熹的挑战 [美]田浩 著 姜长苏 译

31. 莱布尼兹和儒学 [美]孟德卫 著 张学智 译

32. 佛教征服中国:佛教在中国中古早期的传播与适应 [荷兰]许理和 著 李四龙 裴勇 等译

33. 新政革命与日本:中国,1898—1912 [美]任达 著 李仲贤 译

34. 经学、政治和宗族:中华帝国晚期常州今文学派研究 [美]艾尔曼 著 赵刚 译

35. 中国制度史研究 [美]杨联陞 著 彭刚 程钢 译

36. 汉代农业:早期中国农业经济的形成　[美]许倬云 著　程农 张鸣 译　邓正来 校

37. 转变的中国:历史变迁与欧洲经验的局限　[美]王国斌 著　李伯重 连玲玲 译

38. 欧洲中国古典文学研究名家十年文选　乐黛云 陈珏 龚刚 编选

39. 中国农民经济:河北和山东的农民发展,1890—1949　[美]马若孟 著　史建云 译

40. 汉哲学思维的文化探源　[美]郝大维 安乐哲 著　施忠连 译

41. 近代中国之种族观念　[英]冯客 著　杨立华 译

42. 血路:革命中国中的沈定一(玄庐)传奇　[美]萧邦奇 著　周武彪 译

43. 历史三调:作为事件、经历和神话的义和团　[美]柯文 著　杜继东 译

44. 斯文:唐宋思想的转型　[美]包弼德 著　刘宁 译

45. 宋代江南经济史研究　[日]斯波义信 著　方健 何忠礼 译

46. 山东台头:一个中国村庄　杨懋春 著　张雄 沈炜 秦美珠 译

47. 现实主义的限制:革命时代的中国小说　[美]安敏成 著　姜涛 译

48. 上海罢工:中国工人政治研究　[美]裴宜理 著　刘平 译

49. 中国转向内在:两宋之际的文化转向　[美]刘子健 著　赵冬梅 译

50. 孔子:即凡而圣　[美]赫伯特·芬格莱特 著　彭国翔 张华 译

51. 18世纪中国的官僚制度与荒政　[法]魏丕信 著　徐建青 译

52. 他山的石头记:宇文所安自选集　[美]宇文所安 著　田晓菲 编译

53. 危险的愉悦:20世纪上海的娼妓问题与现代性　[美]贺萧 著　韩敏中 盛宁 译

54. 中国食物　[美]尤金·N. 安德森 著　马孆 刘东 译　刘东 审校

55. 大分流:欧洲、中国及现代世界经济的发展　[美]彭慕兰 著　史建云 译

56. 古代中国的思想世界　[美]本杰明·史华兹 著　程钢 译　刘东 校

57. 内闱:宋代的婚姻和妇女生活　[美]伊沛霞 著　胡志宏 译

58. 中国北方村落的社会性别与权力　[加]朱爱岚 著　胡玉坤 译

59. 先贤的民主:杜威、孔子与中国民主之希望　[美]郝大维 安乐哲 著　何刚强 译

60. 向往心灵转化的庄子:内篇分析　[美]爱莲心 著　周炽成 译

61. 中国人的幸福观　[德]鲍吾刚 著　严蓓雯 韩雪临 吴德祖 译

62. 闺塾师:明末清初江南的才女文化　[美]高彦颐 著　李志生 译

63. 缀珍录:十八世纪及其前后的中国妇女　[美]曼素恩 著　定宜庄 颜宜葳 译

64. 革命与历史:中国马克思主义历史学的起源,1919—1937　[美]德里克 著　翁贺凯 译

65. 竞争的话语:明清小说中的正统性、本真性及所生成之意义　[美]艾梅兰 著　罗琳 译

66. 云南禄村:中国妇女与农村发展　[加]宝森 著　胡玉坤 译

67. 中国近代思维的挫折　[日]岛田虔次 著　甘万萍 译

68. 中国的亚洲内陆边疆　[美]拉铁摩尔 著　唐晓峰 译

69. 为权力祈祷:佛教与晚明中国士绅社会的形成　[加]卜正民 著　张华 译

70. 天潢贵胄:宋代宗室史　[美]贾志扬 著　赵冬梅 译

71. 儒家之道:中国哲学之探讨　[美]倪德卫 著　[美]万白安 编　周炽成 译

72. 都市里的农家女:性别、流动与社会变迁　[澳]杰华 著　吴小英 译

73. 另类的现代性:改革开放时代中国性别化的渴望　[美]罗丽莎 著　黄新 译

74. 近代中国的知识分子与文明　[日]佐藤慎一 著　刘岳兵 译

75. 繁盛之阴:中国医学史中的性(960—1665)　[美]费侠莉 著　甄橙 主译　吴朝霞 主校

76. 中国大众宗教　[美]韦思谛 编　陈仲丹 译

77. 中国诗画语言研究　[法]程抱一 著　涂卫群 译

78. 中国的思维世界　[日]沟口雄三 小岛毅 著　孙歌 等译

79. 德国与中华民国　[美]柯伟林 著　陈谦平 陈红民 武菁 申晓云 译　钱乘旦 校

80. 中国近代经济史研究:清末海关财政与通商口岸市场圈　[日]滨下武志 著　高淑娟 孙彬 译

81. 回应革命与改革:皖北李村的社会变迁与延续　韩敏 著　陆益龙 徐新玉 译

82. 中国现代文学与电影中的城市:空间、时间与性别构形　[美]张英进 著　秦立彦 译

83. 现代的诱惑:书写半殖民地中国的现代主义(1917—1937)　[美]史书美 著　何恬 译

84. 开放的帝国:1600 年前的中国历史　[美]芮乐伟·韩森 著　梁侃 邹劲风 译

85. 改良与革命:辛亥革命在两湖　[美]周锡瑞 著　杨慎之 译

86. 章学诚的生平与思想　[美]倪德卫 著　杨立华 译

87. 卫生的现代性:中国通商口岸健康与疾病的意义　[美]罗芙芸 著　向磊 译

88. 道与庶道:宋代以来的道教、民间信仰和神灵模式　[美]韩明士 著　皮庆生 译

89. 间谍王:戴笠与中国特工　[美]魏斐德 著　梁禾 译

90. 中国的女性与性相:1949 年以来的性别话语　[英]艾华 著　施施 译

91. 近代中国的犯罪、惩罚与监狱　[荷]冯客 著　徐有威 等译　潘兴明 校

92. 帝国的隐喻:中国民间宗教　[英]王斯福 著　赵旭东 译

93. 王弼《老子注》研究　[德]瓦格纳 著　杨立华 译

94. 寻求正义:1905—1906 年的抵制美货运动　[美]王冠华 著　刘甜甜 译

95. 传统中国日常生活中的协商:中古契约研究　[美]韩森 著　鲁西奇 译

96. 从民族国家拯救历史:民族主义话语与中国现代史研究　[美]杜赞奇 著　王宪明 高继美 李海燕 李点 译

97. 欧几里得在中国:汉译《几何原本》的源流与影响　[荷]安国风 著　纪志刚 郑诚 郑方磊 译

98. 十八世纪中国社会　[美]韩书瑞 罗友枝 著　陈仲丹 译

99. 中国与达尔文　[美]浦嘉珉 著　钟永强 译

100. 私人领域的变形:唐宋诗词中的园林与玩好　[美]杨晓山 著　文韬 译

101. 理解农民中国:社会科学哲学的案例研究　[美]李丹 著　张天虹 张洪云 张胜波 译

102. 山东叛乱:1774 年的王伦起义　[美]韩书瑞 著　刘平 唐雁超 译

103. 毁灭的种子:战争与革命中的国民党中国(1937—1949)　[美]易劳逸 著　王建朗 王贤知 贾维 译

104. 缠足:"金莲崇拜"盛极而衰的演变　[美]高彦颐 著　苗延威 译

105. 饕餮之欲:当代中国的食与色　[美]冯珠娣 著　郭乙瑶 马磊 江素侠 译

106. 翻译的传说:中国新女性的形成(1898—1918)　胡缨 著　龙瑜宬 彭珊珊 译

107. 中国的经济革命:20 世纪的乡村工业　[日]顾琳 著　王玉茹 张玮 李进霞 译

108. 礼物、关系学与国家:中国人际关系与主体性建构　杨美惠 著　赵旭东 孙珉 译　张跃宏 译校

109. 朱熹的思维世界　[美]田浩 著

110. 皇帝和祖宗:华南的国家与宗族　[英]科大卫 著　卜永坚 译

111. 明清时代东亚海域的文化交流　[日]松浦章 著　郑洁西 等译

112. 中国美学问题　[美]苏源熙 著　卞东波 译　张强强 朱霞欢 校

113. 清代内河水运史研究　[日]松浦章 著　董科 译

114. 大萧条时期的中国:市场、国家与世界经济　[日]城山智子 著　孟凡礼 尚国敏 译　唐磊 校

115. 美国的中国形象(1931—1949)　[美]T. 克里斯托弗·杰斯普森 著　姜智芹 译

116. 技术与性别:晚期帝制中国的权力经纬　[英]白馥兰 著　江湄 邓京力 译

117. 中国善书研究 [日]酒井忠夫 著 刘岳兵 何英莺 孙雪梅 译

118. 千年末世之乱:1813 年八卦教起义 [美]韩书瑞 著 陈仲丹 译

119. 西学东渐与中国事情 [日]增田涉 著 由其民 周启乾 译

120. 六朝精神史研究 [日]吉川忠夫 著 王启发 译

121. 矢志不渝:明清时期的贞女现象 [美]卢苇菁 著 秦立彦 译

122. 纠纷与秩序:徽州文书中的明朝 [日]中岛乐章 著 郭万平 译

123. 中华帝国晚期的欲望与小说叙述 [美]黄卫总 著 张蕴爽 译

124. 虎、米、丝、泥:帝制晚期华南的环境与经济 [美]马立博 著 王玉茹 关永强 译

125. 一江黑水:中国未来的环境挑战 [美]易明 著 姜智芹 译

126. 《诗经》原意研究 [日]家井真 著 陆越 译

127. 施剑翘复仇案:民国时期公众同情的兴起与影响 [美]林郁沁 著 陈湘静 译

128. 义和团运动前夕华北的地方动乱与社会冲突(修订译本) [德]狄德满 著 崔华杰 译

129. 铁泪图:19 世纪中国对于饥馑的文化反应 [美]艾志端 著 曹曦 译

130. 饶家驹安全区:战时上海的难民 [美]阮玛霞 著 白华山 译

131. 危险的边疆:游牧帝国与中国 [美]巴菲尔德 著 袁剑 译

132. 工程国家:民国时期(1927—1937)的淮河治理及国家建设 [美]戴维·艾伦·佩兹 著
     姜智芹 译

133. 历史宝筏:过去、西方与中国妇女问题 [美]季家珍 著 杨可 译

134. 姐妹们与陌生人:上海棉纱厂女工,1919—1949 [美]韩起澜 著 韩慈 译

135. 银线:19 世纪的世界与中国 林满红 著 詹庆华 林满红 译

136. 寻求中国民主 [澳]冯兆基 著 刘悦斌 徐砚 译

137. 墨梅 [美]毕嘉珍 著 陆敏珍 译

138. 清代上海沙船航运业史研究 [日]松浦章 著 杨蕾 王亦诤 董科 译

139. 男性特质论:中国的社会与性别 [澳]雷金庆 著 [澳]刘婷 译

140. 重读中国女性生命故事 游鉴明 胡缨 季家珍 主编

141. 跨太平洋位移:20 世纪美国文学中的民族志、翻译和文本间旅行 黄运特 著 陈倩 译

142. 认知诸形式:反思人类精神的统一性与多样性 [英]G.E.R.劳埃德 著 池志培 译

143. 中国乡村的基督教:1860—1900 年江西省的冲突与适应 [美]史维东 著 吴薇 译

144. 假想的"满大人":同情、现代性与中国疼痛 [美]韩瑞 著 袁剑 译

145. 中国的捐纳制度与社会 伍跃 著

146. 文书行政的汉帝国 [日]富谷至 著 刘恒武 孔李波 译

147. 城市里的陌生人:中国流动人口的空间、权力与社会网络的重构 [美]张鹂 著
     袁长庚 译

148. 性别、政治与民主:近代中国的妇女参政 [澳]李木兰 著 方小平 译

149. 近代日本的中国认识 [日]野村浩一 著 张学锋 译

150. 狮龙共舞:一个英国人笔下的威海卫与中国传统文化 [英]庄士敦 著 刘本森 译
     威海市博物馆 郭大松 校

151. 人物、角色与心灵:《牡丹亭》与《桃花扇》中的身份认同 [美]吕立亭 著 白华山 译

152. 中国社会中的宗教与仪式 [美]武雅士 著 彭泽安 邵铁峰 译 郭潇威 校

153. 自贡商人:近代早期中国的企业家 [美]曾小萍 著 董建中 译

154. 大象的退却:一部中国环境史 [英]伊懋可 著 梅雪芹 毛利霞 王玉山 译

155. 明代江南土地制度研究 [日]森正夫 著 伍跃 张学锋 等译 范金民 夏维中 审校

156. 儒学与女性 [美]罗莎莉 著 丁佳伟 曹秀娟 译

157. 行善的艺术:晚明中国的慈善事业(新译本) [美]韩德玲 著 曹晔 译

158. 近代中国的渔业战争和环境变化 [美]穆盛博 著 胡文亮 译

159. 权力关系:宋代中国的家族、地位与国家 [美]柏文莉 著 刘云军 译

160. 权力源自地位:北京大学、知识分子与中国政治文化,1898—1929 [美]魏定熙 著
张蒙 译

161. 工开万物:17世纪中国的知识与技术 [德]薛凤 著 吴秀杰 白岚玲 译

162. 忠贞不贰:辽代的越境之举 [英]史怀梅 著 曹流 译

163. 内藤湖南:政治与汉学(1866—1934) [美]傅佛果 著 陶德民 何英莺 译

164. 他者中的华人:中国近现代移民史 [美]孔飞力 著 李明欢 译 黄鸣奋 校

165. 古代中国的动物与灵异 [英]胡司德 著 蓝旭 译

166. 两访中国茶乡 [英]罗伯特·福琼 著 敖雪岗 译

167. 缔造选本:《花间集》的文化语境与诗学实践 [美]田安 著 马强才 译

168. 扬州评话探讨 [丹麦]易德波 著 米锋 易德波 译 李今芸 校译

169. 《左传》的书写与解读 李惠仪 著 文韬 许明德 译

170. 以竹为生:一个四川手工造纸村的20世纪社会史 [德]艾约博 著 韩巍 译 吴秀杰 校

171. 东方之旅:1579—1724耶稣会传教团在中国 [美]柏理安 著 毛瑞方 译

172. "地域社会"视野下的明清史研究:以江南和福建为中心 [日]森正夫 著 于志嘉 马一虹
黄东兰 阿风 等译

173. 技术、性别、历史:重新审视帝制中国的大转型 [英]白馥兰 著 吴秀杰 白岚玲 译

174. 中国小说戏曲史 [日]狩野直喜 张真 译

175. 历史上的黑暗一页:英国外交文件与英美海军档案中的南京大屠杀 [美]陆束屏 编著/
翻译

176. 罗马与中国:比较视野下的古代世界帝国 [奥]沃尔特·施德尔 主编 李平 译

177. 矛与盾的共存:明清时期江西社会研究 [韩]吴金成 著 崔荣根 译 薛戈 校译

178. 唯一的希望:在中国独生子女政策下成年 [美]冯文 著 常姝 译

179. 国之枭雄:曹操传 [澳]张磊夫 著 方笑天 译

180. 汉帝国的日常生活 [英]鲁惟一 著 刘洁 余霄 译

181. 大分流之外:中国和欧洲经济变迁的政治 [美]王国斌 罗森塔尔 著 周琳 译 王国斌
张萌 审校

182. 中正之笔:颜真卿书法与宋代文人政治 [美]倪雅梅 著 杨简茹 译 祝帅 校译

183. 江南三角洲市镇研究 [日]森正夫 编 丁韵 胡婧 等译 范金民 审校

184. 忍辱负重的使命:美国外交官记载的南京大屠杀与劫后的社会状况 [美]陆束屏 编著/
翻译

185. 修仙:古代中国的修行与社会记忆 [美]康儒博 著 顾漩 译

186. 烧钱:中国人生活世界中的物质精神 [美]柏桦 著 袁剑 刘玺鸿 译

187. 话语的长城:文化中国历险记 [美]苏源熙 著 盛珂 译

188. 诸葛武侯 [日]内藤湖南 著 张真 译

189. 盟友背信:一战中的中国 [英]吴芳思 克里斯托弗·阿南德尔 著 张宇扬 译

190. 亚里士多德在中国:语言、范畴和翻译 [英]罗伯特·沃迪 著 韩小强 译

191. 马背上的朝廷:巡幸与清朝统治的建构,1680—1785 [美]张勉治 著 董建中 译

192. 申不害:公元前四世纪中国的政治哲学家 [美]顾立雅 著 马腾 译

193. 晋武帝司马炎 [日]福原启郎 著 陆帅 译

194. 唐人如何吟诗:带你走进汉语音韵学 [日]大岛正二 著 柳悦 译

195. 古代中国的宇宙论　[日]浅野裕一 著　吴昊阳 译
196. 中国思想的道家之论:一种哲学解释　[美]陈汉生 著　周景松 谢尔逊 等译　张丰乾 校译
197. 诗歌之力:袁枚女弟子屈秉筠(1767—1810)　[加]孟留喜 著　吴夏平 译
198. 中国逻辑的发现　[德]顾有信 著　陈志伟 译
199. 高丽时代宋商往来研究　[韩]李镇汉 著　李廷青 戴琳剑 译　楼正豪 校
200. 中国近世财政史研究　[日]岩井茂树 著　付勇 译　范金民 审校
201. 魏晋政治社会史研究　[日]福原启郎 著　陆帅 刘萃峰 张紫毫 译
202. 宋帝国的危机与维系:信息、领土与人际网络　[比利时]魏希德 著　刘云军 译
203. 中国精英与政治变迁:20世纪初的浙江　[美]萧邦奇 著　徐立望 杨涛羽 译　李齐 校
204. 北京的人力车夫:1920年代的市民与政治　[美]史谦德 著　周书垚 袁剑 译　周育民 校
205. 1901—1909年的门户开放政策:西奥多·罗斯福与中国　[美]格雷戈里·摩尔 著　赵嘉玉 译
206. 清帝国之乱:义和团运动与八国联军之役　[美]明恩溥 著　郭大松 刘本森 译
207. 宋代文人的精神生活(960—1279)　[美]何复平 著　叶树勋 单虹泽 译
208. 梅兰芳与20世纪国际舞台:中国戏剧的定位与置换　[美]田民 著　何恬 译
209. 郭店楚简《老子》新研究　[日]池田知久 著　曹峰 孙佩霞 译
210. 德与礼——亚洲人对领导能力与公众利益的理想　[美]狄培理 著　闵锐武 闵月 译
211. 棘闱:宋代科举与社会　[美]贾志扬 著
212. 通过儒家现代性而思　[法]毕游塞 著　白欲晓 译
213. 阳明学的位相　[日]荒木见悟 著　焦堃 陈晓杰 廖明飞 申绪璐 译
214. 明清的戏曲——江南宗族社会的表象　[日]田仲一成 著　云贵彬 王文勋 译
215. 日本近代中国学的形成:汉学革新与文化交涉　陶德民 著　辜承尧 译
216. 声色:永明时代的宫廷文学与文化　[新加坡]吴妙慧 著　朱梦雯 译
217. 神秘体验与唐代世俗社会:戴孚《广异记》解读　[英]杜德桥 著　杨为刚 查屏球 译　吴晨 审校
218. 清代中国的法与审判　[日]滋贺秀三 著　熊远报 译
219. 铁路与中国转型　[德]柯丽莎 著　金毅 译
220. 生命之道:中医的物、思维与行动　[美]冯珠娣 著　刘小朦 申琛 译
221. 中国古代北疆史的考古学研究　[日]宫本一夫 著　黄建秋 译
222. 异史氏:蒲松龄与中国文言小说　[美]蔡九迪 著　任增强 译　陈嘉艺 审校
223. 中国江南六朝考古学研究　[日]藤井康隆 著　张学锋 刘可维 译
224. 商会与近代中国的社团网络革命　[加]陈忠平 著
225. 帝国之后:近代中国国家观念的转型(1885—1924)　[美]沙培德 著　刘芳 译
226. 天地不仁:中国古典哲学中恶的问题　[美]方岚生 著　林捷 汪日宣 译
227. 卿本著者:明清女性的性别身份、能动主体和文学书写　[加]方秀洁 著　周睿 陈昉昊 译
228. 古代中华观念的形成　[日]渡边英幸 著　吴昊阳 译
229. 明清中国的经济结构　[日]足立启二 著　杨缨 译
230. 国家与市场之间的中国妇女　[加]朱爱岚 著　蔡一平 胡玉坤 译
231. 高丽与中国的海上交流(918—1392)　[韩]李镇汉 著　宋文志 李廷青 译
232. 寻找六边形:中国农村的市场和社会结构　[美]施坚雅 著　史建云 徐秀丽 译